Titre original : *Les Enfants de chienne*

Les Avrils
Groupe Delcourt
8, rue Léon-Jouhaux
75010 Paris
lesavrils@editions-delcourt.fr

www.lesavrils.fr

Un grand bruit de catastrophe

Nicolas Delisle-L'Heureux

Les Avrils

À Yvette,
pour ses histoires de grand-mère.

When you're growing up in a small town
and you're having a nervous breakdown
and you think that you'll never escape it
yourself or the place that you live.

John Cale et Lou Reed, *Smalltown*

Prologue

Il y a trois semaines, Wendy a vu Mémère accoucher en silence dans le garage. Pas une plainte. Les chatons sont apparus comme des gens qui se penchent pour passer une porte un peu basse, un, deux, trois, quatre. Ils étaient tellement beaux que Wendy en avait mal en arrière des genoux. Elle est allée chercher du lait Carnation et du thon et, à son retour, Mémère mangeait le placenta.

Dix jours plus tard, alors qu'elle faisait la vaisselle, Wendy l'a entendue miauler comme une folle. De la cuisine, elle l'a vue qui crachait, tournaillait, sautait sur les rebords en ciment des fenêtres du garage et creusait le sol. Mémère ne s'est pas retournée quand Wendy est sortie et s'est approchée d'elle en panique. La porte coulissante du garage s'est soulevée et la chatte s'est faufilée à l'intérieur. Wendy a vu les pieds, puis les genoux, puis les hanches de Willy, puis ça s'est immobilisé. Mémère beuglait et Willy lui a sacré après, ils avaient l'air de s'engueuler, là-dedans. Wendy est entrée à son tour et c'est là qu'elle a aperçu, dans la bassine rouge sur le sol en ciment gris, les quatre chatons qui flottaient comme des toutous trempes. Mémère les a sortis par le cou un par un et les a séchés avec sa langue rugueuse. Elle chignait du plus profond de sa gorge et frôlait ses mamelles enflées sur leurs museaux roses. Ils n'ont pas bougé.

Au bout de quelques instants, Willy a ordonné à Wendy de laisser Mémère faire son deuil toute seule. C'est à ce moment-là qu'elle a vu que Mémère l'avait griffé sur la joue.

Elle s'est sauvée, Mémère, et n'est pas reparue. Depuis, Wendy l'appelle dans le bois en faisant cling-cling avec le pot de bonbons pour chats, puis revient bredouille et s'assoit à la table de pique-nique en pleurant presque. Cette disparition est tellement triste que c'en est quasiment doux. Wendy espère que, si Mémère la voit dans cet état-là, elle se laissera consoler. Wendy lui chuchotera que Willy n'a pas d'allure d'avoir fait ça, que c'est juste pas normal de tuer des bébés.

Durant plusieurs jours, Wendy n'a pas parlé à Willy, n'a pas fait les repas, n'a pas fait le ménage. D'habitude, elle dépense ses matinées à balayer le plancher de la cuisine, de la salle à manger qui est aussi le salon, de la chambre de Willy et de la sienne. Les quatorze autres chambres de l'ancien hôtel sont barrées et on n'y va jamais. Elle passe la moppe le mercredi, fait le lavage le jeudi, suspend les brassées dehors quand c'est pas l'hiver. La semaine dernière, il a plu sur le linge blanc pendant qu'elle cherchait Mémère. Elle n'avait pas vu venir l'orage et il lui a fallu deux jours à s'en remettre. Ne sachant plus par où recommencer, elle a tout relavé, même le linge de couleur. Le samedi, sa grosse journée, elle époussette les animaux empaillés de Willy dans toutes les pièces et termine au fond de la salle à manger.

L'autre soir, après le souper, Willy s'est placé en travers de la porte pour empêcher Wendy de sortir.

– Pas avant que tu m'ailles au moins fait un sourire…

Elle a gardé les yeux baissés.

– Non…

– Quessé que t'as ? Regarde-moi, au moins !

Wendy, qui se mordait les joues depuis presque deux semaines, a explosé :

– Non, non, non !

Quand Willy a haussé le ton et lui a serré le bras, « Ça va faire ! », elle lui a bondi dessus et lui a griffé le visage. Comme Mémère. Willy est resté bête, sa face ne comprenait rien.

Un beau cadeau de fête aurait peut-être permis à Willy de se racheter un peu auprès d'elle. Wendy sait de quoi il est capable. Par le passé, il lui a déjà fabriqué des décorations pour sa chambre ou le dessus du foyer, des animaux en fil de fer ou des statuettes en bois. Une année, il lui a offert un collier en perles mauves. Tout énervée, Wendy n'arrêtait pas de vérifier si ça venait vraiment d'un magasin et ça l'empêchait de dormir si le bijou était dans la même pièce qu'elle. Willy s'était fâché :

– C'est fini, les cadeaux de la ville, ça te met trop à l'envers !

Sauf qu'hier, la veille de l'anniversaire de Wendy, il a aligné les quatre chatons qu'il venait tout juste de finir d'empailler sur le plancher, près de la porte de la cuisine.

Wendy s'est forcée toute la journée pour ne pas les voir quand elle passait à côté.

Ce matin, Wendy se réveille avant le soleil et décide que sa chicane avec Willy ne va pas l'empêcher de profiter de sa journée. Elle se brosse les dents, enfile sa plus jolie robe, une robe rouge vif avec une crinoline, des motifs de fleurs et des bretelles larges. Son ventre frotte sur le tissu rugueux. Elle met ses souliers rouges avec les petits talons qu'elle sort seulement à sa fête pour avoir hâte de marcher avec. Dehors, l'air goûte le gâteau. Elle s'élance vers le remonte-pente et va appuyer sur le bouton rouge dans la cabine. Le disjoncteur claque et les machines s'activent. Lentement, comme un vieux chien qui se lève de sa sieste, les sièges se mettent à virailler, et l'un d'eux se pose sous ses fesses.

Sur le télésiège, Wendy ne se retourne jamais pour voir derrière. Son endroit préféré, à l'aller comme au retour, est la côte Magique, là où le sol est le plus loin des pieds. Quand ils étaient plus jeunes, Laurence avait calculé la hauteur à trente-cinq mètres. Le mont Brun dépasse toutes les autres collines autour, et Val Grégoire n'est nulle part. Lorsque Wendy essaie d'imaginer ce qu'il y a après les arbres et de l'autre côté des montagnes, sa tête tourne un peu. Laurence disait aussi que Val Grégoire est à trente-cinq kilomètres du mont Brun. Wendy connaît ces chiffres-là par cœur, mais ils sont comme une langue étrangère. Elle compte jusqu'à trente-cinq à haute voix pour être certaine de comprendre. Trente-cinq la côte Magique, trente-cinq jusqu'à Val Grégoire. Trente-cinq partout. Trente-cinq, c'est l'âge qu'elle a aujourd'hui.

Wendy a toujours aimé les vieilles histoires du mont Brun de Laurence. Elle pouvait l'écouter sans se tanner lui raconter que, à une certaine époque, les gens descendaient la montagne en skis en allant aussi vite qu'un tour de truck ou que l'hôtel était tellement plein que ça débordait de monde à messe jusqu'à Val Grégoire. Mais depuis que Laurence est parti et que Mercedes est morte, le passé n'existe plus et la vie est un long jour qui ne se termine pas : le dégel du printemps qui ramène toujours le même lac au milieu du stationnement, le bois à corder en dessous de la galerie aussitôt que les feuilles rouges commencent à annoncer l'hiver, les mêmes après-midi à toujours rien faire de la même façon.

Parfois, Wendy essaie de compter depuis combien de temps Mercedes est morte, mais elle n'en est pas capable. Elle n'a pas entendu la voix de sa mère depuis tellement longtemps qu'elle a parfois l'impression de l'avoir oubliée, d'avoir oublié toute leur vie ensemble. Si on l'envoyait à Val Grégoire, en tout cas, elle ne retrouverait jamais son chemin jusqu'à la maison où ils habitaient, les Calvette, avant de déménager ici. Comme souvent dans le remonte-pente, elle repense à la ville, ferme les yeux pour se souvenir des formes, des sons, des odeurs. Derrière ses paupières, Wendy voit la fontaine du centre commercial avec de l'or dedans, mais n'est plus certaine si elle l'a vue en vrai ou si c'est un ancien rêve. Les trottoirs gris s'étirent à l'infini, le seul feu de circulation de Val Grégoire passe du vert au jaune au rouge, et le soleil quitte le ciel en laissant des traces mauve-bleu au-dessus des maisons. Les visages des passants ont des contours pâles et flous, et les noms de rues sont des lettres mélangées.

Au bout de quelques tours de machine, Wendy devine le son d'un moteur, au loin, malgré le ronron du télésiège. Le cou tordu, les mains agrippées à la barre de sécurité, elle aperçoit une auto rouge sortant d'entre les branches. Une fois au sommet, la chaise revire enfin. Quelqu'un la salue, debout dans le stationnement. Le cœur de Wendy bat plus vite à mesure qu'elle redescend. Elle voudrait crier que ce ne sera pas long, mais se retient parce que tout ce qui n'est pas calme la met sur le gros nerf. Elle plisse les yeux, puis reconnaît la silhouette : c'est Louise, Louise Fowley, toujours aussi belle, d'une beauté qui donne faim, Louise qui sent la ville à plein nez, même de loin, avec son linge beau comme un mariage. Wendy ne se souvient même pas de la dernière fois qu'elles se sont vues, mais ça ne se compte pas avec les doigts. Ça date du temps de Val Grégoire.

Elle débarque trop tôt du remonte-pente et se tord une cheville, la même que d'habitude. Elle tombe, puis, quand elle se relève, le siège suivant lui atterrit en arrière de la tête. Louise lui tend les mains, elles ont toujours la même odeur sucrée de poudre pour bébés. Wendy les bécote en pleurant sans savoir pourquoi.

– On est pas le 1er juillet aujourd'hui ? demande Louise avec un gros sourire. Je suis là pour ta fête…

Elle a apporté de la nourriture que Wendy n'a pas goûtée depuis longtemps : du fromage, des confitures maison, des bananes, des légumes. Louise ne mange pas de viande ; Wendy aime trop les animaux pour s'imaginer arrêter. Elles cuisinent toute la matinée, font la fameuse recette de bonbons aux patates de Mercedes que Wendy connaît par cœur, mais qu'elle n'ose jamais faire seule. Louise éclate de rire.

– On popote et on papote !

Willy s'est réveillé tard et n'a presque pas salué Louise, comme si c'était normal qu'elle soit là. Il s'est installé dans un coin de la salle à manger et les regarde de travers, de loin, depuis ce temps-là.

L'après-midi, elles dessinent, comme quand elles étaient jeunes. Ce n'est maintenant plus Montréal, le nom de la ville de Louise, mais Québec. À ce qui paraît, ces mots-là sont des affaires qui existent ; en tout cas, elles sont faciles à illustrer : aquarium, château frontenac, traversier, funiculaire, escaliers du cap blanc, hôtel de glace. Louise est toujours aussi bonne, c'est même devenu un de ses métiers. Elle fait des vrais de vrais livres.

– Quand tu viendras à Québec, je vais t'en donner quelques-uns.

Au moment où ces mots-là arrivent aux oreilles de Wendy, *quand tu viendras à Québec,* sa joie fait un bruit dans sa gorge. Elle se tourne vers Willy pour vérifier s'il a entendu, mais non. Louise chuchote :

– Je vais t'emmener, Didi…

Wendy fronce les sourcils, pas certaine que ça pourrait être possible. Chaque fois que Willy revient de Val Grégoire avec l'épicerie, il lui répète que c'est pas fait pour elle, la ville, que c'est rendu trop fou.

Le soir venu, Wendy lui offre la chambre 3, juste à côté de la sienne, mais Louise veut profiter de la nature et insiste pour qu'elles couchent toutes les deux dans le pavillon d'été, en haut de la montagne. Willy vire les yeux : faire du camping quand on habite dans un hôtel. Aussitôt débarquées du remonte-pente, elles s'assoient l'une à côté de l'autre et se serrent fort sous les étoiles... Louise lui pose des questions sur ses activités, sur ses journées, sur ce qu'elle mange. Wendy est un moulin à paroles, elle voudrait qu'on continue à s'intéresser à elle encore longtemps. Louise veut savoir si Willy la traite bien ; Wendy répond que oui, ben oui. Louise sourit, mais ce n'est pas vraiment un sourire. Sa voix devient plus aiguë d'une coche ou deux.

– Est-ce que je peux voir ?

Wendy reste bête : contrairement à Willy qui ne semble pas s'apercevoir que le corps de Wendy change, Louise a remarqué. Wendy relève son gilet et dépose la main de Louise sur sa bedaine. Juste pour être sûre, elle vérifie si Louise trouve que c'est une bonne nouvelle. Louise refait exactement le même sourire qui n'en est pas un.

– C'est une des meilleures nouvelles que t'auras jamais, Didi.

Depuis le milieu de l'hiver, son ventre n'a plus de dents pour la mordre jusqu'au sang et la faire se plier en deux. Pendant quelques semaines, Wendy n'a pas pu manger sans avoir mal au cœur, et son corps était tout le temps fatigué. Au début, elle a eu peur d'avoir le cancer parce que, chez les Calvette, on se le transmet de mère en fille, les grands-mères des grands-mères de Mercedes l'ont eu avant même qu'il soit inventé. Sauf que, depuis quatre, cinq jours, il y a comme un petit chat qui gigote en dedans. Et maintenant, on dirait que Louise comprend la même chose qu'elle. Wendy respire mieux, tout à coup.

Depuis le pavillon d'été, Louise et elle aperçoivent des bouts des feux d'artifice du 1er juillet de Val Grégoire, les entendent éclater dans le ciel. Le silence revenu, la nuit invente plein de bruits étourdissants et les mélange, ils caressent Wendy derrière les oreilles, s'enroulent autour de son cou, elle pourrait presque y déposer sa tête. Elle dort bien, collée en cuiller contre Louise, emmitouflées les deux sous cinq couvertures. Quand elle rêve, Louise a l'air inquiète, on dirait qu'elle ne se repose pas.

Au matin, elles descendent du mont pour faire leur journée. Elles vont marcher après le dîner, puis encore après le souper. Les yeux de Willy leur brûlent le dos quand elles s'éloignent sur le sentier. À leur retour, il profite des moments où Louise est aux toilettes ou dans la douche pour demander à Wendy où elles sont allées se promener, de quoi elles ont parlé. Elle répond juste par oui ou par non, ou avec des bouts de phrases quand elle se sent obligée. Le soir approche et Louise annonce :

– On va se coucher.

Pour Wendy, c'est comme un cadeau : ça veut dire qu'elle reste encore un peu.

Le lendemain et les jours d'après, ça se passe de la même façon : le dessin, les marches, la cuisine, le bla-bla, puis le télésiège pour aller dormir, une petite danse qui commence à ressembler à une vieille habitude, mercredi, jeudi, vendredi, monte, descend, dessine, papote. Cette vie-là pourrait vraiment plaire à Wendy si elle devait continuer comme ça… Elle pense, même si elle n'y croit pas vraiment : peut-être que Louise voudrait habiter au mont Brun pour toujours ? Elle l'aiderait à prendre soin du bébé, elles l'appelleraient Ti-Loup, lui chanteraient des chansons autour du feu, le nourriraient avec des fraises en juin, des framboises en juillet et des pommettes à la fin de l'été. Avec Willy, ils seraient bien, les quatre ensemble. Ils joueraient à la dame de pique.

Mais le samedi, Louise leur annonce de sa voix la plus de bonne humeur possible qu'elle va repartir dans deux jours. Wendy n'est pas assez surprise pour être triste.

– Demain, on devrait aller pique-niquer sur la montagne, tout le monde ensemble. Ça va être mon repas de départ et une dernière occasion de fêter Wendy. Trente-cinq ans, on peut ben souligner ça deux fois…

Le cœur de Wendy s'arrête. Dans sa chaise berçante, Willy se raidit, puis fait OK du menton. Wendy est tellement contente qu'elle a envie de faire pipi. Elle sent que ça se pourrait qu'elle ne soit bientôt plus fâchée contre lui. Pas tout de suite, mais bientôt.

Le reste de la journée s'étire lentement. Louise a préparé un gâteau qui refroidit sur le comptoir. La cuisine sent la vanille. Wendy fait tout plus vite – marcher, manger, parler, faire la vaisselle – en espérant que le temps suivra son exemple. Comme ça, on sera déjà demain et son anniversaire, son deuxième.

Au matin, elles redescendent du mont Brun très tôt parce que Wendy est trop énervée pour se rendormir. Après le déjeuner, elle se brosse les dents et remet son linge de fête, le même que le jour où Louise est arrivée, puis elle file vers le télésiège. Même s'il soleille, de la petite brume couvre le ciel et les formes restent embuées comme après une sieste.

Louise la rejoint plus tard avec un panier de provisions. Elle envoie Wendy cueillir des fleurs pour décorer le centre de table pendant qu'elle installe les guirlandes et le couvert. Wendy ne connaît pas le nom des fleurs, mais il paraît qu'elles en ont chacune un. Durant l'été, comme ça, il y en a tellement qu'elle ne sait pas lesquelles choisir.

C'est long avant que Willy arrive. Wendy va se coucher dans le foin qui sent le dessert et attend. Elle promet au bébé qu'ils vont revenir ici ensemble quand il sera né. Après une bonne secousse, elle aperçoit enfin Willy à travers le trou des arbres. Elle s'excite :

– Il s'en vient !

Elle cherche Louise des yeux. Pas à la table de pique-nique.

– Il s'en vient, il s'en vient !

Pas non plus à l'intérieur du pavillon d'été. Willy est presque au-dessus de la côte Magique, maintenant. Wendy n'avait jamais vu la distance qui sépare le sol des pieds parce que c'est toujours elle qui est suspendue. Trente-cinq, c'est encore plus haut qu'elle pensait ! Elle lui fait des signes de bras et rit toute seule, c'est comme si tout ce qu'elle aime le plus au monde s'approchait d'elle avec un grand sourire, les bras pleins de cadeaux. Puis le remonte-pente s'arrête d'un coup sec.

Wendy devine, au loin, le visage de Willy aussi surpris que le sien.

– Louise ! Louise ! elle appelle.

Louise surgit de derrière la cabane électrique.

– Willy est pris !

– Je sais, elle répond en la rejoignant. Je sais. J'ai vu… C'est brisé…

Willy hurle, et ça résonne dans le sternum de Wendy. Louise lui prend le menton et la force à la regarder, lui parle comme si elle la chicanait.

– Écoute-moi, Didi, il faut que tu m'écoutes !

Wendy chasse violemment la main de Louise : la peur de Willy, accrochée au-dessus du vide, là-bas, remplit le silence.

– Hé ! se fâche Louise en lui serrant le bras. La machine est brisée.

Elle lui réexplique, la voix pointue et tremblante :

– Mais il faut se calmer si on veut aider Willy.

Wendy essaie de respirer moins vite, essuie ses joues. Louise est satisfaite, elle la félicite, elle trouve que Wendy est super bonne pour se consoler quand il le faut. Elle lui fait signe d'attendre et va grimper sur la plateforme en bois du télésiège. Elle crie à Willy qu'elles s'en vont avertir les pompiers pour qu'ils apportent leurs échelles. Willy s'agite, mais Wendy n'entend pas ce qu'il dit à cause de l'écho de la vallée. Louise va ramasser le panier de provisions sur la table.

– Il dit merci. Il dit qu'il va attendre.

Wendy a juste des larmes et pas d'idées. Elle fixe Louise dans les yeux.

– T'es-tu vraiment, vraiment certaine que la machine est vraiment, vraiment brisée ?

Louise a l'air surprise de la question : bien sûr qu'elle est certaine ! L'inquiétude de Wendy a encore faim : est-ce que Willy sera fâché si elles partent ? Louise fronce les sourcils.

– Mais pourquoi il serait fâché ? Il serait ben plus en mautadit si on faisait rien, tu penses pas ? C'est vraiment la seule façon de l'aider… Y en a pas d'autres. Tu comprends, hein ?

Wendy fait oui de la tête, à demi convaincue.

– Dépêche ! la presse Louise en se dirigeant vers la piste qui longe l'autre versant du mont Brun.

Willy, presque debout sur son siège, crie des sons raboutés. Wendy ravale sa morve et lui envoie un signe de la main.

– On va reviendre !

– Retourne-toi plus, maintenant, Didi. Ça va être plus facile de même…

Elles descendent sans parler. Wendy pleurniche en essayant de ne pas faire trop de bruit. Ses beaux souliers rouges à talons lui frottent la peau, et elle passe proche de tordre sa cheville fragile à quelques reprises. Quand elles arrivent enfin à la voiture de Louise, Wendy ne peut s'empêcher de regarder Willy ; il gesticule encore.

– Ça donne rien de t'en faire, souffle doucement Louise. Ça va être correct. Ça va être correct, tu vas voir. Ils vont venir le chercher…

Dans l'auto, les odeurs mélangées de poudre pour bébés et de gâteau à la vanille la calment un peu. Louise répète que Wendy a été très bonne, puis elle dit :

– Maintenant, c'est l'heure de ton cadeau…

Les mots prennent leur temps pour faire leur chemin. *L'heure. De. Ton. Cadeau.* Louise lui pointe un sac à vidanges sur la banquette arrière.

– J'ai mis ton linge dedans.

Elle s'éclaircit la gorge, puis lui annonce qu'elle l'emmène à Québec pour quelques jours.

– Est-ce que ça te tente ?

Wendy voudrait être contente, mais ça reste embrouillé dans son cerveau, comme quand on dit que le télésiège est à trente-cinq mètres en haut de la côte Magique ou que Val Grégoire est à trente-cinq kilomètres du mont Brun.

– Oui. C'est juste que…

Louise ne la laisse pas terminer sa phrase.

– Les voyages, les gens paient pour ça… Tout le monde veut voyager. C'est un super beau cadeau que je te donne, Didi. Tu devrais être reconnaissante…

Wendy repense à ce que Willy a fait subir aux bébés de Mémère et ça devient plus facile d'être reconnaissante, même si elle n'est pas certaine de ce que ça veut dire. On peut sûrement être reconnaissante et inquiète en même temps… Louise lui flatte le cou du bout des doigts.

Le moteur démarre, et les pneus sur la garnotte font trembler la voiture. Wendy vire sa tête et ne détache pas son regard de Willy pour lui tenir compagnie le plus longtemps possible. Suspendue sur son siège, petite, sa silhouette s'éloigne, puis disparaît. Partout à l'horizon, le ciel est devenu gris. Il va pleuvoir et ça va laver tout ce qui est sale.

Ouananiches I

Val Grégoire est un rond-point d'environ cinq kilomètres. La rue Principale a la forme d'un lasso, ou d'une corde pour se pendre, ce qui influence le moral général. La ville est sise dans une vallée touffue de la Betsiamites, en Haute-Côte-Nord, à une centaine de kilomètres au nord de Forestville, entre le Saguenay–Lac-Saint-Jean et le réservoir Manicouagan, pas si loin non plus, à vol d'oiseau, du Labrador. On s'enfonce, littéralement, sur la 385, la seule route qui rattache Val Grégoire au monde, un long tunnel d'épinettes noires qui s'élèvent en monceaux et s'enlacent en une courtepointe tricotée serrée au-dessus des têtes, jusqu'à bloquer le ciel – le ciel auquel nous, Valgrégois, ne pourrons jamais que rêver.

Une vaste portion de la 385 longe la tourbillonnante rivière Hamilton. Au printemps, ses chutes blanches et bleues postillonnent de larges particules d'eau qui se fracassent contre les pare-brise poussiéreux des visiteurs lorsqu'ils traversent les ponts surplombant ses rochers algueux et pointus. Elle humecte la terre et apaise comme elle peut l'âpreté de notre paysage, puis part s'éparpiller en un complexe réseau souterrain de rigoles sablonneuses, va s'étendre jusque dans des contrées lointaines, s'immisce dans des racoins effrontément intimes de certaines forêts humides et intouchées, à des centaines de lieues d'ici, elle en lèche les entrailles épaisses d'aiguilles d'épinettes et de sédiments glaiseux, goûte avidement la mousse vert tendre lorsqu'elle remonte à la surface, fend, à force d'ardeur, les cailloux durs et les troncs inertes. À notre altitude, toutefois, cette luxuriance est trompeuse : à une cinquantaine de mètres tout au plus en bordure de la route, des milliers d'arpents, autrefois dispenseurs d'arbres que nos pères fauchaient comme du foin, s'étirent désormais à vif, la peau écorchée. De nos jours, quiconque s'aventure en ces anciennes tenures pénètre dans les ronces et en ressort scarifié de haut en bas, les jambes, les bras, le visage mutilés et saignants, léger sourire en coin ; à Val Grégoire, la grande majorité des âmes sont désormais corrodées et elles s'égrènent comme de la poudre de rouille dès qu'un petit vent se lève.

Nous étions pourtant voués à un avenir lumineux, nos parents vécurent ici leur vingtaine et leur trentaine à y croire. L'aïeul Desfossés, Grégoire de son prénom, alors jeune curé de son état, avait été dépêché durant quelques années de grande noirceur sur toutes sortes de chantiers de bois, au nord du monde, afin d'oindre les ouvriers qui tombaient comme des mouches. Sa Sainteté n'avait jamais été faite pour la prêtraille, même sa propre mère le jugeait trop orgueilleux pour une telle vocation, et il avait rapidement défroqué pour les affaires. Ainsi, à Québec, par un soir de tempête de février 1949, dans un club sélect avec des murs capitonnés qui sentent le cigare en permanence et guetté par de gros balourds qui demandent à la porte qu'on leur murmure le code secret à l'oreille, l'aïeul Desfossés signa un bail emphytéotique pouvant le remplumer durant des décennies grâce à la forêt, un immense lopin de terre au milieu d'un désert d'arbres prêts pour la banque.

Par mesure de précaution, car il craignait les protestations de quelques Montagnais un peu trop sourcilleux, le nouveau suzerain fit envoyer des agents de la Police montée, réjouis à la perspective d'avoir de l'Indien à tapocher. Il n'y aurait pas de partage, on ne le verrait signer aucun traité, aucune convention. En plein « territoire de chasse » de quelques « ancêtres », mieux valait ne pas prendre de risques indus et, même s'ils furent peu à rouspéter, les Innus qui protestèrent se firent renvoyer cul par-dessus tête avec la complicité éhontée des autorités régionales. Nos parents, pas trop au fait de cet épisode, accuseraient effrontément, bien des années plus tard, les sauvages d'avoir fui la forêt comme des bêtes flairant le cataclysme. Nous les croisons parfois dans le temps de la chasse à l'orignal, des ombres pâles là où il reste encore un peu de forêt, mais ils ne nous visitent jamais, ils retournent bien sagement dans leurs réserves et nous ne les voyons plus jusqu'à la saison de l'ours, au printemps suivant.

Peu après son acquisition, l'aïeul Desfossés se trouva une femme, qu'il installa dans une belle maison de

Québec, puis tout de suite des maîtresses, dispersées tout au long de la route entre la Vieille Capitale et ici, prédisposé qu'il était pour ce commerce-là aussi. Évelyne Desfossés, une lécheuse de balustres comme l'époque en produisait à la chaîne, attribuait à son mari toutes sortes de vertus saugrenues du simple fait qu'il avait jadis été curé ; à l'inverse, Grégoire s'arrogeait une marge de manœuvre démesurée pour ses largesses, convaincu que l'inébranlable piété de son épouse leur garantissait, à l'un comme à l'autre, une place au ciel. Évelyne accoucha seule, à Québec, d'un fils qui naquit, elle le jurerait véhémentement toute sa vie, les mains en croix.

Au début, tout alla bon train. La machinerie se sophistiquait, tant pour la transformation que pour la coupe, et certains de nos pères gaspillèrent quelques doigts, souvent confondus avec des rameaux ne demandant qu'à être émondés. Les lourds camions qui tiraient le bois destiné au Sud soufflaient vers la droite ceux qui revenaient, vides, dans l'autre sens, une bourrasque du Kansas, et les conducteurs s'agrippaient à la poignée de la portière. Chaque convoi parti la panse pleine de forêt rappliquait la boîte à gants gorgée d'argent, et l'économie, comme on dit, roulait à fond. Le soir venu, les exilés s'empilaient comme des cordes de bois dans de petites tentes de toile qu'ils empestaient de sueur et de boisson, leur sommeil usé par le ronflement de leurs compagnons d'infortune. À la fin des saisons, ils retournaient en ville pleins de dettes et d'hormones, lâchés dans le monde comme des Vikings sur le nouveau continent.

Au bout de quelques années, toutefois, au terme de conciliabules clandestins, nos futures mères annoncèrent à leurs hommes qu'elles les suivaient vers ce lotissement en devenir, qu'ils le veuillent ou non. Plusieurs d'entre elles avaient vu leurs mères et leurs grands-mères perdre leurs maris aux mains du même cruel métier, en Abitibi ou au Lac-Saint-Jean. Même s'il regretterait longtemps l'époque où il pouvait aller et venir comme il l'entendait chez les belles de l'arrière-pays, l'aïeul Desfossés leva galamment son chapeau et prononça, à l'arrivée de cette trâlée d'épouses (dont la sienne), un discours inaugural qui l'autoproclamait maire de sa ville, ce qu'il serait jusqu'à sa mort. Nos mères froncèrent les sourcils : « Ville ? » La forêt, avaient-elles cru, et la nature, l'air frais et les réconfortants poêles à bois ; les étourdies ne savaient pas dans quelle galère elles s'étaient embarquées, car ce sont elles, les femmes, qui seraient bientôt contraintes de porter Val Grégoire à bout de bras.

Évelyne, dès qu'elle fut Madame la Mairesse, se démena pour faire ériger l'église le plus rapidement possible. Les premières maisons sortirent de terre juste après, en 1956 – nous connaissons l'année puisque c'est celle où nous avons commencé à naître, infatigablement, comme une diarrhée mal soignée. L'hôtel de ville ne tarda pas à être inauguré par l'aïeul Desfossés, qui s'y était réservé un grand bureau ensoleillé de patron de multinationale. S'ensuivirent l'épicerie, l'école primaire, puis secondaire, la piscine, l'aréna, le poste de police, la caserne de pompiers, la station-service, les rues asphaltées, les ballons qui roulent devant la voiture à la dernière seconde, les panneaux de limite de vitesse, le bureau des examens de conduite. On vit apparaître un des hôpitaux les mieux équipés de la province, une prison tout inclus (avec buffet à volonté, activités de groupes tous les matins et spectacles amateurs des geôliers le vendredi), un asile psychiatrique tout ce qu'il y a de plus innovant, ainsi que la Plaza du monde, un centre commercial fait sur le long où on vendait du linge comme on en voyait à la télé. Des chercheurs d'or nouveau genre traînaient pas loin derrière avec leur concessionnaire automobile, leur terrain de golf, leur station de ski, leur roulodrome, leur salon de quilles, leur arcade, leur place à beignes. Nos grands-parents, las de ne jamais côtoyer leur descendance, se mirent à déménager en grappes dans les environs, ça s'achetait des bungalows avec l'argent des vieux jours, ces gens-là, et ça bénévolait comme des prébéatifiés.

L'aïeul Desfossés pressentait peut-être déjà qu'il mourrait tôt, cela expliquerait pourquoi il s'agitait à en accomplir autant en si peu de temps. Il prenait deux ans à chacun de ses anniversaires, et nous le voyions vieillir à vue d'œil lors de ses visites à l'auditorium, à chaque rentrée des classes. Son ventre le tirait vers l'avant et sa scoliose se délectait de sa colonne vertébrale avec tant de voracité que nous l'entendions lui gruger les os. À pas même cinquante ans, ses jambes avaient perdu leurs poils et étaient couvertes en permanence d'une fine poudre blanche, comme s'il passait ses journées dans un cercueil de plâtre. Évelyne s'accommodait avec gratitude de la santé précaire de Grégoire, car elle pouvait allègrement prier, prier, prier pour son mari et remercier secrètement le ciel de ne pas lui laisser trop de répit, car une vie où l'on ne s'échine pas ne suscite pas l'affection du bon Dieu.

Outre ces messages d'alerte envoyés par le corps condamné d'avance de Grégoire, le seul véritable ennui des Desfossés était leur fils unique, nommé d'abord Jean, puis rebaptisé Jean-Marc vers treize ans dans l'espoir que deux apôtres accompliraient meilleure besogne qu'un seul. Dès son plus jeune âge, Jean-Marc se révéla batailleur, rancunier et soupe au lait. Évelyne fut très vite à ce point traumatisée de voir leur garçon grandir en ayant exclusivement hérité des tares de son père, et de si peu de ses qualités à elle, qu'elle jura à Grégoire, et tant pis pour ce que commandaient les Évangiles, qu'on ne l'y reprendrait plus, à la maternité. Le devoir conjugal ne manquerait ni à l'un ni à l'autre. Ils n'en discutèrent jamais, se croyant mêmement satisfaits de leur arrangement tacite sans se douter du malentendu : elle embrassait avec la même inquiétante fureur l'abstinence que lui ses ardeurs extraconjugales.

Évelyne eut beau placer leur fils sous la gouverne d'un précepteur dès qu'ils arrivèrent à Val Grégoire, Jean-Marc n'aima pas l'école et l'école ne l'aima pas. Les descendants Desfossés seraient tous d'incurables illettrés et Jean-Marc ferait de son manque de classe crasse sa marque de commerce. Il avait grandi pour devenir alcoolique et, déjà, à pas même vingt ans, il se montrait aussi prévisible que s'il avait eu la soixantaine et des marottes. À la Brasserie du Nord, il rencontra Marie-Pierre, une grande brune malséante et écornifleuse de Baie-Comeau qui aurait pu faire actrice, mais qui avait une dentition exécrable et qui se flétrissait la peau avec la cigarette. Entre 1972 et 1978, ils préparèrent sans le vouloir le désastre à venir, engendrant coup sur coup, comme de vilains lapins, sept garçons : Ricardo, Julio, Bruno, Théo, Mario, Léo et Marco – ils l'expliquaient avec le plus grand sérieux : « Le *o,* c'est pour l'*onneur.* » Marie-Pierre organisait toutes sortes d'activités afin de canaliser la testostérone manufacturée par les treize testicules de ses sept fils et Jean-Marc leur faisait boire de la bière dès qu'ils brandissaient le moindre poil. Tout ce qui survenait dans leur maison, à l'époque, était nimbé d'une aura de frénésie jaune orange et ça brûlait les yeux à regarder.

Les circonstances peu glorieuses de la disparition de l'aïeul Desfossés, en 1984, éclaboussèrent un peu sa mémoire : on le retrouva, trois jours après sa mort, dans la baignoire d'une maison isolée sur un chemin de terre, en bordure de la 138, à plusieurs centaines de kilomètres de sa ville. L'endroit lui avait été prêté par un ami haut fonctionnaire qui fut surpris, de retour d'un voyage officiel, de constater que la voiture de son invité était toujours garée devant chez lui et, plus encore, d'entendre des murmures étouffés, puis des cris provenant de la salle de bains. Dans une eau devenue froide et grise, une minuscule prostituée était prisonnière sous le cadavre gras du bonhomme. Son client, mastodonte inerte, la fixait encore avec ses yeux de carpe coïtante. Le fait que le maire Desfossés, autrefois escouade de la moralité à lui seul, au parcours en apparence exempt de taches, à la feuille de route vierge, à la verge de bois toujours prête à marteler les doigts suspicieux, fût allé mourir dans l'infamie sema l'émoi parmi ses ouailles. Nos parents tentèrent de se consoler : « Au moins, il est allé ailleurs pour *le faire* », comme pour se convaincre que Val Grégoire allait demeurer le même sanctuaire inviolable qu'il avait toujours été.

Sans surprise, le défunt avait légué le moulin à son fils, et les ouvriers, nos pères, se réjouirent à peu près de n'être pas trop dépaysés : ils marchaient encore la tête basse et, pour faire bonne impression, se privaient toujours des quinze minutes de pause auxquelles ils avaient droit. Humiliée d'être encore tenue à l'écart par-delà la mort de son mari, Évelyne retourna d'où elle était venue, vingt ans auparavant, à savoir dans les jupes de sa mère, désormais démente, à Amos. Après son départ, l'église se vida et les longs cierges furent condamnés à ne brûler qu'aux nombreuses funérailles qui ponctueraient les années à venir.

Nos parents, aveugles et nostalgiques, sont restés convaincus que c'est à partir du moment où on a échangé un Desfossés pour un autre que Val Grégoire s'est mise à péricliter. Ils ont benoîtement choisi d'assigner la mairie du père au fils en ne lui opposant aucun adversaire, jugeant plus commode de continuer à dire « le maire Desfossés » que de s'habituer à un nouveau patronyme. En vérité, l'aïeul Desfossés avait rampé jusque dans les âmes et dans la chair de sa descendance et il imposerait ses travers dans le coin jusqu'à ce que Val Grégoire ne soit plus qu'un tas de poussière de gyproc et de parpaing.

I

LA PETITE SALE

1

Les Fowley faisaient partie d'une sous-branche évangéliste qui péchait par excès de syncrétisme : ils priaient les icônes de Marie, de Jésus et d'un type du nom de Mahmoud, né quelque part en Afrique du Nord en 340 de notre ère ; ils communiaient en gobant une sorte de pain sec et spongieux conservé dans un sac de papier estampillé par leurs pontifes de Montréal ; ils craignaient en parts égales la rage de leur dieu tout-puissant, l'Apocalypse prochaine et la masturbation ; en revanche, ils ne dédaignaient pas l'étude de la Bible en solitaire, sinon à deux, rarement à plus de six ; ils organisaient des fêtes, il faut le dire vite, au cours desquelles on se lavait les pieds dans de gros bassins remplis d'eau légèrement salée, de vin rouge et d'huile essentielle de ciste, mixture dont on oignait ensuite quiconque souhaitait être délivré du mal ; ils célébraient Pâques le troisième dimanche de février, selon un calendrier néo-julien, et l'Ascension sur quatre jeudis, fin mai, début juin, que les plus dévots comme eux traversaient en jeûnant. Les Fowley priaient avant chaque repas, et après, et parfois même pendant, lorsque la culpabilité d'avoir de la nourriture leur montait à la gorge en songeant à l'Afrique, à l'Afrique, à l'Afrique. Leur Église avait d'ailleurs développé des liens avec une organisation caritative qui œuvrait dans le tiers-monde à échanger la construction de puits contre l'histoire d'un type barbu ayant déjà eu la gorge sèche dans un lointain désert : boire de cette eau-là, on promettait, garantissait de ne plus jamais avoir soif. Leur culte avait aussi fourni aux parents Fowley les entrées nécessaires à l'adoption de trois fillettes, dans trois provinces différentes : Louise au Yukon, Elizabeth en Saskatchewan et Lydia quelque part dans le nord de l'Ontario.

Louise avait huit ans lorsque les siens avaient été dépêchés à Val Grégoire afin de baptiser le plus de gens possible. Ils avaient débarqué au bout de la 385, suffisants comme des comédiens de télévision dans un théâtre d'été de province, avec beaucoup trop de valises et un sourire hardi. La congrégation, avide de saluts faciles, misait beaucoup sur le proverbial rendement des Fowley, eux qui avaient la réputation de n'avoir qu'à surprendre un regard furtif pour transformer le plus inoffensif promeneur en disciple captif. Ils parvenaient à faire promettre à n'importe quel badaud de se présenter avec marmaille et concubin à une des séances d'étude de la Bible instituées dans leur sous-sol trois soirs par semaine. Sauf que leur mission à Val Grégoire ne leur causa que déception : la population locale, profane du croupion au chignon, n'avait pas l'air prête à courber l'échine devant Dieu. Leurs méthodes d'antan ne semblaient provoquer ici aucun effet et ils avaient beau courir les rues, safres et haletants, au rythme effréné d'un chronomètre interne à la recherche de chair(e) fraîche, quiconque les croisait, à l'épicerie ou au salon de coiffure, feignait de ne pas les avoir aperçus.

Louise avait toujours pressenti que ses parents ne s'étaient pas appesantis de trois enfants par pure bonté d'âme, et l'irrévérence de Val Grégoire eut tôt fait de lui donner raison : les offices dévotieux des Fowley n'étaient jamais aussi fructueux que lorsque Lydia, Elizabeth et Louise servaient d'appâts inoffensifs. Ainsi, tous les matins de semaine, elles étaient réveillées aux aurores dans un grand bruit de catastrophe et postées devant l'épicerie à – 25 °C, ou dans la foire alimentaire de la Plaza du monde, pour distribuer des fascicules dont la lecture complète garantissait le salut, le jour venu, celui où il se passerait enfin quelque chose. Contrairement à ses sœurs, qui préféraient le confort douillet de la prière à ce prosélytisme expansif, Louise ne se lassait pas d'être envoyée comme messagère de bonnes nouvelles et autres histoires de miracles, libérée quelques heures du salon clair-obscur familial où on les confinait le reste du temps à psalmodier des prières et de longues chansons monocordes et vertueuses. Elle n'éprouvait aucun scrupule à dévier des objectifs de la mission apostolique à laquelle on la forçait. En quête désespérée d'une existence un peu plus terrestre, elle accumulait au hasard des conversations des bribes de références communes (auxquelles elle n'était autrement jamais exposée), telles que la saison du Canadien ou l'intrigue d'une émission de télé à la mode. Puis, au bout de plusieurs minutes de franche distraction, se sachant épiée par ses parents, elle fourrait quelques feuillets dans les mains des passants ou dans leurs paniers d'épicerie et chuchotait : « Jetez-les à ma place pour pas que je me fasse chicaner. »

Si ses sœurs parvenaient sans effort à devenir exactement ce qu'on attendait d'elles, Louise, elle, était incapable d'être bonne fille et se faufilait hors de la maison dès qu'une porte s'entrebâillait un peu trop longtemps. Ses parents huchaient son nom d'une voix honteuse et tremblante en ratissant Val Grégoire de long en large, mais c'était plus fort qu'elle : Louise restait perchée dans un arbre ou tapie derrière un bosquet à leur passage, puis elle repartait, bête dans le pâturage, trotter vers l'inconnu dès qu'ils étaient hors de sa vue – n'importe quoi, pourvu que ce soit neuf. Elle employait ces moments de répit à se cochonner les mains et les vêtements, à bouffer du sable et de la bouette, et elle se pavanait, crasseuse comme une enfant débraillée. Elle surgissait à un des coins de la ville, puis disparaissait aussitôt, déjà ailleurs, n'exerçant elle-même aucun contrôle sur ses allées et venues, à l'affût seulement de l'apparition soudaine de son père ou de sa mère dans leur battue pour la retrouver. Elle espionnait les vieilles dames ratatinées qui tremblotaient de trop boire de café au Dunkin' Donuts, puis se retrouvait comme par magie quelques minutes plus tard à l'autre bout de Val Grégoire, les deux pieds dans l'eau de la rivière Hamilton ou à cracher dans une bouche d'égout du parc des Sages. Comme elle n'avait pas conscience qu'une journée se découpe en heures, et les heures en minutes, ce genre de règles élémentaires, elle errait ainsi jusqu'à tard le soir. Son visage, lorsque la police la ramenait à la maison, était fièrement recouvert d'une mince croûte d'agrégats d'origine inconnue et sa mère le lui nettoyait d'une main brusque et rogue, le regard aimant et démuni, impatiente de voir sa fille dissipée se ressaisir enfin.

Cet été-là, celui où Louise eut dix ans, son père fit une crise cardiaque. C'est elle, Louise, qui le retrouva, suant et pâle, accroupi sur le prélart de la cuisine. Il leva sur elle un œil paniqué, le premier sentiment qu'elle pouvait attribuer à cet homme d'ordinaire si rigide, et Louise se surprit à espérer quelques instants qu'il y passerait. Mais elle appela à l'aide et les ambulanciers le sauvèrent.

Cet incident ne fut pas sans conséquence, car le père fut mis au repos forcé. Les Fowley ayant des comptes à rendre au Saint-Siège social de Montréal, la mère dut reprendre seule et effrénément les rênes de la prédication, elle qui consacrait une bonne part de sa vie à faire l'école à la maison à ses filles. Son mari et elle entretenant une méfiance viscérale envers tout ce qui permet de réfléchir un peu par soi-même, ils n'eurent toutefois d'autre choix que d'envoyer leur progéniture à l'École du Lac de Val Grégoire. Pour la seule fois de sa vie, l'incrédulité acharnée de Louise connut un léger et momentané fléchissement : depuis toujours, la jeune fille ne daignait prier que pour une seule et même faveur (être lâchée lousse dans le monde extérieur) et voilà que, à son grand ébahissement, le bon Dieu faisait enfin preuve d'un peu d'indulgence. Ses deux sœurs, plus jeunes, se montrèrent très sensibles aux calomnies proférées par leurs parents : Elizabeth garda son œil fixe et son visage grave, c'est par en dessous que ça grondait, et Lydia pleura de peur durant tout le mois qu'il leur restait d'été jusqu'aux premières lueurs de septembre et fit son entrée en deuxième année en se pissant dessus. Quant à Louise, elle était guillerette comme un matin de Pâques.

Seule nouvelle élève dans la classe de cinquième année de Mme Gisèle, Louise reconnut quelques visages de ses virées familiales de conversion au centre commercial. Elle n'était pas encore assise au pupitre qui lui avait été assigné qu'un petit élève bosselé au front démesurément large demanda juste assez fort :

– C'est qui, elle ?

Dure de la feuille, Mme Gisèle n'entendit pas et ne crut par ailleurs pas opportun de procéder aux présentations officielles.

– Moi, c'est Louise. Louise Fowley.

– La Petite Sale, tu veux dire ?

Il y eut un grand éclat de rire et Louise ne sut pas quoi répondre, ne fut pas même certaine d'avoir bien saisi. La Petite Sale ? Mme Gisèle sourit, pensant probablement que la grande joie qui se répandait dans la classe était annonciatrice de l'année à venir.

Louise pouvait bien ravaler ses larmes, son trouble ne durerait que quelques instants encore, puisque dans les prochaines minutes leur sort, *aux trois,* serait scellé. Le temps d'ouvrir son sac et de sortir ses cahiers, un bout de papier avait été déposé sur sa gauche : « À Val Grégoire, à peu près tout le monde est stupide. Pas moi et pas toi. »

La note ne pouvait être l'œuvre que de ce gringalet aux cheveux hirsutes qui regardait fixement vers le tableau, figé, fournissant d'incommensurables et peu subtils efforts pour ne pas se retourner vers Louise. Il avait pris soin de placer en oblique la feuille, pliée en deux, où il avait tracé d'une écriture sobre et mince : « Laurence ».

Louise se sentit observée à sa droite : un garçon court et compact, blond, la toisait en souriant. Elle n'avait jamais vu de tels yeux, verts ou bleus ou gris, et perçants. Sans se présenter ni même la saluer, il lui annonça, à haute voix et sans égard pour Mme Gisèle qui essayait d'établir les bases du vivre-ensemble auquel elle s'attendait pour les dix prochains mois :

– Si on passe à travers l'année, l'été prochain, je t'invite à mon chalet, au lac du Prêtre.

Chaque rentrée depuis sept ans, Mme Gisèle appréhendait l'arrivée du prochain frère Desfossés sur sa liste de présence. Cette fois-ci, elle n'avait pas pris de risque et, avant même de connaître Marco (le dernier de la lignée !), elle l'avait placé bien à sa vue, première rangée, au milieu, devant son bureau. Ces précautions d'une enseignante d'expérience, doublées au hasard de l'alphabet qui vous attribue un patronyme et vous éparpille dans l'espace, les avaient répartis, les trois, côte à côte. Et donc ils *s'eurent* : Louise, la puissance de défoncer abattre chambarder tout ce qui s'entête à rester immobile, voyait naître dans son cerveau toutes sortes de coups pendables capables de chambouler l'existence qui coince ; Marco, les jambes pouvant gravir toute montagne, connaissait les portes dérobées et les passe-droits, savait où on rangeait les allumettes ; Laurence, la tête sachant reconnaître le chemin vers le soleil, préparait les façons de s'excuser aux adultes sans perdre la face et laissait les deux autres copier les bonnes réponses durant les examens. (Cette charité, de toute évidence, ne satisfit pas aux exigences du mauvais sort puisque Marco redoublerait à la fin de l'année.) Ils suppléeraient ensemble tout ce qui leur faisait défaut, travestiraient le destin durant quelques années, supplanteraient la bête infortune en formant un tout homogène, un remède soluble contre l'ennui, une force de la nature, tornade et éclipse solaire tout à la fois.

C'était indéniablement elle, Louise, la cheffe de leur trio, la petite étincelle qui les faisait passer pour plus nombreux qu'ils ne l'étaient. Ils mettaient les pieds dans les plats en riant, puis se léchaient les orteils. On lui demandait souvent : « Pourquoi pas des filles de ton âge, Louise ? » Parce que : garçon, fille ou pouliche, personne n'aurait jamais été à leur hauteur, aux trois.

Leur vie se découpait en ces deux seules saisons que supporte le Nord, une cassure chiffrée à 12,5 °C qui détermine s'il vaut mieux être dehors ou dedans. L'hiver, lorsque Louise était libérée quelques heures de l'emprise familiale, ils envahissaient la maison de Mercedes, la mère de Laurence, tout au bout d'un long bras de route qui s'étirait hors de la rue Principale, sous les hauts arbres, aux abords de la rivière Hamilton. Mercedes, femme minuscule, vous ébouriffait affectueusement les cheveux et vous entretenait de tout un paquet de théories qui font du bien sur la bonté de l'âme et les astres et la lune et la force de l'amour. Elle travaillait au mont Brun, cette station de ski fermée qu'elle avait convertie en centre de soins en tout genre pour les plus amochés du coin, et y restait souvent à dormir. Les jours où elle était en ville, toutefois, Louise et Marco étaient invités à souper et on vidait le garde-manger et le frigo des éléments disparates et épars dont ils étaient garnis, des carottes brunâtres et des céréales avec du lait passé date et beaucoup trop de sucre et du pop-corn et du macaroni au fromage en boîte. Louise pressentait que si elle racontait à ses parents ne serait-ce qu'un huitième de ce qu'elle avait la permission de faire (et de ne pas faire) chez Mercedes, ils lui interdiraient à jamais d'y retourner.

Laurence avait un frère, William, et une sœur, Wendy, tous deux plus vieux. Cette dernière riait de tout et n'importe quoi et ajoutait des adjectifs de couleur à la fin de chaque phrase. Ce n'était pas nécessairement visible à sa tête, mais il ne s'agissait d'un secret pour personne que Wendy Calvette n'était pas vite-vite, un genre de mascotte à Val Grégoire, avec son regard bigle et guilleret. Quant à l'aîné, tout le monde savait qu'il avait été ballotté d'un endroit à l'autre, on disait « centre jeunesse », on disait « prison pour jeunes », mais on ne connaissait absolument rien de son passé de frasques difficiles à avaler. Il vous lorgnait avec ses petits yeux plissés dans lesquels il vous empêchait d'entrer et son silence ne faisait qu'attiser les rumeurs. C'était étrange pour Louise : autant William lui tordait le ventre d'effroi, autant il faisait battre son cœur très fort.

Le sous-sol de Mercedes, en particulier, était l'endroit idéal pour dépenser le temps. Il y avait là une incroyable quantité de livres auxquels Louise ne s'attardait jamais, mais qui décoraient joliment les lieux avec leurs dos multicolores. L'espace avait jadis accueilli un cabinet de dentiste auquel on accédait par une porte de service, à l'arrière, et y subsistaient encore d'impressionnantes réserves de matériel odontologique qui faisait le plaisir de Louise, Marco et Laurence : chaise d'examen, crachoir, lampe puissante, vieux polisseur, gobelets de plastique. Comme Mercedes était souvent absente et que William était un pas fiable, Laurence était contraint de s'occuper de Wendy, qui leur servait de cobaye. Elle ouvrait grand la bouche, se faisait passer la soie dentaire, recevait des injections vides d'anesthésiant, puis elle se relevait en souriant à pleines dents, les gencives ensanglantées. C'est aussi là que William avait installé son atelier de taxidermie, dans une salle dont l'accès était formellement interdit. Louise, Marco et Laurence respectaient cette règle à peu près à la lettre, certainement pas par principe, mais parce que l'odeur des dégraisseurs et des acides laissait deviner, sans trop savoir de quoi il s'agissait, une affolante proximité avec la mort. William accumulait les statues en peluche qui envahissaient, rampantes, le coin de dentiste, et cela suffisait à satisfaire leurs esprits aventuriers.

Les nuits clémentes revenues, Louise emmagasinait une quantité incroyable d'énergie qu'elle expulsait, le jour à peine levé, en empoignant sa bicyclette pour filer droit vers le parc des Sages à la recherche désespérée de ses deux copains, ses frères. Elle trimballait une gamme de marqueurs permanents dans son sac à dos, et ses mains, ses avant-bras, son visage se tachaient de bleu, de jaune, de rouge, de vert, corroborant le surnom que lui avaient déjà attribué ses pairs. Les pupitres où elle s'installait, les bancs où elle s'assoyait, les murs qu'elle longeait, elle y traçait des fleurs qui sentaient presque bon tant elles étaient belles, embobinées en des réseaux complexes de tiges et de feuilles et de racines. Leur table de pique-nique du parc des Sages en particulier, en raison des heures qu'ils y passaient ensemble, était devenue un véritable jardin botanique. Jusqu'à ce que La Petite Sale disparaisse de Val Grégoire, les seules nouvelles fleurs à pousser en ville étaient celles qu'elle semait dans son sillage.

Les trois amis vécurent une courte période où le temps s'étira pourtant lentement et où tout ce qui se profilait à l'horizon demeurait informe. Cette époque n'appartenait à aucune ère, déconnectée totalement de tout ce qui aurait pu, autour, produire des secousses et creuser des plaies. L'été tout le temps. Ils riaient en déployant leurs gorges comme des crocus d'automne et les Valgrégois cessaient de râler ou de se battre dès que leurs éclats fendaient l'air. Toutes les enfances du monde rêvent secrètement d'avoir existé à la manière de ce trio. Ils hurlaient des chansons d'amour triste et de mort imminente dont ils ignoraient les paroles, ça devenait gai dès que ça sortait de leurs bouches, de vraies fêtes avec les mots *Love* ou *Forever* ou *Baby* sur toutes les intonations. Ils couraient sur la gravelle, le cœur radieux et chaud, et ça faisait crish-crish dans leurs pieds, leurs genoux, leur bas-ventre, leur tête, et ce serait cela, la sensation de l'enfance lorsque, plus vieille, Louise y repenserait, crish-crish, et ça vibrerait à jamais dans son cervelet, juste en haut de la nuque. Il aurait fallu que ça ne se termine jamais.

Ils s'imaginaient souvent leur avenir commun.

– Je vais être artiste, les prévenait Louise en articulant amoureusement les trois syllabes du mot.

Marco, lui, souhaitait réparer des moteurs d'avions, une aspiration commode qui leur permettrait, lorsqu'ils seraient las de Val Grégoire, de se rendre où bon leur semblerait.

Laurence n'espérait rien et ne s'en portait pas plus mal. Il gonflait les joues, soupirait :

– Je sais pas.

Il pressentait, effaré, que les choses finiraient tôt ou tard par se gâter. Louise tranchait :

– Toi, tu vas t'occuper de nos enfants.

Marco fut le premier à avoir un aperçu que leurs jours ensoleillés s'apprêtaient à s'assombrir pour de bon, un cumulonimbus dont il aurait fallu se méfier. Il s'amena au parc des Sages complètement dépité. L'orthopédagogue de l'école venait officiellement de jeter l'éponge, elle qui avait pourtant accompagné les six autres frères Desfossés, tous certainement plus abrutis que leur cadet, jusqu'au secondaire, dernière étape avant les fastes jours du décrochage. Le verdict était irrévocable : Marco était sur le point de doubler sa cinquième année pour la deuxième fois. Médusé, il était condamné à regarder ses deux amis passer à la polyvalente Monseigneur-Michaud en ne pouvant même pas espérer une fin proche à son primaire, lui, harponné à jamais à la classe de Mme Gisèle.

Sa mère l'avait prévenu que ses notes ne seraient jamais assez bonnes pour ses aspirations professionnelles. Louise avait parfois changé de discours (« Je vais être docteure » ou « Je vais conduire la zamboni »), mais son ton avait toujours été rempli de l'espoir de jours meilleurs. Pas Marco : depuis qu'il était en âge d'avoir de l'ambition, il n'avait jamais dérogé de la sienne.

Cette nouvelle mit Louise hors d'elle.

– Y en a même pas, ici, de mécanicien d'avion ! Me semble que ça devrait compter, ça !

Marco rétorqua, résigné :

– Au pire, je deviendrai police... Pas besoin d'être intelligent pour ça...

Laurence haussa les épaules et n'insista pas sur le fait qu'il avait raison depuis le début : la fin de l'enfance n'annonçait rien de bon. Après, on ne décide plus rien.

En attendant cette fatalité aux contours flous, Louise s'évadait en s'imaginant ce qu'il en était ailleurs et ce que ce serait de voyager avec Marco et Laurence. Elle haletait juste d'y penser, New York ou Mexico ou Séoul ou Shanghai, elle essayait de ressentir ce que ça provoque, autant de gens à la même place, des villes paralysées par tant de voitures que ça crispe les artères et fait rebondir le cœur. Elle rapportait incognito des piles de papier brouillon dans sa chambre et dessinait en cachette, parce que ses parents auraient probablement sévi s'ils avaient découvert avec quelle impudicité elle s'adonnait à la rêverie. Elle esquissait des paysages avec de longs wagons et des inconnus dans les rues et de la vraie pollution qui tache la gorge, elle aurait voulu que ça transparaisse sur le papier, que le simple fait de mirer ses œuvres instille l'espoir dans le sang.

Marco et Laurence comprenaient jusqu'en leurs tréfonds son appel du large. Pendant que leurs camarades de classe passaient leur préadolescence à s'engourdir de chips, de jeux vidéo et de Peach Schnapps pour oublier cette fulgurante angoisse qui gonflait leurs ventres comme des voiles bandées, les deux amis écoutaient les fabulations de la troisième. Elle leur inventait des vies ailleurs, des vies dans lesquelles il se passait des choses incongrues et où tout le monde était libre, ça ressemblait à des films d'après-midi et c'était presque possible. Il y avait des îles chaudes où le soleil ne se couchait jamais et des temples perdus où reposaient des sarcophages de quelque peuple ancien, à une centaine de kilomètres à l'ouest de Val Grégoire.

Lorsque Laurence avait soin de sa sœur, Wendy faisait preuve du même appétit que les deux autres. Elle ronronnait comme un chat et se blottissait sur les genoux de Louise en lui reniflant les cuisses, les paupières fermées.

– Raconte-nous une autre histoire…

Louise ne se faisait pas prier, elle gesticulait, s'emportait, décrivait des ruelles, des rues, des restaurants, des magasins de cités fantasmagoriques en ne lésinant jamais sur les détails. Elle décrivait :

– Tout est gris, mais un beau gris, un gris pas triste, et il y a partout des taches des couleurs préférées de tout le monde. Du rose sur les joues, parce que les gens sont tous en amour ; du vert entre les maisons, et on fait des pique-niques sur le gazon à longueur de jour ; du rouge dans les vitrines des magasins de vêtements et, quand le soir arrive, on jette son habit aux poubelles pour s'en acheter un neuf le lendemain ; du bleu au-dessus des gratte-ciel, qui ne grattent pas le ciel mais le chatouillent comme de longs doigts et, des fois, il éclate de rire très fort et ça donne du tonnerre.

Wendy, langue et crayons sortis, couchait sur le papier les récits qu'il lui était donné d'entendre, imitant Louise jusque dans sa façon de dessiner, les mêmes agencements bariolés et les mêmes formes onduleuses. Personne de Marco, Laurence ou Wendy ne mit jamais la parole de Louise en doute : elle avait vécu en ville, enfant, elle devait forcément savoir.

D'abord réservés à la sphère privée, ses talents de conteuse furent rapidement reconnus auprès de leurs semblables et Louise se livrait en spectacle avec une généreuse gratitude, découvrant peu à peu que son existence était encore plus excitante sous les projecteurs. Il est un épisode en particulier que ses camarades de classe lui réclamaient encore et encore, celui qui les avait fait flirter, Marco, Laurence et elle, avec l'Histoire, leurs quatorze minutes trois quarts de gloire. Louise n'y consentait toutefois qu'en présence de ses deux amis, qui étaient mis à contribution : elle prenait la parole ; Marco précisait, détaillait, reprenait ; Laurence était droit comme un piquet, l'œil vague, et il hochait la tête lorsqu'on l'interpellait pour confirmer les dires des deux autres.

L'amorce de Louise était toujours la même : la fois où ils l'avaient rencontré, Le Baron, c'était en août. Ils faisaient comme d'habitude, ils se morfondaient à leur table du parc des Sages quand ils l'avaient vu arriver. Jordan Baron ne passait pas inaperçu, il faut dire, avec ses cheveux longs, ses bottes cloutées et son manteau de jean en toute saison. Dans certains cercles d'initiés, certes, sa renommée faisait déjà parler en raison des estampilles qu'il collectionnait dans son dossier criminel, mais cela les distinguait, eux, membres du trio chenapan, de la plupart de leurs congénères : ils avaient ce jour-là su *reconnaître* Jordan Baron, pas encore la légende qu'il était sur le point de devenir.

Marco s'était élancé vers lui pour lui demander de leur sortir de la bière. Cette histoire de bière, à douze ans, suscitait beaucoup d'admiration.

À eux trois, ils disposaient de deux dollars.

– On va te les remettre, avait promis Louise.

Marco et elle maîtrisaient à merveille les ressorts dramatiques de leur intrigue et ils s'échangeaient la narration sans se consulter, l'un reprenant la parole juste à la fin de la phrase de l'autre. C'est à Marco que revenait le segment où Le Baron avait vérifié l'âge de Louise, qui avait menti : seize. Il avait laissé planer un silence, les prunelles brillantes, et elle avait soutenu son regard, inébranlable, bravache.

– Mon nom, c'est Jordan Baron, mais mes chums m'appellent Baron.

Évidemment, chacun savait qui il était.

– Moi, c'est Louise Fowley.

– Moi, c'est Marco, Marco Desfossés.

Il avait appuyé légèrement sur son patronyme, gage de crédibilité.

Jordan Baron avait fixé Laurence un instant. À ce moment du récit, invariablement, tous les spectateurs déplaçaient leurs yeux vers ce dernier, qui voûtait les épaules. La plupart ne connaissaient même pas le son de sa voix.

Louise avait soupiré, faussement agacée.

– Lui, c'est Laurence.

Puis elle avait remercié Le Baron en esquissant le plus beau sourire dont elle était capable. C'est alors que Le Baron avait prononcé cette phrase qui deviendrait célèbre parmi les jeunes de Val Grégoire. Louise le citait textuellement et ses mots se fracassaient dans les têtes, c'était comme regarder un trésor derrière une vitre :

– C'est vrai qu'y a rien d'autre à faire que boire, à Val Mouroir. Moi, j'en ai plein mon casque, pis un jour, je vais crisser mon camp. On mérite mieux que ça.

Le Baron leur avait fait signe de patienter, avait traversé la rue Principale et était entré dans le dépanneur Vadeboncoeur, le même qu'il cambriolerait un mois plus tard, et quiconque entendait cette histoire pensait, sans oser en rendre compte, que c'était sans doute *ce jour-là,* en allant acheter de l'alcool à Louise, Marco et Laurence, que Le Baron avait eu l'idée *du reste.*

Les raisons exactes qui poussèrent Jordan Baron et ses acolytes à commettre leur fameux braquage, le 8 septembre 1990, restèrent nébuleuses. Les trois comparses entrèrent dans le dépanneur Vadeboncoeur avec deux Remington, vidèrent le coffre-fort dans un sac de papier et s'emparèrent de trois caisses de Labatt 50 en cannettes. La police fut rapidement alertée.

En pleine chasse à l'homme, l'un d'eux tenta de se débarrasser de son arme en la balançant par la fenêtre de la voiture, mais, pas tant paniqué qu'empoté, il accrocha la détente et atteignit le second d'un projectile dans le ventre. Les trois mécréants foncèrent droit vers le sous-bois Cartier avec un véhicule volé, une Plymouth Valiant 1976, et l'abandonnèrent après l'avoir fait choir dans un vallon, au milieu des arbres et des racines. Ils prirent la fuite et se dispersèrent dans une sorte de logique darwinienne. Le premier se réfugia dans une conduite d'égout où il se tapit, mais se fit repérer dès qu'il tenta de se dérober – on n'eut qu'à suivre l'odeur. D'avance pas très malin, le blessé précipita sa propre arrestation en clopinant chez Math Bonnet, le revendeur de drogue le plus fiché de la région – on n'eut qu'à suivre les gouttes de sang. Jordan Baron rafla quant à lui le butin (et la bière), se faufila on ne sait où et disparut sans laisser de traces.

Les chasseurs craignirent un certain temps de retrouver son corps dans une pinède ou, plus au nord, dans la pessière à mousses, mais les semaines se transformèrent en mois et la ville continua d'attendre en vain son retour jusqu'aux petits matins pâlots de printemps. Alors il fallut bien admettre qu'on ne le reverrait probablement jamais.

Ce départ éveilla dans les consciences le rêve *d'autre chose,* et ce rêve prenait la forme d'une immense couronne : Le Baron, à ce qui se propageait, coulait des jours heureux à Prince George, dont le nom tombait sous le sens, une ville royale pour un baron. Cette Colombie-Britannique-là débordait d'or et d'eau, on y plantait des arbres très rares, et les montagnes bloquaient la vue, il y avait des filles qui ressemblent à des fleurs et qui sentent bon et des gars qui savent dire « je t'aime ». Prince George, une ville qui, juste à en prononcer le nom, provoquait la sensation d'être maître d'un château d'un autre temps, avec des serviteurs et des banquets et des fontaines – rien comme Val Mouroir. En s'enfuyant comme il l'avait fait, Jordan Baron devint le sel de l'existence de toute la jeunesse valgrégoise et il en sauva plusieurs du suicide.

En Louise, toutefois, c'est plutôt une peur panique qu'il avait forcée en la regardant de haut en bas avec une drôle d'étincelle dans les yeux. Auparavant, elle ne s'était jamais doutée qu'un corps puisse avoir une autre fonction que de porter une tête. Elle paniqua en découvrant en même temps que Le Baron l'allure qui lui avait été imposée et trouva la vie incroyablement cruelle de l'avoir constituée ainsi. Il lui semblait sans pouvoir se l'expliquer que son tempérament fonceur et hardi aurait dû être couplé à un corps d'un seul bloc, des fesses descendant en ligne droite et des épaules comme une pyramide d'Égypte à l'envers, mais elle se révélait charnue comme un bulbe de glaïeul. Durant cette première année à la polyvalente Monseigneur-Michaud, elle s'appliqua à aplatir les bouts de seins qui lui sortaient des chairs avec un rouleau à pâte, convaincue qu'elle parviendrait à éviter, du moins à retarder, le pire. Mais rien n'y fit : elle eut ses premières menstruations et, doutant même du fait que ses parents auraient su de quoi il s'agissait, elle trouva conseil auprès de Mercedes qui lui posa avec bienveillance une main sur l'épaule. Un an passa dans le temps de le dire et Louise termina son secondaire I, des regards férocement accrochés à elle.

Ils eurent treize ans à quelques mois d'intervalle : Laurence en mai, Louise en juillet, Marco en août. Cet été-là, il y eut des bourrasques particulièrement violentes à Val Grégoire, ça s'engouffrait dans les portiques et sous les vérandas, ça renversait les pots de fleurs, éparpillait les dessins d'enfants, arrachait les robes et les draps des cordes à linge pour les jeter dans les piscines hors terre, éventrait les grandes molènes et les plants de tomates. Les courants d'air s'égratignaient sur toutes les pointes et les clous en silant, un tumulte constant et inquiétant qui ne mentait pas : Louise, Marco et Laurence n'y échapperaient plus.

2

À cette époque, les parents de Marco décidèrent de se séparer. Ils faisaient claquer les portes et défonçaient les murs et Marco s'efforçait de sourire.

– Ça pourrait être pire : ils pourraient rester ensemble…

Puis, vers la moitié des vacances, Mercedes annonça à un Laurence catastrophé que la famille déménageait.

– Mais pas loin ! s'empressa-t-elle de spécifier, espérant en vain calmer la panique qu'elle semait.

Au mont Brun, perdu au milieu de nulle part, à quasiment quarante kilomètres de Val Grégoire. Elle s'engageait à faire le voyagement, mais les trois amis pressentaient que c'était la fin de quelque chose.

Très vite, ce sinistre été commença à s'amenuiser jusqu'à ces quelques jours à cheval sur août et septembre. Même si on devait chaque année s'y préparer, ça survenait avec autant de régularité qu'une grippe du temps des fêtes : la rentrée scolaire.

À la récréation du matin, le 9 septembre 1991, alors que Laurence et elle étaient en secondaire II depuis à peine une semaine, Louise découvrit Marco, appuyé sur la clôture de la polyvalente. Ses semaines, à lui, étaient longues à tuer, au primaire, sans ses deux amis, dans la classe spéciale où on avait fini par le reléguer. Il la supplia de dépenser le reste de la journée avec lui :

– L'été est même pas encore fini. Il paraît que l'automne commence pas avant le 23.

Les conséquences d'un autre jour d'école raté seraient terribles pour Louise : adieu sorties, adieu dessert, adieu télé ; c'était à se demander si ses parents ne la crucifieraient pas tout simplement – supplice qui, ils avaient pour leur dire, formait le caractère. Mais elle avait été facile à convaincre.

Sans même se consulter, ils se faufilèrent avant que Laurence les repère. Celui-ci aurait été de trop, pour une raison qu'ils pressentaient tous deux sans chercher à se l'expliquer. Ils se dirigèrent à pas de souris jusqu'au sous-bois Cartier et franchirent un ruisseau par un pont artisanal qu'on avait rabiboché avec des branches. De là, trois sentiers se dispersaient en autant de directions. Louise et Marco empruntèrent celui du centre.

La vieille Plymouth rouillait là, au milieu d'une clairière, depuis un an presque jour pour jour, échouée à cet endroit depuis le soir du cambriolage du dépanneur Vadeboncoeur par Le Baron et ses complices. Les alentours avaient peu à peu été dépravés par des adolescents en manque de sensations fortes. Des cannisses d'essence rouges, tels des cônes orange de cols-bleus, balisaient le territoire des vices. Le rond de feu en pierres et en terre sale avait été utilisé des centaines de fois et des racines noircies partaient dans tous les sens. Des tessons de bouteilles jonchaient le sol comme des canines qui sourient pour qu'on leur marche dessus. Des dizaines de condoms usagés poussaient comme autant de petits champignons.

Louise, Marco et Laurence, malgré toute l'admiration qu'ils vouaient au Baron et tout le bien qu'on rapportait au sujet des heures heureuses qu'on pouvait perdre à cet endroit, ne s'étaient jamais senti la permission de fréquenter cette zone, réservée aux plus vieux. Les trois amis savaient où se trouvait la Plymouth, devinaient à peu près ce qu'on y fabriquait, mais, jusque-là, ils avaient préféré s'en tenir à leur table de pique-nique du parc des Sages.

Les sièges au cuir déchiré émirent un drôle de couinement lorsque Marco et Louise s'y assirent. En chemin, elle avait enlevé son pull mauve pastel pour le déposer sur ses épaules et avait été elle-même surprise par l'odeur de sueur intrigante et rêche, nouvelle, qui s'échappait de ses aisselles ; la Plymouth, remarqua-t-elle, était imprégnée de la même. Les vitres étaient bloquées, ouvertes de quelques centimètres, seule voie d'aération de cet espace stagnant d'effluves à la fois inconnus et familiers.

Marco était très agité, il parlait sans arrêt, caressait la cuisse de Louise, l'embrassait dans le cou, sur l'épaule. Ils se déshabillèrent presque au complet sans se regarder, puis ils s'allongèrent et ne surent plus quoi faire. Louise frôla le sexe boursouflé de Marco du bout des doigts, par-dessus le caleçon, mais l'âge tendre croisait l'âge des scrupules et une gêne soudaine l'envahit. Marco, rouge et suant, se débattait comme le pape au printemps. Elle n'osa pas le repousser de crainte qu'il la délaisse pour toujours, mais elle aurait préféré ne pas en être rendue là. Elle tourna le dos à Marco en songeant qu'il faudrait qu'il soit possible de revenir à avant.

Marco attendit quelques secondes, gorgé d'espoir et de sang, puis soupira bruyamment avant de se rhabiller, incontenté.

– On va faire un feu, OK ? proposa Louise.

Marco n'insista plus. Il dirigea les opérations, étrange caporal.

– Ce bois-là est pourri, trouves-en du sec.

Louise obéissait : il méritait bien qu'elle fasse un peu ce qu'il voulait.

Lorsque le feu fut allumé, ils se blottirent l'un contre l'autre et Louise eut l'impression qu'ils auraient fait pareil s'ils avaient fait l'amour. Elle lui bécota le genou.

– J'ai invité Willy…, annonça Marco après de longues minutes.

Louise fronça les sourcils. William : le frère aîné de Laurence.

Louise ravala sa salive, à la fois excitée et inquiète. Elle eut une pensée coupable pour leur ami absent.

Au bout d'une heure, peut-être, Willy arriva avec des cigarettes et de l'alcool brun qui râpe la gorge. Il fumait ; Louise et Marco fumèrent. Il buvait vite et rotait ; Louise et Marco burent vite et rotèrent. Le regard de Louise croisa celui de son ami : ils savaient, les deux, que cet épisode serait aussi fondamental dans leur mythologie que leur rencontre avec Le Baron, William dégageant le même genre d'aura envoûtante que lui. Louise regrettait maintenant de ne pas *l'avoir fait* avec Marco, elle avait pour son dire que les gars comme Willy Calvette le sentent tout de suite quand une fille est encore vierge et elle trouvait que ça ne faisait pas sérieux.

Ils jasèrent de choses et d'autres, de rien en particulier, même si tout revêtait une importance capitale. La bouteille se vidait. Louise entendait tout comme au travers d'un mur et rigolait à rien. Willy l'embrassait sur l'épaule, là exactement où Marco avait posé ses lèvres plus tôt, mais avec plus d'expérience. Tous les gestes de Willy se posaient sur elle comme un agréable déjà-vu, procurant à Louise la sensation d'avoir l'habitude, elle aussi, et d'aimer cela depuis longtemps. Marco pissait sans arrêt, il trimait dur pour faire rire et parlait fort – mais il baragouinait ses mots, et les deux autres ne l'écoutaient pas.

Au début, Louise voulut bien. Elle laissa Willy lui rentrer sa langue dans la bouche, le laissa prendre sa main et la diriger sur son entrejambe bandé raide. Elle aima s'imaginer que c'était ainsi qu'on fait. Elle n'avait jamais éprouvé cette puissance-là, son cœur qui battait, riche de sang riche et de grands vents. Willy la tira vers la Plymouth. Il n'y avait que quelques pas entre la bûche où ils étaient assis avec Marco, autour du feu, et la voiture. Louise connaissait pertinemment les intentions de Willy, mais parvenait mal à s'imaginer ce que ce serait en vrai.

Au début, donc, elle avait bien voulu. Jusque-là. Mais soudain, elle ne fut plus certaine – une incertitude similaire qu'avec Marco, mais décuplée. Du coin de l'œil, elle sentit son ami se raidir, puis pâlir. Les mouvements de Louise se décortiquèrent, elle ralentit le pas, tenta subtilement de retirer sa main de l'emprise de celle de Willy, cessa de sourire, mais il s'agissait de minuscules gestes, presque des frissons, et il se pouvait fort bien que Willy ne les ait pas perçus. Il avait une façon tellement catégorique de la guider là où il le voulait que toute cette force avait facilement pu gober ces risibles gestes de fillette effarouchée. Elle se demanda si Marco avait commencé à se raidir et à pâlir avant de la voir hésiter ou s'il se raidissait et pâlissait justement parce qu'elle hésitait. Quelques pas, puis il n'y en eut plus : ils y étaient. La vieille Plymouth.

Le corps de Louise était engourdi par une torpeur inerte, une terreur qui s'était soudainement incrustée dans toutes ses articulations. Willy lui murmura quelques mots qui sentaient le fort, la prit par la taille, l'embrassa de nouveau dans le cou – ce même cou que Marco avait embrassé –, la poussa contre la voiture, plaqua contre elle ce sexe qui voulait traverser son pantalon. Il lui saisit le bras et la fit se coucher sur la banquette arrière, les mêmes gestes que Marco, mais plus affirmés. Louise savait qu'il existe du désir au fond des gens, mais ignorait si elle en avait elle-même un jour ressenti. Elle tenta d'aller en puiser dans l'envie qui était plus tôt née en elle avant de s'estomper et riva son regard sur ce gros cou en souhaitant qu'il la fasse frémir encore une fois, mais il ne s'agissait que d'un cou sans tête au bout, un cou avec du poil qui dépasse d'un tee-shirt, un cou avec un menton en forme d'enclume qui menace de s'écraser dans le front d'une biquette. La lourde poitrine, prolongation de cette encolure, compressait la sienne, tellement menue que ça pouvait rompre comme rien. Louise respirait mal ; elle voulait rentrer à la maison – même à la maison, c'est tout dire, ç'aurait été mieux.

Elle lui avait sans doute demandé d'arrêter, mais n'en était plus certaine. Willy lui fit signe de se taire. Elle tenta d'obéir, mais elle ne parvenait pas à contrôler tout à fait ce geignement qui lui sortait de la bouche, ou était-ce la bouche d'une autre ?

– Relaxe, lui ordonna-t-il en enfonçant un doigt à l'intérieur d'elle.

Louise aurait voulu faire semblant, aurait même voulu y prendre goût, mais cette douleur ne ressemblait à rien. Sans l'avoir cherché, sans savoir comment cela s'était produit, elle avait arrêté de se débattre : c'est une part d'elle qu'elle y laissait. Ses efforts parvinrent à contenter la bête. Et d'ailleurs, immobile, c'était moins douloureux.

À un moment, Marco sembla se réveiller d'un long sommeil d'hiver. Louise se souvenait de l'avoir appelé en renfort, mais ignorait le temps qui s'était écoulé entre cet instant-là et celui où il avait enfin quitté le bord du feu pour s'approcher.

– Willy, t'es-tu sûr que… ? émit-il d'une voix presque timide.

L'autre ne l'écoutait pas.

– Willy ?

– Heille, t'a fermes-tu, ta gueule ? Tu vois pas qu'on est occupés ?

Marco resta planté là, blême, puis disparut du champ de vision de Louise. Willy, le géant ; Marco, le mollusque.

Louise ne ressentait qu'un petit pincement en elle, mais Willy prenait une place immense, laissée vacante depuis toujours, une place sacrée, une place sublime. On ne lui avait jamais raconté ce genre d'événements, mais elle comprenait déjà que tout le monde sait que ce genre d'événements existe, et qu'il n'est célébré nulle part. Elle leva les yeux vers la vitre. À l'extérieur, le feu crépitait toujours et la cendre virevoltait vers le ciel dans un épais nuage de fumée. Les poussières grises s'accrochaient aux branches des arbres et Louise crut apercevoir sa propre peur, ainsi prisonnière au-dessus de sa tête, et cette peur avait désormais un son, un petit filet de voix à peine audible sortant de sa bouche, un ballon qui se dégonfle.

Après une éternité, Willy se retira d'elle, une libération moite.

L'air revint lentement dans la voiture par la portière laissée ouverte. Louise ne voyait plus Willy. Elle voulut relever la tête pour s'assurer qu'il ne reviendrait pas, mais son corps engourdi était aimanté à la banquette, comme dans les manèges de la fête du Canada qui tournent tellement vite qu'on reste collé au mur. Elle entendit Willy, au loin, lancer quelques mots à Marco, qui ne réagit pas, et rigoler trop fort. Puis le silence retomba. Une stridulation aiguë griffa ses tympans, de longs acouphènes pointus, et Louise sut qu'il était parti. Ça vibrait en elle à l'endroit exact où Willy avait creusé. Un volcan, une éruption inversée. Louise pleura sans bruit en se désintégrant.

Au bout d'un moment, elle sentit une main sur sa cheville. C'était Marco. Enfin. Il resta immobile, assis sur le sol, et lui caressa longuement le pied sans un mot. Il tremblait. Cela, ses tremblements, réconforta Louise. Ils attendirent sans savoir quoi.

Les parents de Louise, par miracle – il y en avait si peu dans cette maison –, ne surent rien de son escapade hors de l'enceinte de la polyvalente ce jour-là. Au début, Marco et elle ne glissèrent même pas mot de l'incident à Laurence. Toute cette histoire relevait essentiellement d'un malentendu entre William et Louise. Après tout, ne l'avait-elle pas *voulu,* un instant ? Aussi bien tout oublier. Durant quelques semaines, Louise crut dur comme fer qu'on pourrait faire comme si et que tout redeviendrait comme avant.

Mais elle était enceinte. Elle sortit un jour en vitesse de son cours de français pour aller vomir et fut incapable de se relever, agenouillée devant la toilette, le corps au complet paniqué : « Ça se peut pas, ça se peut pas. » On n'avait pas vu d'infirmière depuis une bonne décennie à la polyvalente et le local de premiers soins avait été progressivement converti en entrepôt de caisses de condoms et de tests de grossesse. Il se manufacturait à Monseigneur-Michaud plus de filles-mères que de diplômés, tous sexes confondus. Louise, dès qu'elle fut seule, chopa le nécessaire pour en avoir le cœur net.

Pour se faire avorter, elle le lut dans un dépliant du ministère laissé à traîner sur une commode de la même infirmerie, Louise n'avait pas l'âge sans le consentement de ses parents. Elle paniqua. Elle aurait bien essayé la tringle, mais Marie-France Landry avait déjà commis cette erreur et, si personne ne savait exactement comment cette histoire s'était finie, tout le monde savait comment *ça ne s'était pas* terminé : bien. Son sang tout pourri lui était monté au cerveau et, à cause de cela, Marie-France avait perdu de l'intelligence : elle parlait désormais en monosyllabes et riait comme une débile à n'importe quoi, tout ça parce qu'elle n'avait pas su rentrer en même temps que ses copines à la fin d'une soirée où des garçons l'avaient fait boire plus que nécessaire.

Il fallait une solution, il fallait Laurence, lui qui savait mieux que quiconque entrevoir les réactions des adultes. Ils le firent asseoir à leur table du parc des Sages, où les fleurs de Louise avaient terni à cause de la pluie de l'automne, l'épinette ayant absorbé tout leur éclat. Marco prit les devants pendant que Louise arrachait des éclisses de bois.

– Faque c'est ça…, formula-t-il comme seule introduction. Louise a couché avec ton frère.

– Mon frère ! s'exclama Laurence en écarquillant les yeux, comme s'il cherchait de quel frère il pouvait bien s'agir, envisageant la possibilité d'avoir un frère inconnu au lieu d'admettre que Louise avait bien voulu du seul qu'il possédait. Comment ça ? émit-il au bout de quelques longues secondes de torpeur.

Louise, qui n'osait pas relever son regard, s'enfonçait une rognure de bois sous l'ongle.

– C'est d'même, là, Lolo…, renchérit simplement Marco, un brin sur la défensive.

Laurence se renfrogna, froissé de n'avoir pas été avisé avant de la situation, ne comprenant pas non plus pourquoi ses deux amis l'avaient exclu de l'école buissonnière ce jour-là. Mais il était probe et, après avoir réfléchi un instant, il fit valoir qu'il était trop tard pour avouer toute la vérité : pour Louise, annoncer à ses parents qu'elle était enceinte promettait déjà d'être affligeant ; revenir, deux mois plus tard, sur les conditions moins qu'idéales dans lesquelles elle avait perdu sa virginité, et aux mains de qui, après l'avoir bien voulu, puis avoir changé d'idée comme une fin d'hiver, aurait fait ressortir autant de raisons légitimes de faire venir un exorciste – ou de la marier de force à William. Laurence jugeait qu'il valait mieux se trouver une autre vérité, et Louise sut qu'il avait raison. Elle prit alors une décision déterminante : ce serait Marco, le père.

– On va se faire tuer au début. Mais après, je vais me faire avorter.

Marco était prêt à courir le risque.

– Ce serait mieux de même, me semble.

– Ç'aurait pu être moi, aussi..., suggéra Laurence, un brin vexé.

Il y eut un silence embarrassé, puis Louise trancha :

– Non. Toi, t'es comme notre petit frère...

Une ombre passa sur le visage de Laurence.

– Ça se peut pas, argumenta-t-il sèchement. Je suis plus vieux que vous.

Louise tenta de calmer le jeu :

– C'est toujours ce qui se peut pas qui serait le mieux.

Marco était bien d'accord ; Laurence n'intervint plus.

Elle proposa un pacte : personne à Val Grégoire ne devait être mis au courant de la vérité – la vraie, pas la fausse. Marco était catégoriquement pour ; Laurence acquiesça en serrant les lèvres. Ils crachèrent dans un petit pot de yogourt vide, ajoutèrent chacun un cheveu fraîchement arraché et vidèrent des sachets de sel et de poivre chipés à la cafétéria ; le pacte était scellé.

Louise se trouva bien idiote de ne pas avoir anticipé la véhémence avec laquelle ses parents se cabrèrent. Furieux, ils claquemurèrent leurs trois filles pour le reste de la semaine au sous-sol et les empêchèrent même de sortir pour aller à l'école. Louise aurait voulu appeler Marco ou Laurence, mais les téléphones avaient été débranchés et rangés dans un placard cadenassé. Le vendredi, ils annoncèrent que la famille repartait vivre à Montréal. Il fallait préparer une valise. Le reste de leurs effets personnels leur serait livré plus tôt que tard, mais on ignorait exactement quand. Les trois sœurs auraient chacune leur chambre, se bornèrent-ils à promettre en espérant acheter le silence. Sauf que ce silence, tant que Louise aurait sa langue et ses pieds et ses mains et son âme, n'adviendrait pas. Elle parla, évidemment, « Je ne veux pas de bébé ! », mais il ne se trouva personne pour l'écouter : attendre un enfant – miséricorde ! –, c'était un cadeau de Dieu.

Louise essaierait longtemps d'imaginer comment Val Grégoire avait réagi à la disparition des Fowley, partis précipitamment à la fin d'une nuit d'automne. Certains, peut-être, s'étaient-ils convaincus que le père avait été victime d'une autre crise de cœur ou qu'une des sœurs de Louise s'était transformée en limace. D'autres avaient pu croire que leur église, cette étrange secte pas catholique, les avait ramenés de force en Saskatchewan ou au Manitoba, à un endroit où les gens veulent encore croire en quelque chose, ou alors, pire, qu'elle les avait menés au bûcher parce que le nombre de fidèles convertis à Val Grégoire avait brutalement déçu les attentes.

À Montréal, à sept cents kilomètres de là, les Fowley s'enfermèrent à double tour dans un long bungalow sombre offert par leur congrégation, qui les félicita pour cette magnifique épreuve. Dans cette nouvelle vie, les parents de Louise ne semblèrent plus aimer un mot autant que *non,* et lentement leurs lèvres se moulèrent en forme de *o* pincé. Chaque fois qu'elle rouspétait, ils lui rabâchaient : « Tu avais juste à ne pas, Louise, juste à ne pas. » Eux qui avaient jusque-là été plutôt accommodants avec l'irrémédiable appétence de liberté de leur aînée sabotèrent en quelques mois toutes ses chances d'amitié, de peur qu'elle développe des liens avec des fripons de la même espèce que ceux qu'elle avait laissés derrière. Ils firent ajouter des loquets partout et obligèrent leurs filles à prier frénétiquement. Ils laissaient des chandelles rouges brûler toute la nuit, lisaient l'Ancien Testament en murmurant et, le dimanche, tiraient Louise, Lydia et Elizabeth dans toutes sortes d'activités où il fallait baisser les yeux. Ils instaurèrent tout un paquet de règles et de couvre-feux, mais ils ne surent jamais comment meubler l'horaire qu'ils imposaient à leur progéniture. La bibliothèque du salon était dégarnie de tout livre autre que la Bible. La famille passait de longues heures à ne rien se dire, les mains jointes sur la table, à prier dans un silence qui pue de la gueule, attendant que sonnent dix-neuf heures trente, début de la soirée télé. Il n'y avait qu'un seul appareil et le père contrôlait la télécommande, impérieux ; suffisait qu'on aperçoive un bout de peau ou une simple colère pour qu'il bredouille quelques mots offensés et change de chaîne avec violence.

Les trois sœurs finirent par se cloîtrer chacune dans sa chambre pour s'éviter la solitude d'être ensemble. Louise ne nourrissait aucun sentiment particulier à l'égard d'Elizabeth et Lydia, qui ne résistèrent jamais, vaincues, dociles. Elle vit leurs yeux défaillir lentement, puis s'éteindre irrémédiablement. Leurs cerveaux, aux deux, semblaient connectés par des fils invisibles. Elles se comprenaient juste à se regarder, ce qui leur valut le surnom des Jumelles de la part de Louise, bien qu'elles ne fussent pas nées dans la même famille, ni la même année. Louise, elle, ne deviendrait jamais la fille obéissante de ses parents. Elle se méfiait de leur dévotion autant que ceux-ci se méfiaient du monde extérieur. Elle connaissait par cœur les qualités qu'elle aurait dû posséder : gentille, serviable, intelligente, compréhensive, studieuse, propre, respectueuse, posée, généreuse, conciliante, responsable, pieuse, polie et belle. Elle les inscrivait sur de petits cartons qu'elle brûlait et en conservait les cendres dans une boîte en fer.

L'Église des Fowley finança l'inscription de Louise et des Jumelles dans une école privée pour filles tenue par des religieuses qui obligeaient leurs pupilles à l'étude extrascolaire des Évangiles. Son ventre ne s'était même pas mis à s'arrondir que Louise y avait accumulé les frasques nécessaires pour asseoir sa bonne vieille réputation. Elle répliquait aux professeures, sortait de classe sans y être autorisée, éclatait de rire en pleine messe. Elle avait conservé sa signature et maintenait avec véhémence

La Petite Sale en vie, la laissait récidiver encore et encore, cochonnait les manuels scolaires qui lui étaient prêtés, graffitait les murs de brique et les tables de la cafétéria, gravait son pseudonyme sur les bancs de la chapelle avec un exacto. Avant qu'on comprenne à qui on avait affaire, tout le monde s'était demandé qui ça pouvait bien être, cette Petite Sale anonyme, et Louise peinait à croire qu'on ne devine pas qu'il s'agissait d'elle : autour, il ne se trouvait pas une seule autre fille capable de la moindre désobéissance et les bonnes sœurs n'étaient même pas foutues de constater que ses doigts étaient tachés d'encre indélébile. Elle s'autosabota au bout de quelques semaines, sévissant au moment où les pas d'une surveillante particulièrement revêche retentissaient dans le corridor. Par la suite, toutes les fois où elle serait menacée de renvoi, ses parents reviendraient implorer l'indulgence des autorités pour les incartades de leur fille hérétique. Leurs joues – pauvres eux ! – s'empourpreraient chaque fois de honte.

Le ventre gonflé de Louise suscitait les commentaires étouffés de ses camarades de classe. Elle se savait scrutée avec un mélange d'envie et de dégoût, le traitement qu'on réservait à Marie-Madeleine, la putain – Louise se consolait : la putain qui était passée à l'Histoire. La direction d'école se sentit obligée de faire de la pédagogie lors d'une assemblée extraordinaire, sauf que, comme on avait là-bas la langue qui pique dès qu'il était question de sexualité, le charabia de la mère supérieure fit chou blanc : le tiers des élèves était reparti avec l'impression que Louise, puisqu'elle n'était pas mariée, était toujours vierge ; un autre tiers, que, puisqu'elle était enceinte,

Louise était mariée ; et le dernier, que Louise attendait le prochain prophète.

De temps à autre, on lui faisait manquer des cours pour qu'elle aille rencontrer une femme vêtue de brun qui prenait une voix doucette pour aborder « les thèmes importants » et qui soutenait qu'on ne pouvait pas demander mieux qu'une calamité pareille comme preuve d'amour de Dieu. Si Louise parvenait à traverser cette épreuve, Il saurait qu'elle était digne de confiance et lui en confierait d'autres jusqu'à plus soif. Mais Louise savait : quoi qu'il advienne, elle aurait toujours soif ; bon ou mauvais, toujours soif. Lors de ces séances, Louise dessinait divers personnages bibliques avec des barbes et des brebis et des cieux étoilés, écoutait de la musique relaxante, feignait de prier, assise en silence sur un fauteuil confortable, puis la dame en brun concluait qu'elles avaient ensemble fait du progrès. Louise ignorait de quel progrès il s'agissait, si ce n'était qu'elle s'améliorait en dessin.

Elle accoucha au cours de la deuxième semaine de mai, trois semaines avant terme. Elle ne se souviendrait jamais de la date de naissance exacte de son enfant et ses parents planifieraient, pour les années à venir, de beaux anniversaires pudibonds au cours desquels on s'habillerait en blanc et on chanterait des cantiques dans une langue que personne ne comprenait.

Au parc des Sages, jadis, il y avait un gros bloc de béton sur lequel Louise, Marco et Laurence avaient l'habitude de monter pour dominer tous les autres enfants et cracher, rois de la montagne, sur leurs sujets. Le bloc, d'environ un mètre de haut et de large, un et demi de long, pesait assurément plusieurs tonnes. Souvent, ils avaient tenté de le déplacer à l'ombre, sous le gros pin, et une fois, même, ils s'étaient convaincus de l'avoir senti bouger. Eh bien, c'est ce bloc-là qui fraya son chemin au travers de Louise, le jour où elle se vida enfin de son bébé. Par mesure de précaution, sans doute, on n'avait pas cru bon de la préparer à ce qui l'attendait. Pas un seul endroit de son corps n'avait pas mal et elle était certaine que mourir aurait été moins pénible. À un moment, on lui déchiqueta le ventre avec un bistouri en lui expliquant : « Tu seras pas capable. » Et elle pensa : « Mais je le sais depuis le début ! »

On lui présenta son fils, qu'elle détesta aussitôt, refusant de lui adresser la moindre parole réconfortante, le moindre mot de bienvenue. Elle fut écrouée à l'hôpital quelques jours. Sans son consentement, on greffait la créature immonde sur ses seins alourdis dès que celle-ci émettait un son, et ce lait qui venait d'elle et qui n'en était même pas répugnait Louise. Ses parents la consultèrent, solennels : ils avaient pensé à Nathaniel ; Louise haussa les épaules : « Quand est-ce qu'il va arrêter de pleurer ? » Elle allaita durant deux semaines, puis déposa Nathaniel pour ne plus le retoucher. Elle se jura de ne jamais l'aimer.

Quatre jours après le retour en classe de Louise, les Fowley reçurent un appel de la direction de l'école qui exigeait qu'elle cesse de relater son accouchement à ses camarades. Plusieurs s'étaient plaintes de violents cauchemars et juraient maintenant qu'elles ne passeraient jamais par là.

On aurait sans doute préféré que La Petite Sale se taise, on aurait peut-être souhaité qu'elle n'existe simplement pas. Mais elle regimberait jusqu'au bout. Elle pleurait, saccageait des meubles pour s'éviter de dépérir et décida qu'une partie d'elle vivrait encore plus fort que si elle avait été pleinement libre. Elle désobéissait outrageusement à ses parents. Elle manipulait, puis trahissait ses sœurs, les montant l'une contre l'autre pour imposer son désordre. Elle évitait Nathaniel le plus possible, incapable de le martyriser, et se détestait d'autant de mollesse. Elle faisait du bruit dans ce silence mort-morne, elle jacassait jacassait jacassait et si, dans son temps libre, elle se mit à l'écriture de son autobiographie, ce fut pour parler encore et pour déranger davantage.

Elle se réserva à cette fin un cahier Canada jaune pâle et travailla d'arrache-pied. Son professeur de français émettait des commentaires désobligeants en corrigeant les compositions qu'elle rédigeait en classe, « des fautes, mademoiselle Fowley, mauvaise grammaire, orthographe négligée, style relâché », mais Louise ne se laissait pas abattre et s'abandonnait à son projet. Il lui semblait que ses mémoires feraient l'unanimité et pourraient inspirer la compassion à plusieurs personnes qui s'éprendraient de son courage. Les existences de ses camarades de classe étaient tellement ennuyantes qu'elle s'endormait parfois juste à les observer. La façon dont ces filles *attendaient* le prince charmant, comme d'ailleurs tout autre événement significatif de leurs vies, l'exaspérait, et Louise se consolait du fait qu'elle, au moins, elle avait une *histoire*. Elle se surprenait même parfois à éprouver presque de la reconnaissance envers Willy, parce que ce qu'il lui avait fait subir la distinguait des adolescentes autour d'elle. Alors que le fantasme de perdre sa virginité aux mains d'un amoureux bien comme il faut se répandait depuis peu comme un vilain virus parmi quelques camarades un brin plus dégourdies, cette ambition n'effleura jamais l'esprit de Louise, qui continuait d'ignorer si ce rêve l'aurait titillée n'eût été ce qu'elle s'était fait arracher, incapable de discerner ce qui appartenait à son caractère intrinsèque de ce qui avait été forcé en elle par Willy.

Au bout de quelques mois, pour se remonter le moral, elle voulut relire ce qu'elle avait griffonné. À son grand désarroi, elle n'avait noirci que cinq pages, à double interligne, et c'est ainsi qu'elle cacha son cahier Canada au fond de son placard et qu'elle se remit plutôt à dessiner. Au centre commercial, un jour que ses parents l'avaient envoyée convertir des clients en face d'un Zellers, elle vola un calepin à spirale, avec du beau papier épais, propre, blanc, non ligné. Elle troqua ses sempiternelles fleurs contre des taches de couleurs très sombres (brun, gris foncé, bourgogne, vert forêt) traversées de motifs un peu plus figuratifs, mais très voyants (tourbillons, éclairs, vagues, étoiles ; bleu ciel, cramoisi, orange carotte, jaune citron). Sauf que, ne parvenant pas toujours elle-même à interpréter ses propres œuvres, elle s'inquiétait que jamais personne ne comprendrait à quoi ça rimait...

Louise changea donc de stratégie pour diffuser son histoire : raconter les détails de ce qui lui était arrivé *ce jour-là*. Elle mentionna même le nom de Willy Calvette à quelques copines, la vérité pour une fois ; il ne s'en trouva pas une seule pour la croire. Ses camarades, toutes plus couvées les unes que les autres, jugeaient invraisemblable qu'on eût pu vivre un tel drame de film, et plus invraisemblable encore qu'on eût pu vivre un tel drame de film et n'en avoir glissé mot à personne. Les corridors avaient des luettes surdimensionnées et les échos de fonds de gorge parvinrent jusqu'à elle : on la taxait de vouloir attirer l'attention (ce qui n'était probablement pas faux). Les vagues amies qu'elle s'était faites arrêtèrent de lui adresser la parole et Louise mordit la poussière et la mastiqua longuement, seule à sa table de cafétéria.

Mais encore elle se refusait au désespoir et se mit à fabuler pour survivre : où qu'elle aille, elle se convainquait qu'elle se rendait en fait à une fête-surprise organisée en son honneur. Elle peaufinait sa réaction, façonnait chacun de ses gestes, les yeux écarquillés, les mains sur les joues : « Je ne m'y attendais vraiment pas ! Pourquoi ? Pourquoi ? » Elle ne se décourageait jamais lorsqu'elle survenait dans une église ou une classe tout ce qu'il y a de plus indifférente à sa présence : ce n'était que partie remise, on s'y préparait avec la plus grande discrétion. Il était tout à fait inconcevable que Louise ne soit pas bientôt célébrée avec tous les égards qu'elle méritait. Elle passait en revue tous les invités qui se déplaceraient spécialement pour l'occasion. Marco et Laurence seraient là, bien entendu, ils se tiendraient en première ligne de la délégation de Val Grégoire, et ses camarades de classe actuelles n'en reviendraient simplement pas de tous ces gens qui l'aimaient, elle, Louise Fowley, adolescente extraordinaire.

3

En octobre 1994, une professeure nouvellement diplômée et très éprise des théories pédagogiques basées sur l'adage « la confiance entraîne la confiance » parvint à convaincre les parents de Louise et la direction de l'école de lui permettre de s'inscrire à un voyage à Québec. On y tirait les élèves en catastrophe avec la mission presque apostolique de les initier aux belles valeurs nationales. Au menu : des messes en masse et des visites qui conforteraient les adolescentes dans une vision apaisante de leur pays. Il n'en fut d'ailleurs ainsi que la première journée : visite de la Citadelle, Parlement, démocratie, courtoisie, Basilique-Cathédrale, accueil chaleureux, langue française dans un Canada bilingue, traversier, Village Huron, Vieux-Québec, vieilles nonnes fripées qui roulent les *r* en racontant la Nouvelle-France, main sur le cœur. Et un souper spécial pour les filles obéissantes au St-Hubert de la Grande Allée avec boisson gazeuse à l'orange et salade de chou à volonté, traditionnelle, ça va de soi. Affamée depuis trop longtemps, Louise n'en était certainement pas sustentée. Elle avait seize ans à présent et ne faisait que commencer à s'empiffrer. Tout son être la pressait de redevenir, plus que jamais, Louise Fowley, la fille-feu, la vive-louve. La Petite Sale.

Avant l'aurore, elle se faufila hors de la chambre du presbytère qu'elle partageait avec Nicole Danis, une myope notoire qui s'était endormie dès la lumière éteinte et qui ronflait comme dans une grotte. La nuit mourante était grise et piquait les poumons. Louise longea les murs de la vieille ville jusqu'à l'escalier étroit qui la mena, tout en bas, à la gare encore fermée. Elle se recroquevilla pour conserver sa chaleur jusqu'à ce qu'un gros monsieur moustachu avec une haleine de cigarette et un immense trousseau de clés vienne ouvrir les portes. Elle prit le premier autobus vers Forestville, d'où elle insista pour qu'une femme l'embarque jusqu'à Val Grégoire. La 385 Nord. Il ne lui restait plus que trois dollars quarante-cinq en poche lorsqu'elle arriva à bon port. Le soleil donnait l'impression que la ville avait été repeinte de miel ; Louise se promit de la dessiner un jour. Il lui avait fallu près de sept heures pour parvenir à destination, mais en réalité il lui avait fallu trois ans.

Elle franchit les portes de la polyvalente vers midi quarante-cinq. Un adolescent aux traits juvéniles et au corps énorme la mena jusqu'à *eux*. Elle aurait souhaité que, une fois sénile et vieille, le souvenir de ces retrouvailles soit le dernier, s'il fallait un jour qu'il n'en subsiste plus qu'un. C'était l'heure du dîner, ça grouillait de monde et ça sentait la friture jusqu'à congestionner le nez. Dès que Louise entra dans la cafétéria, un million de regards se braquèrent sur elle d'un seul coup. Elle n'aurait jamais cru encore occuper une place dans la mémoire vive de Val Grégoire, elle n'aurait jamais espéré les chuchotements admiratifs, les sourires en coin, les salutations discrètes. À Montréal, on fronçait les sourcils dès qu'elle ouvrait la bouche ; à Val Grégoire, Louise Fowley avait été admise au même panthéon que Le Baron. Cette ville n'avait pas l'habitude des retours.

Son guide zigzaguait dans la foule immobile. Les gestes de Louise étaient lestes, et son dandinement déplaçait de l'air, elle ne se retournait pas, mais devinait qu'on figeait lorsqu'elle frôlait quelqu'un, comme à la tague glacée. Ces visages avaient déjà existé pour Louise, elle avait sans doute déjà parlé à l'un ou à l'autre, mais elle ignorait désormais tout de ces inconnus. Elle n'était pas venue pour eux.

Dans un étroit et sombre couloir, des adolescents à la queue leu leu, impatients et affamés, attendaient pour payer, chargés de plateaux dégoulinants. Le gars que suivait Louise se faufilait entre les clients comme s'il remontait une rivière hérissée de récifs pointus, évitant une fois sur deux les coudes qui protestaient contre ce dépassement, mais la résistance s'adoucissait dès qu'on l'apercevait, elle. Ils parvinrent au bout de la file. Marco était là, derrière un présentoir chargé de salades de fruits et de puddings jaune fluo, à distribuer les desserts.

– Desfossés ! lança fièrement l'autre. T'as de la visite !

Marco leva les yeux. Son visage mit quelques secondes à s'illuminer, puis un sourire lui poussa en pleine gueule, une pomme juteuse. Il arracha de son crâne le filet ridicule dont il était attifé et le lança par terre. Louise et lui s'examinèrent de part en part. Sa mâchoire était plus carrée, remarqua-t-elle, ses épaules s'étaient élargies, quelques poils se rebellaient sur son menton, mais c'était bien lui, c'était Marco, et ça provoquait une belle sensation chaude au creux de son ventre. Il demeurait assez court, dépassait Louise d'à peine quelques millimètres, et ses cheveux longs retombés jusqu'aux épaules, libérés du ridicule couvre-chef, accentuaient cette impression de petitesse.

Louise ouvrit grand ses bras et Marco contourna le comptoir qui les séparait pour la ramasser par le tronc et la soulever à quelques centimètres du sol, elle sentit ses biceps bander contre ses côtes. Les pieds de Louise, en ballottant, allèrent heurter quelque chose derrière, ou quelqu'un. Marco répéta son nom, « Louise, Louise, Louise », comme s'il avait récité un poème, lui toucha la peau comme toute peau souhaite être touchée, fixa ses yeux au fond des siens. Louise était aimée quelque part et les gens autour en étaient témoins.

Sans même se soucier des mangeurs et sans en aviser personne, Marco saisit sa main et abandonna son poste, puis entraîna son amie à travers les tables jusqu'au fond de la cafétéria. Là, Laurence mastiquait seul sur un banc, l'air absent.

– Lolo ! cria Marco en s'amenant. Tchècke qui qui est là !

Dès qu'il la vit, Laurence bondit sur ses pieds comme pour un exercice militaire. Il déplia son corps désormais trop grand et ses longs bras prirent sans avertissement toute la place, entortillés en un gros nœud devant lui. Sa face était mangée par l'acné, le Laurence d'autrefois caché derrière un masque. Il avait le regard en déroute de celui qu'on a abruptement tiré du sommeil et ses yeux débordaient des étoiles qu'il venait d'aller puiser à même le ciel, avec ses deux têtes de plus que tout le monde. Les trois restèrent debout, immobiles.

– Lolo ! s'impatienta Marco. Déniaise ! C'est Louise !

Laurence leva timidement la main. La manche de son chandail trop ample lui descendit presque au coude.

Louise sourit.

– Tu viens pas me voir ?

Marco eut un air embarrassé.

– Depuis le temps que tu parles d'elle, quessé que t'attends ? C'est Louise ! Réveille !

Louise s'approcha, se dressa sur la pointe des pieds pour ébouriffer, tout là-haut, les cheveux déjà en bataille de Laurence, puis elle éclata de rire.

– T'as donc ben grandi !

Il n'y avait plus de temps à perdre, trop à rattraper. Elle agrippa leurs tailles, mais, sentant Laurence se raidir, elle le saisit par le coude. Sans se consulter, ils filèrent vers la sortie, sachant tous les trois qu'ils se dirigeaient vers le parc des Sages. La tête de Louise allait à gauche, à droite, affamée du visage de l'un et de l'autre.

Dehors, l'humidité froissait la peau en tentant d'y pénétrer. À cette latitude, les feuilles d'octobre étaient déjà presque toutes tombées. De temps à autre, des bourrasques survenues de nulle part les soufflaient à la surface du sol et elles virevoltaient jusqu'à se tamponner sur les structures du module de jeux. Le parc des Sages, vide en cette journée d'école, était devenu un royaume décrépit, avec ses arbustes chétifs, ses jeux en pin noirci, sa longue glissade jaune percée comme un gruyère par des gamins qui en avaient fait fondre le plastique, ses poubelles de bois brûlées dans leurs gaines grillagées. *Leur* table de pique-nique n'existait plus : là où Louise, Marco et Laurence avaient passé leurs étés ensemble, il y avait un trou. Ils prirent place sous la glissoire, où quelques tiges durcies et vertes s'élevaient de terre, tordues, l'air de ne pas trop comprendre comment elles avaient pu être vivantes un jour et léthargiques le lendemain. Marco sortit des cigarettes, sources de vie.

Ils ne restèrent pas là longtemps, car Laurence fit remarquer que le parc des Sages serait sans doute le premier endroit où on se précipiterait lorsque les adultes se mettraient en tête de les retrouver. Ils bougèrent donc vers l'ancienne maison de dentiste que Mercedes tentait sans succès de vendre depuis des années.

Ils accédèrent au sous-sol par l'entrée de service, derrière, ni vu ni connu. L'endroit était désormais vide : là où autrefois le sol grouillait d'animaux empaillés, le béton était froid. Seul le matériel de dentisterie subsistait, dans la chambre du fond, ainsi que des boîtes et des boîtes de livres qui occupaient tout un pan de mur, du sol au plafond.

Louise parla sans arrêt, une source intarissable jaillissant d'une cavité souterraine, relata son épopée, expliqua comment elle avait berné les professeures surveillantes. Elle décrivit sa vie enfermée, ses parents tyranniques qui avaient dressé les Jumelles comme des animaux bien sages et qui élevaient désormais Nathaniel machinalement, son école peuplée de toutes ces détestables filles à papa. Marco la taquina d'en être devenue une, fille à papa, trop snob pour Val Grégoire, ce qui expliquait qu'ils n'aient pas eu de ses nouvelles avant.

Laurence, qui donnait pourtant l'impression d'être absent, absorbé tout entier par d'existentielles préoccupations, interrompit Marco au milieu de sa phrase :

– Ça va avoir l'air bizarre, mais, moi, je suis quand même content que tu nous aies pas appelés pendant tout ce temps-là… Ç'aurait jamais été aussi le fun de se retrouver…

Marco décocha un regard désemparé à Louise, qui sourit. Des douzaines de fois, elle le jura, elle avait voulu venir les visiter ; des douzaines de fois, on le lui avait refusé.

– C'est normal, trancha Laurence. On n'est pas des bonnes influences.

– Moi non plus, je suis pas une bonne influence ! s'exclama Louise. Aussi bien qu'on se tienne ensemble, non ? Comme ça, on influence personne d'autre…

Les deux gars ne semblaient pas trop pressés de raconter où ils en étaient rendus, eux. Marco s'intéressait encore à la mécanique, mais c'était plutôt à la cafétéria de la polyvalente qu'on l'avait orienté pour effectuer un stage à l'issue duquel on lui décernerait un diplôme en cuisine dont il se foutait éperdument.

– Lâcher l'école pour travailler à l'école, c'était pas exactement mon plan…

Louise estimait que Marco n'avait pas à avoir honte.

– Tout le monde doit manger, sinon on meurt.

Laurence ajouta avec le plus grand sérieux :

– C'est vrai, ça. Tu sauves des vies, Marco.

Laurence était encore plus difficile à faire parler, ce qui rassura Louise sur le fait que rien n'avait trop changé en son absence. Elle lui tira les vers du nez. Pour l'instant, il n'avait pas d'autres projets que celui d'aider Mercedes avec son centre, au mont Brun. Peut-être les soins infirmiers au cégep, à l'automne.

Marco s'esclaffa :

– *Infirmier ?* Depuis quand ? C'est donc ben fille, ça ! Tu devrais devenir docteur ! T'es assez intelligent pour ça.

Personne n'avait pris la place de Louise depuis son départ : Marco et Laurence étaient restés immobiles, tétanisés, une promesse souterraine de se terrer dans les limbes en l'attendant, et voilà qu'à son contact ils revenaient doucement à la vie, comme des fleurs ou des larves.

Vers quinze heures trente, Mercedes et Wendy survinrent sans avertissement. Wendy se jeta visage premier sur Louise et lui huma les avant-bras.

– Louise, ma Louise !

Mercedes était pâlotte, dégageait quelque chose d'humide, comme si de l'eau s'infiltrait lentement dans son corps. Elle s'approcha, frêle, et déposa sa main sur la tête de Louise.

– Je savais que je vous trouverais ici…

Mise au fait de la présence en ville de La Petite Sale par l'école, qui pourchassait Laurence, elle était venue aux nouvelles.

– Vous auriez dû m'avertir… Tes parents doivent être morts d'inquiétude.

– Pas besoin de les appeler s'ils sont morts, ironisa Marco.

– T'es ici, toi ? persifla Mercedes en touchant affectueusement la nuque du jeune homme. Me semblait aussi que ça faisait longtemps que Laurence avait pas été dans le trouble…

Dans moins d'une heure, calcula Laurence, le dernier autobus de la journée en direction de Forestville aurait quitté Val Grégoire, et il faudrait attendre au matin pour renvoyer Louise. Mais si Laurence était un fin stratège, il marchandait très mal avec sa mère. Mercedes était pourtant ce qui se rapprochait le plus d'une adulte idéale aux yeux de Louise, qui intervint pour mettre toutes les chances de leur côté :

– C'est tout ce qui nous reste, nous, cette nuit… Dès que je vais être de retour chez moi, ça va être fini pour un long boutte… Jusqu'à mes dix-huit ans. S'il te plaît, Mercedes, laisse-moi manquer l'autobus ! On fera rien de mal… On peut même garder Wendy…

Wendy gloussa de joie ; Laurence vira les yeux ; Marco en remit :

– Aweye, Mercedes !

Celle-ci haussa les épaules en ne leur concédant rien, mais elle soupira en pointant les boîtes autour d'eux :

– De toute façon, le temps que je retrouve le téléphone dans tout ce barda-là…

Elle leur laissa la responsabilité de Wendy pendant qu'elle allait chercher de la pizza.

Lorsqu'elle se sentit enfin prête à essuyer le fiel de ses parents, Louise les appela. Les conséquences seraient graves, qu'ils l'avertirent, mais elle concevait mal comment ils pourraient l'enfermer *plus* qu'ils ne le faisaient déjà. Mercedes, qui possédait une voix de mère comme c'est pas possible, parvint à les convaincre de ne pas accourir de Montréal sur-le-champ, leur assurant qu'elle veillerait elle-même à faire monter leur fille à bord du premier autobus, le lendemain matin.

Ils bouffèrent de la pepperoni-fromage jusqu'à s'en empiler dans le thorax, puis ils s'affalèrent sur le plancher du salon dégarni de la vieille maison de dentiste dans un beau long silence de famille. Mercedes avait récupéré un livre au hasard, dans une boîte, un truc sur les esprits tutélaires qu'abritent les arbres, et elle s'installa à la cuisine pour lire, seul endroit où subsistaient une table et des chaises. Par terre, Louise dessina avec Wendy, qui voulait savoir c'était comment, Montréal. Marco l'examinait sans rien dire, Louise surprenait parfois son regard sur elle, le ressentait dans son cou. Quant à Laurence, il bougeait nerveusement de l'escalier au bord du foyer, allait jeter un œil à la fenêtre, marchant de long en large dans la pièce, les mains derrière le dos, et cette absence de quiétude appartenait à quelqu'un d'autre que Louise, qui soufflait enfin. Ils profitèrent de cet équilibre durant quelques heures, puis Mercedes et Wendy retournèrent dormir au mont Brun.

Le soir, puis la nuit se déployèrent doucement. Marco avait du *pot,* il roula un joint. Laurence passa son tour ; Louise en prit une touche, et le plafond s'illumina un peu. Sur le petit balcon, les étoiles clignotaient dans une des nuits les plus noires que Louise avait vues depuis longtemps. Juste là, à quelques mètres à peine, la rivière Hamilton leur chuchotait quelque chose.

C'est Laurence qui eut l'idée de se sauver.

– On haït notre vie, on dirait… Les trois…

Marco et Louise restèrent cois.

– On devrait aller à Prince George, nous autres aussi…

Prince George. Rejoindre Le Baron. Cueillir des fruits – des cerises, des poires, des mangues, des citrons, on disait. Planter des arbres dans des forêts sans moustiques avec des ruisseaux où on peut boire directement, des ruisseaux où personne ne se noie et qui existeront encore le jour où il y aura des guerres de gens assoiffés. Enseigner le ski, des montagnes qui montent tellement près du ciel que c'est insensé de s'imaginer les descendre. Une version enchanteresse du paradis, là-bas : du *pot* à profusion, des cocottes de marijuana gommeuses qui tombent d'arbres gigantesques et qui s'ouvrent en laissant sortir des odeurs inimaginables, des couchers de soleil à n'en plus finir par-dessus des lacs cristallins.

– Montréal, c'est en chemin vers Prince George…, précisa Louise avec sérieux, soudainement soucieuse qu'on puisse l'oublier dans la mise en œuvre du plan.

Laurence venait d'obtenir son permis de conduire. Ne restait plus qu'à se procurer une voiture.

– Sûrement pas avec mon salaire de la cafétéria, se plaignit Marco.

Louise s'esclaffa :

– On a juste à faire un *hold-up,* nous avec !

Ils vivraient pour toujours ensemble. Il n'y aurait pas de dernier rire, pas de dernière confidence, il n'y aurait pas de ténèbres tant qu'ils seraient ensemble.

Laurence, contenté par cette décision qui garantissait de les réunir à nouveau dans un avenir rapproché, s'endormit sans avertissement vers deux heures trente, la tête pleine de rêves et de soulagement. Louise et Marco luttèrent contre le sommeil encore longtemps.

À un moment, Marco confia à Louise :

– Lolo pis moi, on se voit moins, ces temps-ci.

– Vous êtes niaiseux, répondit Louise, catégorique. Si j'étais encore ici, on serait tout le temps ensemble, les trois…

Marco haussa les épaules, à demi convaincu.

– En tout cas, une chose est sûre, c'est que si tu serais encore ici, tu serais ma blonde.

La bouche de Louise se mit à goûter le miel et ça lui coulait dans le ventre et même en bas. Marco remarqua probablement sa voix tremblotante lorsqu'elle rétorqua :

– Pas besoin de vivre dans la même ville pour ça…

Elle se coucha sur ses mains pour se priver de toucher les jambes, les lèvres de Marco. Il aurait fallu que sa vie commence ce jour-là, celui qui était sur le point de se lever, il aurait fallu que rien ne se fût jamais produit auparavant.

Lorsqu'elle les quitta, le matin du 15 octobre 1994, Louise voulut s'assurer que leur projet allait se réaliser plus tôt que tard. Marco, et elle trouva cela formidablement cool, lui tendit un paquet de papier à rouler pour qu'elle y inscrive ses coordonnées.

– Je vais vous attendre, chuchota-t-elle avant d'étreindre Marco, puis Laurence qui, prude, se crispa, faisant passer cette familiarité pour de l'impudence.

Elle souriait tant lorsqu'elle monta à bord de l'Orléans Express presque vide que ça lui fripait le visage jusque dans le front. Marco et Laurence étaient plantés côte à côte, solennels. Wendy et Mercedes les avaient accompagnés et avaient enlevé leurs mitaines pour lui envoyer des bye-bye enthousiastes. Les garçons restèrent là, imperturbables, même lorsque le tuyau d'échappement leur souffla son haleine dessus, kof-kof, un nuage noir et épais comme de la mélasse. L'autobus s'éloigna lentement. Quelques secondes avant que leurs silhouettes disparaissent pour de bon, au bout du stationnement, Louise remarqua l'espace qui séparait ses deux amis. Le froid épais du matin lui apparut d'un vif argenté, alors que le vide entre Marco et Laurence, si tant est que le vide puisse avoir une couleur, était gris terne.

Le bus roula à l'ombre des grandes épinettes noires durant près de deux heures. Le regard de Louise se butait au mur de conifères et sa vue ne parvenait pas à franchir dix mètres. Elle se demanda ce qu'ils valaient, chacun d'eux, Louise, Marco et Laurence, les uns sans un autre : ce qu'elle aurait été avec Laurence, juste lui, ou de quoi ils auraient été capables, Marco et elle, juste eux, ou ce qu'ils étaient devenus, les deux gars, sans elle, à Val Grégoire. Elle sut : Marco, Laurence et elle, c'était un dû de la vie, et cette distance inadmissible entre les deux premiers s'estomperait jusqu'à disparaître durant leur voyage à venir.

Louise voleta, légère, vers Montréal, prise d'un vertige fantastique : peu importe ce qui surviendrait à partir de cet instant, elle avait de nouveau la certitude d'appartenir à un clan sacré, intouchable, inviolable. Elle se moquait des sanctions annoncées par ses parents, elle éprouverait au moins quelque chose dans cette vie sous anesthésiant.

De retour à Montréal, les feuilles avaient viré au rouge orange et elles mourraient tellement bientôt qu'on se demanderait si on n'avait pas fait quelque chose de mal.

Les premières nouvelles que Louise eut de ses amis étaient de bon augure. Deux enquêteurs, un homme et une femme en uniforme, se présentèrent à la maison, à quelques jours de Noël, ce qui embarrassa grandement ses parents. La femme scrutait Louise d'un air supérieur, comme pour être bien certaine que tout le monde était mal à l'aise ; l'homme lui demanda si Marco et Laurence avaient tenté de la contacter.

– Non ! répondit-elle impatiemment.

Louise fronça exagérément les sourcils.

– Pourquoi ?

La femme voulut savoir ce qu'ils avaient manigancé ensemble, Marco, Laurence et elle, lors de son passage à Val Grégoire, deux mois plus tôt. Louise éclata de rire : *manigancé,* c'était un mot qu'elle ne connaissait pas – encore moins s'il impliquait de dénoncer ses deux copains. L'homme lui tendit une carte de visite en lui faisant promettre de les appeler si elle se souvenait de quelque chose.

– Mais me souvenir de quoi ? s'énerva-t-elle.

La femme soignait grandement sa fâcheuse attitude, une impératrice ou quelque chose comme, et annonça sans plus de préambule :

– Eh bien, Marco et Laurence ont disparu. On pense qu'ils ont fugué.

« Bien fait pour eux ! », songea Louise.

La damnée agente s'adressa aux parents comme si Louise avait été absente :

– On a des raisons de croire qu'ils pourraient essayer de rentrer en contact avec votre fille.

Ce soir-là, elle se prépara une petite valise qu'elle cacha au fond de sa garde-robe : elle serait fin prête à leur arrivée. Marco, bientôt, viendrait cogner à sa fenêtre, par une nuit sans lune, « Psst ! psst ! », et elle le suivrait par où il était arrivé. Laurence, sinon, lui enverrait un pigeon voyageur transportant les coordonnées géographiques d'un lieu de rendez-vous, avec date et heure précises, d'où ils prendraient un dix-huit-roues pour Prince George ou un autre bout du monde.

Puis l'avant-veille de Noël, assurément le meilleur cadeau sous le sapin, elle les vit, c'étaient bien eux à la télévision, leurs photos un peu floues : Marco Desfossés et Laurence Calvette étaient officiellement portés disparus. Depuis une semaine, disait-on. Au bas de l'écran, comme une urgence nationale, défilaient des numéros de téléphone à contacter si on détenait de l'information. Louise fit le compte : sept jours, c'était beaucoup pour parvenir à Montréal. Il fallait que ses deux amis aient volontairement retardé leur arrivée pour la faire coïncider avec Noël. Le jour de la Nativité, après avoir été trimballée dans diverses célébrations où ses parents, ses sœurs et Nathaniel chantaient en pleurant, force lui fut de constater qu'elle serait encore contrainte de dormir dans son lit. Son amour pour Marco et Laurence n'en fut toutefois pas ébranlé une miette : ils viendraient. L'Ouest se préparait pour leur trio et le sommeil du Baron en était tout perturbé.

Les fêtes passèrent et Louise continua sans relâche d'espérer un signe de vie de leur part. Elle attendait ; elle attendit encore. En vain. La Saint-Valentin survint. Son ventre se tordit : « Vite, vite, qu'est-ce que vous fabriquez ? » Il fallait bien qu'ils aient planifié quelque chose… Il paraissait inconcevable qu'ils l'aient oubliée ; n'effleurer qu'en pensée cette possibilité la rendait coupable d'un crime de lèse-majesté. Sauf que, peu à peu, l'espoir la quitta. Même eux, même Marco et Laurence s'étaient fatigués d'elle.

Un matin, elle se réveilla en sursaut, saisit le billet d'autobus Val Grégoire-Montréal qu'elle conservait en souvenir sous son matelas depuis son retour, et le déchira. Tant pis pour ses amis s'ils avaient opté pour l'escampette sans elle. Louise se promit de ne plus les attendre dans ses fêtes-surprises imaginaires.

Elle était donc seule, dans un monde qui gobe les soleils, même ceux qu'on dissimule au fond des âmes et des gorges ; elle savait pertinemment qu'il lui faudrait faire preuve de vigilance pour empêcher sa famille de venir à bout de sa lumière. L'âme triste des siens la contaminerait si elle n'y mettait pas d'efforts : elle ne voulait pas de l'existence qu'on lui avait préparée, à s'abrutir avec un dieu fantoche.

Elle serait orage, elle serait grogne, elle serait marteau et elle meurtrirait des visages s'il le fallait. Elle savait lire, elle savait compter, et il lui restait encore dix-huit mois avant ses dix-huit ans, le décompte d'une vie.

Louise avait toujours cru qu'elle n'avait rien hérité de ses parents adoptifs, qui lui apparaissaient beaucoup trop pieux, beaucoup trop ternes pour lui ressembler d'une quelconque façon. Mais il est une caractéristique que ceux-ci lui avaient transmise et, à cet égard, l'élève n'avait pas encore dépassé les maîtres : la tête dure. L'indocilité de Louise constituait un genre d'épreuve divine et les Fowley ne lâcheraient pas leur aînée d'une semelle tant qu'elle ne s'écrierait pas *« Amen ! »* avec la ferveur d'une foi authentique.

Les bonnes sœurs d'autrefois ne l'avaient évidemment pas reprise dans leur école chaste et austère après sa fugue à Val Grégoire et il était hors de question pour les parents de l'envoyer dans une polyvalente où les professeurs portaient des espadrilles. Il existait sûrement quelques institutions bien comme il faut qui auraient pu l'accueillir, mais elles coûtaient les yeux de la tête, et leur fille aînée, aux Fowley, ne savait guère s'en servir, de sa tête.

Louise avait donc été assignée à résidence, au sous-sol de leur bungalow, sa mère bien décidée à reprendre l'école à la maison là où elle avait arrêté sept ans plus tôt. Les Jumelles avaient regardé le destin de leur sœur prendre forme, catastrophées et mutiques, puis il avait été décidé qu'elles en feraient tout autant dès la fin des classes : l'été devait bien servir à quelque chose ! En septembre, on avait greffé aux filles Fowley deux autres adolescentes de la communauté, et la minuscule cohorte avait été soumise aux diktats implacables de leur institutrice qui les félicitait chaque fois que l'une d'elles en dénonçait une autre (la plupart du temps Louise, qui s'en donnait à cœur joie).

Pas surprenant que, le matin de sa majorité, tic-tac, elle n'eut pas même besoin de leur demander la porte : ses parents la lui ouvrirent, droits comme des piquets, un brin soldats, dans un silence de mort. Les Jumelles ne la saluèrent pas : elles avaient absorbé toute la honte qui régnait dans cette maison. Seul Nathaniel, quatre ans, lui envoya furtivement la main.

Louise échoua à Québec par une chaude journée de juillet. Signa le bail d'un studio sur le boulevard Charest, un appartement clair, tout en lumière, fait sur mesure pour elle, s'il existe ce genre de manufacture dans un ciel lointain. Se trouva un emploi à la réception d'un motel familial de la Basse-Ville où elle souriait aux enfants, compatissante. Se mit à fumer et à haïr ses parents (vigoureusement la cigarette, vigoureusement la haine). S'acheta une voiture. Se remit au dessin. Créait et c'était bon. Ne sortait pas beaucoup. Se fit peu d'amis (n'en voulait plus). Vivota durant plusieurs années dans une sorte de contentement bleu-gris. Retournait à Montréal aux fêtes ou quand quelqu'un mourait, et c'était toujours uniquement pour passer du temps avec Nathaniel, seul membre de sa famille pour lequel elle développa, à sa grande surprise, un peu d'affection au fil des ans. Seul vestige d'un passé révolu.

Ouananiches II

C'est le stupre, le véritable coupable de la décadence de notre ville. Par une nuit orageuse de juin 1991, le maire Jean-Marc Desfossés et une de ses maîtresses, mis tous deux en appétit par l'affriolant printemps tardif, allèrent se promener en camion sur le chemin du lac du Cerf, une longue et étroite route de terre qui serpente vers le nord sur près de vingt-cinq kilomètres avant de s'arrêter net, au milieu de la forêt. De là, des milliers de sentiers de motoneige, fantastique terrain de jeu des habitants de la région, mènent vers le pôle Nord en quelques jours si on le cherche. Au milieu de la tempête, Jean-Marc, fanfaron, effectua une manœuvre par trop risquée pour ses talents de conducteur et son camion fit plusieurs pirouettes avant de s'immobiliser à l'envers. La femme, grièvement blessée, resta prisonnière des décombres. Dans la nuit noire, son amant partit chercher de l'aide à pied, mais, désorienté et en état de choc, il s'élança dans la mauvaise direction. Ce sont les cadets, contents de cette disparition comme des grands-mères qui ont de la visite, qui le trouvèrent au petit matin, suant et paniqué, peu de temps après sa passagère.

Val Grégoire se découvrit à cette occasion une perfidie aussi vive qu'un premier désir. Des deux infidèles, nos parents dirent qu'ils avaient écopé – surtout *elle,* la lubricité revêtant un caractère encore plus infâme pour une femme, mère de famille de surcroît. On connaissait le coin marécageux du lac du Cerf où l'accident s'était produit ; on connaissait les nuits humides de juin, après l'orage ; on connaissait les mouches en dormance depuis des mois, surgissant d'outre-tombe, affamées ; on connaissait la rumeur, éventée comme une joie : l'impudique, demeurée captive de l'habitacle défoncé, avait subi près de dix mille morsures, dix mille morsures sur un corps estropié, c'est donc dire qu'il y a des gens payés dans les hôpitaux pour colliger ce genre d'information. Nos parents sifflotaient des cantiques édifiants sur l'importance de la famille et il arrivait même qu'ils sourient à l'idée d'être à l'abri d'un tel drame, insatisfaits et goulus, mais tellement, tellement fidèles en ménage.

Marie-Pierre et Jean-Marc Desfossés se disputèrent tout ce qui les rattachait l'un à l'autre : la maison, le moulin à papier, le restaurant, les immeubles à logements locatifs de la rue Principale, le chalet du lac du Prêtre, les trois voitures, les comptes conjoints, les comptes d'épargne, les comptes chèques, les comptes comptants, tout tout tout, tout compte fait. Ils firent chacun venir des avocats de la grande ville : la première, de Montréal, et le second, comme toujours dans la surenchère, de Toronto. C'est alors que les problèmes survinrent. Elle, d'une part, offrit aux deux employés de son resto-bar un chèque-cadeau de vingt dollars au comptoir de la Saint-Vincent de Paul quelques instants avant de les congédier. Surchargée de travail et distraite par ses déboires matrimoniaux, elle servit un jour trop tard une petite salade de poulet bien inoffensive, et une dizaine de clients bouchèrent les toilettes du bistro avant de se concerter aux urgences, enrichissant leur vocabulaire du mot *dédommagements* (avec un *s*, bien sûr). Quant à lui, des fils électriques négligemment laissés à découvert au mauvais endroit du moulin par un manœuvre sous-payé et mal encadré surchauffèrent et consumèrent les trois quarts de l'immeuble. Pour envenimer la situation, l'emphytéose sur la forêt arrivait à échéance et personne, dans quelque ministère que ce soit, ne pouvait garantir qu'elle serait reconduite, à cause d'un obscur traité international. Pour cette raison, les assurances refusèrent de payer pour la reconstruction du bâtiment, même si elles défrayèrent les avocats, qui furent chassés de la ville avec des fourches et des faux, comme au temps de la Révolution française. Au bout de tout ça, Jean-Marc perdrait les rênes du conseil municipal et, pour la première fois depuis sa fondation, Val Grégoire se retrouverait sous la férule d'un maire qui n'avait pas de sang Desfossés dans les veines, un jeune parvenu arrivé à Val Grégoire pour profiter du désastre en cours en vendant des assurances.

En un rien de temps, nos pères, anciens employés de l'ancien moulin, passèrent de l'espoir de relance à l'alcoolisme de fin de vie ; nos mères, anciennes femmes au foyer, de ménagères un brin lubriques à caissières au Dunkin' Donuts en uniformes brun-beige ; et nous, anciens bambins surprotégés, d'enfants gâtés pourris à enfants de chienne.

Tous nés quelque part entre Montréal et Chibougamau, nos pères se mirent à disparaître sans se retourner. Des bandes d'hommes louaient en secret des mini-fourgonnettes immatriculées en Arizona, et on ne les revoyait plus. Nous nous réveillions le matin en nous demandant lesquels avaient été les derniers à tout balancer. Nouvellement orphelins ou tout comme, nous nous sentions presque soulagés de ressembler enfin aux copains ; gars comme filles, nous haussions les épaules, rêvassant au moment où notre jour de quitter Val Grégoire surviendrait enfin : « Quand je serai grand, je serai comme mon père… »

Personne n'aspirait à devenir comme sa mère, car, jusqu'à ce qu'elle se fasse larguer sans préavis, chacune d'elles se taisait à propos des dettes d'alcool de son mari, de ses détours coquins chez la voisine, de ses mains tantôt vagabondes, tantôt emportées. Impuissants, nous les observions se faner, même les plus coquettes trimballaient quelque chose d'imperceptiblement défraîchi. Elles gardaient la tête baissée, convaincues qu'elles valaient désormais moins que ce qu'elles avaient valu : elles étaient nées grandioses ; elles rapetissaient à vue d'œil, jusqu'à se réduire à leur rôle de mère. Désormais, les seuls regards qui leur traversaient le corps étaient les nôtres, et nous constations, bouleversés, le rouge à lèvres sur leurs dents, les grumeaux de mascara sur leurs cils et les poches enflées sous leurs yeux. Certains après-midi, nos mères se rencontraient en hordes à la Plaza du monde et n'échangeaient pas un seul mot : elles filaient droit vers l'une des trois cabines d'essayage où elles s'enfermaient à tour de rôle pour se recroqueviller, serrer les poings et se mordre les joues en espérant que leurs pleurs ne résonneraient pas trop, cependant que leurs compagnonnes d'infortune nous surveillaient mollement, nous, leurs bambins morveux et plaignards. C'était la moindre des choses, entre elles, de s'accorder quelques instants de répit. Elles observaient, rabougries, mutiques et à court de rêves, l'évolution de leur patelin, appréhendaient ce que nous étions sur le point de devenir et avaient peine à ravaler leurs larmes, leurs gorges nouées donnaient l'impression de converser avec des chèvres.

Plus de cinquante ans après l'inauguration de Val Grégoire, nos mères n'ont pas bougé et semblent désormais n'avoir pour seule fonction que de s'inquiéter pour nous, devenus adultes, et pour notre progéniture, sur le point de l'être. Les rues, le centre communautaire et les halls des écoles portent les noms de leurs maris, mais ce sont elles qui ont affronté les hivers du Nord et nos récidives canailles. Elles ne sont pas malheureuses, elles le jureraient, juste un peu mélancoliques – elles préfèrent le terme *fragiles* et contribuent à sept pour cent de l'économie pharmaceutique de l'est du pays.

Aussi surprenant que cela puisse paraître à la lumière de la déchéance qu'il avait lui-même déclenchée, Jean-Marc Desfossés n'a jamais imité la plupart des autres hommes en quittant Val Grégoire : après des années à se lessiver et à alimenter leur détestation réciproque avec soin, Marie-Pierre et lui ont prétendu que rien ne s'était produit et sont pour ainsi dire restés mariés, sous le même toit, encombrés, comme toute famille dysfonctionnelle qui se respecte, de leurs enfants, ici sept fils. Durant longtemps, exemple probant de leur aveuglement volontaire, ils se sont efforcés de faire perdurer leur illustre tradition de bal de Noël, et Val Grégoire, désespérément disposée à y croire encore alors que tout autour s'écroulait, s'est obstinée tout aussi longtemps à préserver l'image de la quintessence qu'ils représentaient. Instaurée depuis l'époque de l'aïeul Desfossés, cette fête faisait l'envie de tous les contribuables, qui espéraient jusque dans leurs songes, chaque début novembre, un carton d'invitation confirmant leur appartenance à l'élite locale.

Jean-Marc priorisait les entrepreneurs en construction, les golfeurs à la fiche juste un peu moins reluisante que la sienne ou ceux dont les conjointes étaient les plus lascives ; Marie-Pierre, les femmes qui avaient les moyens de s'acheter une robe neuve pour l'occasion, celles qui détenaient au moins un secondaire IV ou celles qui buvaient plus qu'elle, la faisant passer pour vertueuse. Même une fois leur mariage gangrené, les deux hôtes n'ont jamais cessé de jouer le jeu à merveille en pareilles circonstances : Jean-Marc remerciait chacun d'être venu avant de rendre hommage, toujours de la même façon, à son épouse, la plus belle de la soirée, sans la fougue de laquelle ce superbe événement n'aurait jamais eu lieu. Restée jusque-là savamment à l'écart, Marie-Pierre s'avançait vers son mari en roulant les hanches et frayait son chemin à travers l'auditoire. Ils s'efforçaient tous deux de souder leurs regards avec une intensité affectée et elle allait l'embrasser au milieu du salon, sortait la langue. C'étaient les trente plus belles secondes de leur année, les seules trente secondes où ils se désiraient un peu.

Même lorsque la désertion des hommes de Val Grégoire a commencé à donner à ce banquet des allures de Cercle des Fermières, tout le monde a continué d'y participer sans broncher, un cirque qui prendrait abruptement fin avec la disparition de Marco, le benjamin des Desfossés.

Les conséquences de cette affaire, dont la mort du prisé réveillon aura constitué certes le moins tragique élément, se font toujours sentir aujourd'hui, entre autres parce que Jean-Marc et Marie-Pierre, tétanisés et meurtris, sont encore lovés sans amour sur le tapis de leur salon. Sur le coup, nos parents ont eu beau froncer les sourcils de stupéfaction, dans les faits, ce drame se tramait depuis longtemps pour quiconque était plus ou moins attentif aux déboires des frères Desfossés. Dans les établissements de la commission scolaire, en effet, on avait longtemps redouté de ne jamais se remettre du passage de ceux-ci, d'autant que chacun était un redoubleur chronique et que chaque année reprise par l'un d'eux étirait le trouble. On avait même songé un temps à leur offrir un diplôme en échange d'une promesse de rester à la maison.

De l'aîné au benjamin, de coup manqué en coup manqué, ils bousillèrent en quelques années de délinquance toutes les possibilités qui leur avaient été dévolues. À chacun des Desfossés son heure de gloire, si on peut dire, car leurs bourdes semblaient, en une sorte d'effet domino dévastateur, avoir une incidence directe sur l'évolution de notre ville : observer leurs dérives, c'était un peu lire dans l'avenir de Val Grégoire. L'un d'eux, débrouillard comme un député, reçut, grâce à une entourloupette administrative, une subvention provinciale pour démarrer son propre laboratoire de fabrication de produits de synthèse – des amphétamines. Cette initiative, quoique de courte durée (il fut appréhendé au bout d'un an et demi, trahi par sa propre déclaration d'impôts), laissa des séquelles : on vit apparaître dans nos rues des gamins blêmes – c'est-à-dire certains d'entre nous –, traînant les pieds et geignant comme des bêtes, esclaves d'une drogue que le marché ne produisait plus. Ou ce Desfossés-là, particulièrement fanfaron, tiré à bout portant un soir d'octobre, bang ! bang ! bang !, trois balles dans la tête venues d'un cœur jaloux. L'éclopé, qui autrefois parvenait à attirer vers lui bien des filles déjà acoquinées à des types ordinaires grâce à son insolente désinvolture, survécut à l'assaut et il fixe désormais ses rares visiteurs avec des yeux exorbités en émettant des sons bizarres : dong, grrrr, ding, dong. L'assaillant s'en tira à bon compte : incarcéré pour quelques mois à peine, il en ressortit ragaillardi et pimpant. Les filles se jetèrent à ses pieds, et c'est ainsi que les règlements de comptes sommaires devinrent légion par ici.

Souvent contraints de partager encore aujourd'hui la même cellule, les frères Desfossés reprennent à chaque condamnation leurs plis d'enfance et se chamaillent à propos de qui ronfle et de qui empiète sur l'espace vital de qui. Ils ont entrecoupé le bal de leurs entrées et sorties des soins intensifs ou de tôle de coups pendables et de vives baises qui ont engendré, à terme, des dizaines et des dizaines d'enfants, des voyous de la pire espèce (la leur). Ces derniers sont soumis aux mêmes désirs encagés que leurs aïeux et la ville retient son souffle chaque fois qu'un Desfossés cherche à se distraire.

Quant à Marco, le plus jeune, nous n'avons jamais su où il a échoué. Son départ l'a précipité avec Laurence Calvette dans nos mythes éperdus, les mêmes que Le Baron ou La Petite Sale. Des histoires qui font naître des héros pour les fripouilles de notre espèce. Des qui se résument mal. Des qui ne tiennent certainement pas en une petite phrase d'un petit paragraphe. Des qui font des livres.

Nous savions ses racines et sa souche, à Marco, et nous sentions depuis toujours qu'il aurait dû appartenir à un autre arbre généalogique. Il était né avec un patronyme qui était comme des cannettes vides attachées à ses jambes, ça faisait kakling-kakling partout où il passait. Sauf que sa réputation le concernait à peine. Il découlait, septième, d'une lignée guerrière, copie carbone des autres Desfossés, le même format, à la différence que, enfant, il exécrait la chasse parce qu'incapable de tuer et se portait, justicier, à la défense des plus vulnérables. Son père roulait les yeux de honte, ses frères l'assaillaient de pichenottes et il devint le préféré de sa mère. Nous l'avions vu se forcer à se transformer, nous l'avions vu commencer à serrer les poings, à regimber contre les professeurs, à chercher la pagaille. Son clan s'est soudé à mesure qu'il devenait ce qu'il n'était pas et qu'il tentait de renier une faculté dont nous étions tous dépourvus et que nous recherchons avidement depuis : l'empathie.

Mais le problème avec soi-même, c'est qu'on naît sur une île minuscule dont on a vite fait le tour et que tout ce qu'on jette à la mer revient invariablement s'échouer sur le sable.

II

QUELQU'UN DE MIEUX

1

Le Labrador est un de ces rares endroits où on peut réellement disparaître derrière un nuage de poudre noire et n'avoir personne au cul : les contremaîtres cherchent des bannis pour chercher de l'or. Il n'y a pas de procureurs assez courageux pour s'y pointer le nez : la triste Happy Valley-Goose Bay est un îlot de roches tenu en laisse sur le continent par une route de gravelle. La nature y est faite d'arbres rachitiques, de longs champs de mousse et de déserts de sable dispersés. C'est là que Marco était allé se perdre.

Il avait longtemps rêvé d'être embauché comme mécanicien par une minière, car ces compagnies alimentaient un discours qui faisait reposer tout le mérite de l'économie florissante de la région sur leurs orpailleurs nouveau genre. Or, avec sa seule expérience à la cafétéria de la polyvalente Monseigneur-Michaud, Marco avait dû se contenter d'un emploi dans un casse-croûte dès son arrivée et il avait plutôt dérivé de cuisine en cuisine. Ses *boss* étaient toujours plus jeunes que lui. Il prenait son ski-doo ou son quatre-roues pour se rendre à l'ouvrage et se faisait regarder croche dans ce paradis de chars. Personne ne savait que lui, spécialiste des moteurs, échouait ironiquement son examen de conduite automobile à répétition.

Il était apparu dans cette nouvelle existence à un âge où il imaginait encore toutes les femmes qu'il croisait en train de jouir, les sourcils plissés, les yeux à l'envers, la bouche entrouverte, le cul bombé, à un âge où ces images-là le faisaient encore bander en pas même une seconde. Marco était âgé de dix ans lorsqu'il avait expérimenté les splendides tourments de la promiscuité la première fois, longtemps avant ce qui se produirait avec Louise : presque rien, une adolescente plus âgée que lui, à peine des effleurements dans le corridor des toilettes de la Plaza du monde, une main à quelques endroits qui sentent le jambon et beaucoup, beaucoup de chaleur.

Au Labrador, on comptait une femme pour huit hommes et la plupart avaient des maris avec des carabines. Au début, le sevrage de Marco avait été pénible, l'impression d'avoir des rats déchaînés dans le ventre. Puis il avait fini par oublier les origines de son insatisfaction constante, qui s'était trouvé d'autres ramifications. Assez rapidement, il avait commencé à se battre dans les bars, sans raison particulière, si ce n'est que cela lui permettait d'arrêter de ruminer pendant vingt-quatre heures pour se concentrer sur de douloureux hématomes. Il provoquait rarement les gars plus petits que lui, et jamais les femmes, même plus grosses, par principe, ou alors seulement s'il avait la certitude que leur amoureux prendrait leur défense. Il avait eu la clavicule cassée une fois, le bras droit fracturé deux fois, et le genou, le gauche, démis à plusieurs reprises. Il lui manquait une dent en bas, c'était sans compter les poings sur la gueule et tous ces bleus qui tournaient au mauve. Il s'était retrouvé à l'hôpital à une seule occasion, le soir où il avait chuchoté à l'oreille d'un certain Brian que la framboise tatouée sur le sein gauche de sa copine, prénommée Emily, goûtait bon. Malgré tout, Marco avait beau écouter ses pulsions les plus facilement assouvissables, il léchait le sang de ses plaies jusqu'à s'en ballonner la panse sans jamais éprouver la satiété. Se bourrer de plats surgelés au milieu de la nuit avec l'espoir vain de détendre une boule dure dans son ventre ; s'agenouiller devant la toilette pour vomir alors qu'on a affaire à des brûlures d'estomac ; se masturber jusqu'à rompre son frein pour comprendre que c'est l'appétit qui tenaille ; acheter un sac de couchage – 40 °C, un jeu de burins, un deuxième quatre-roues, une scie à métal, une (autre) perceuse, un système de son dernier cri, une télévision juste un peu plus grosse que la précédente et, par habitude, toujours les cigarettes les moins chères avant de soupirer, saisi d'un terrible désir de pénétration. Posséder quelque chose d'autre, ou quelqu'un. Ses dettes et ses ennemis lui blanchissaient précocement les cheveux.

Le 11 septembre 2001, Marco s'était réveillé pour la première fois dans le même lit que Linda après avoir baisé sans vergogne. Puis ils avaient fait connaissance. Linda avait juré n'avoir jamais couché avec un aussi beau gars, elle avait pensé qu'il était *a soldier or some kind of policeman.* Elle avait de gros os, comme on dit pour être poli, et Marco avait tout de suite été attiré par ses seins énormes, ses fesses rebondies et les belles lèvres de son visage moqueur.

Venue à Goose Bay pour visiter son amie Mary, Linda n'avait pas eu envie de repartir tout de suite et avait repoussé son billet pour Halifax d'une semaine. Et une autre fois. Une troisième. Elle avait aidé Marco à repeindre son appartement de la rue Grenfell et son odeur avait progressivement imprégné les draps. Au bout de quelques mois, ils avaient compris qu'ils habitaient ensemble et qu'elle ne retournerait pas en Nouvelle-Écosse. Elle voulait s'accorder une pause de la massothérapie et s'était trouvé un boulot à la coop. Elle s'était fait expédier une boîte par son ancienne coloc, « *It's all I got* » : son chandail des Maple Leafs (à peu près la seule affaire que Marco pouvait lui reprocher) et une petite collection de bibelots de chevaux, de dauphins et de chats en semi-porcelaine.

Elle battait Marco dans leurs compétitions de gavage de hot-dogs, aimait la fête, parlait fort et avait des opinions arrêtées sur un paquet de sujets. Elle faisait des miracles avec sa bouche et jouissait en faisant beaucoup de bruit, son corps potelé sentait fort le sexe. Elle l'avalait. Pas juste son sperme, mais Marco au grand complet : quand ils faisaient l'amour, c'était comme s'il arrivait dans le fond du fond de la mer, comme s'il était aspiré dans un endroit qui n'existe pas. Des fois, le désir, ça enflait dans son derrière jusqu'à élancer. Marco n'avait jamais vécu aussi fort, mais, en même temps, ce n'était pas si loin de la mort non plus. Il avait déjà paniqué quand, à trois ou quatre reprises, il avait senti qu'il aurait pu blesser Linda, une rage qui montait en lui quand il n'arrivait pas au bout de tout ce qu'il aurait voulu d'elle. Il aurait pu la serrer assez pour l'écrabouiller que ça n'aurait jamais été assez : Linda et lui étaient toujours deux et il ne prendrait jamais possession de tout l'espace qu'elle avait à offrir au monde.

Un an avait passé, puis deux, puis trois, et ils étaient accotés. Ils avaient instauré des traditions comme les mardis cinéma maison, les jeudis bowling avec leurs amis, ainsi que les longues randonnées en motoneige, les dimanches d'hiver. Ils s'étaient rendus dans la famille de Linda, à Halifax, quelques fois, et Marco s'était soûlé la gueule avec les Peterson, devenant illico membre du clan. Ils avaient abordé l'idée d'avoir des enfants, leur premier serait Tom ou Betty. Marco espérait que les qualités de Linda seraient assez puissantes pour éliminer tout ce qu'il détestait de lui-même et des Desfossés. Il provenait d'une lignée de poignées de main viriles et de taloches sur la gueule, une lignée de pères qui cocufient leurs femmes et qui préfèrent boire trop plutôt que de surmonter leur mépris de tout sentiment un brin complexe. Des fois, quand il se scrutait dans le miroir, il pressentait que ses frères et son père et son grand-père n'avaient jamais été pourvus de cette lueur douce qui brillait dans le fond de ses yeux bleu clair, il pressentait que celle-ci aurait pu, dans une autre vie, dans d'autres circonstances, l'empêcher de passer par où il était passé. Il n'aurait peut-être pas suffi de grand-chose pour qu'il soit quelqu'un d'autre – il pensait : « Quelqu'un de mieux. »

Marco priait pour que, après toutes ces années au large, le temps et la distance puissent épargner à sa progéniture sa filiation perverse. Il savait que ces choses-là se transmettent par le sang : il n'avait pas encore trente ans, mais il transportait déjà le même cou que son père et son grand-père Desfossés, lourd comme un billot pourri d'eau, la même colonne vertébrale, raide comme une *crowbar,* crochue aux deux bouts, les mêmes jambes qui gonflent comme des ballons d'enfant lorsque trop longtemps immobiles. Il avait les mêmes emportements, les mêmes envies, ça sortait de nulle part et ça brûlait comme du feu liquide, il sacrait des coups dans les portes et trompait Linda si l'occasion se présentait. Parfois, il se réveillait le matin après à peine quelques heures de sommeil dur et il ne savait plus où il se trouvait : pendant cinq ou six secondes, il aurait pu être n'importe où, à Goose Bay, à Prince George ou à Val Grégoire – pendant cinq ou six secondes, il aurait pu être n'importe qui. Chaque fois, ce n'était pas sa tête qui le ramenait à la réalité, mais la douleur qui irradiait dans son corps – son cou en vieille souche, sa colonne en *crowbar,* ses jambes comme des ballons d'enfant. Si les Desfossés n'avaient jamais fait de bons pères, Marco aimait déjà assez Tom et Betty pour les préserver de cette dynastie maudite tant qu'il ne serait pas totalement guéri.

Linda n'avait jamais insisté pour être informée d'un passé que Marco aimait mieux garder pour lui. Un jour, rien qu'une fois, dans les premiers temps, elle l'avait interrogé sur ceux qu'il avait laissés derrière. Il avait insinué toutes sortes de bonnes raisons d'avoir coupé les ponts avec sa famille, mais n'avait jamais mentionné ce qui était arrivé à Louise, jamais mentionné ce qui était arrivé à Laurence, faisant tout reposer sur une vérité convenable mais partielle : « *I just didn't fit in.* » Linda avait fait « Je sais pas trop » avec ses épaules, puis elle n'avait plus jamais posé de questions. Marco se convainquait parfois qu'elle avait tout deviné, mais qu'elle avait la politesse de ne pas l'interroger davantage.

Pourtant, Linda et lui avaient réussi à se construire un quotidien pas si mal et ils étaient devenus ces gens-là qui participent à tous les concours mais ne gagnent jamais rien, qui prennent toujours la même machine au Mulligan's, la deuxième en partant de la gauche, mais n'entendent jamais résonner les sirènes du jackpot. Linda s'en était toujours foutue, elle disait : « *We've got everything we need, Marco.* » On a toute.

Mais « toute », ce n'est jamais assez : Linda n'était pas faite pour être casée. En amour, elle était fidèle, mais le reste l'ennuyait rapidement. Elle avait toujours le goût de connaître des nouvelles affaires. Et c'était plutôt rare, les nouvelles affaires, au Labrador. Elle essayait d'entraîner Marco dans ses aventures : des cours de swing au centre communautaire, des projets d'ouvrir un restaurant ensemble, « toi dans' cuisine, moi en avant », une cérémonie de sudation innue, un réaménagement complet du cabanon, un doigt dans le derrière juste au moment où Marco éjacule.

Il aurait dû se méfier, l'été où Linda s'était mise à se plaindre des *fucking* maringouins qui lui bouffaient la face comme un beigne. Ça ne faisait que commencer : après quelques mois de répit, septembre, octobre, novembre, Linda s'était inquiétée dès la première tempête de neige du retour des moustiques. Dans les meilleurs moments, elle gigotait, les yeux brillants, elle disait qu'il y avait plein d'endroits où ils pourraient aller ensemble. Elle s'était acheté une carte du monde et promenait ses yeux en traînant un blues à fleur de peau sur ces larges espaces qui démangent :

– *I'm just sick and tired of being here, is that so hard to understand ?*

Marco rouspétait qu'on ne part pas à cause des mouches. Elle levait son regard mouillé.

– Non, on part à cause du frette pis de la crisse d'ouvrage plate, pis des mêmes gens, tout le temps les mêmes crisses de mêmes gens. De l'ennui, Marco. On dit qu'on part à cause des mouches, mais dans le fond on part à cause de l'ennui…

Linda savait toujours exactement comment elle se sentait. Elle nommait avec une facilité déconcertante ces mots qui étaient supposément rattachés à des émotions précises : *colère, tristesse, inquiétude, joie.* Marco, lui, en éprouvait sûrement plein, mais il n'aurait su dire lesquelles. Il vivait sans trop se questionner et n'avait pas d'opinion particulière sur son sort, se contentant doucement de Linda et de son emploi au Pizza Delight. Au bout de quelques années, quand la Vale avait ouvert sa mine dans le Nord, il avait accepté avec le même genre de résignation tranquille le *fly-in fly-out* pour se remettre à flot, devenant un des premiers aides-cuisiniers à s'envoler pour Voisey's Bay. Trois semaines à la maison, trois semaines là-bas, une terre de poussière de roches, de sous-sols qui sentent le renfermé, de peau qui pique et d'yeux rougis. Ses patrons, Mark et Kyle Blackwater, deux gais lurons qui se vantaient d'avoir déjà travaillé dans des restaurants chics, brûlaient les soupes. Chaque matin, le frère Blackwater de service rassemblait les collègues pour raconter une blague dont une sur deux se terminait par le mot *cunt*. Tout le monde en braillait de rire, les gars dévoilaient leurs luettes qui ballottaient comme des scrotums. Une vraie belle famille.

Quand il avait une minute, Marco allait observer les manœuvres s'activer : transport, nettoyage, tri des scories. Daniel, qui connaissait sa passion des moteurs, l'avait avisé qu'on cherchait un mécanicien au garage de la mine. Marco avait juste à aller rencontrer le contremaître et l'affaire serait dans la poche. Daniel soutenait qu'on lui paierait même ses cartes et que son salaire allait doubler, sinon tripler.

Marco avait répondu qu'il était OK comme ça, c'est le mot qu'il avait employé : *OK*. Ç'aurait été trop compliqué, avec plein de formulaires et de formations. L'école le tentait moins que de se faire arracher toutes les dents à froid.

Au début, Linda n'avait pas de problème avec le fait que Marco soit dans le Nord la moitié du temps, mais les mois avaient passé, son amie Mary avait émigré à Terre-Neuve avec son Newfie de mari et elle avait commencé à s'ennuyer encore plus. Ils se chicanaient chaque fois que Marco revenait à la maison, à cause de leurs envies pas raccord. Mine de rien, elle s'était rembrunie :

– Tu me dis même plus que j'ai des belles boules…

Un soir de brosse, il avait capitulé, incapable de vivre avec l'idée que c'était lui qui la rendait malheureuse :

– *OK, Fat Mama, let's move away !*

Les pupilles de Linda étaient devenues rondes comme des trente sous. Pourquoi pas la Grèce ? Paraissait qu'on pouvait vivre avec trois dollars par jour, en Grèce. Ou le Portugal ! Mary lui avait dit que c'était pareil au Portugal.

Marco avait entendu, déjà, les noms de ces pays, mais de là à savoir où ça se trouvait sur la planète… Linda avait imité une niaiserie qu'elle avait vue à la télé : les yeux bandés, ils avaient chacun placé deux punaises de couleurs différentes sur sa mappemonde, au hasard. Linda avait fait le rapport : l'Inde, l'Irlande, le nord-ouest de la Russie et le milieu de l'océan Pacifique, même pas d'île.

– *It's Ireland !* avait décrété Linda qui trouvait dégueulasse la lèpre des Indiens et se méfiait des Russes sans raison précise.

Quant au Pacifique, elle aimait aller à la mer, mais nageait mal.

– Au moins, tu flottes ! l'avait taquinée Marco.

Ils s'étaient donné six mois pour partir. C'était trop long : Marco n'aurait pu quitter son existence tranquille que sur un coup de tête, déguerpir le soir même. « On s'en va, ma Linda, l'Irlande, paf ! » Mais à force de trop penser, il avait pris conscience que ce voyage-là n'avait aucun sens : arrivé au Labrador dans un hiver de panique, onze ans plus tôt, il s'était recroquevillé en silence et s'était effacé de la carte en espérant que le sort ne s'apercevrait jamais que Marco Desfossés lui avait échappé.

C'est donc comme ça que ça avait commencé et que le passé inavouable de Marco les avait éloignés, Linda et lui, en rongeant tout ce qu'ils auraient pu devenir ensemble ; après, ils n'avaient plus qu'à devenir des étrangers un peu plus chaque jour. Quand Marco était revenu de Voisey's Bay, la fois suivante, Linda avait acheté un ordinateur et elle lui avait montré un paquet de photos de l'Irlande. Au bout de quelques jours, elle s'était impatientée du fait qu'il ne semblait pas s'intéresser plus qu'il fallait à fouiller, lui aussi. Marco avait répondu que ça ne servait à rien, qu'il n'avait pas besoin d'Internet pour rêvasser. En vérité, il avait agi dans le cas de l'Irlande comme dans tout le reste : il avait un peu menti à Linda et il s'était un peu fermé la gueule. Il n'avait pas démissionné de son travail, mais avait inventé à Linda la réaction des frères Blackwater à l'annonce de son départ, évitant de réfléchir au moment où ces deux réalités-là ne seraient plus compatibles.

Linda se donnait corps et âme à leur projet. Elle avait contacté cinq ou six propriétaires de Dublin qui annonçaient des appartements à louer ; avait déniché quelques offres d'emploi intéressantes pour Marco ou pour elle ; avait retenu les noms de trois, quatre mairies qui offraient des primes à qui s'installait dans leur bled. Elle était belle à voir, Linda, elle redevenait une petite fille. « Quand je vais être grande. »

À la même période, les formulaires de passeports étaient arrivés, vierges et blancs. Dans la journée, Linda avait rempli le sien, qu'elle avait laissé bien en vue sur la table de la cuisine, juste à côté de celui destiné à Marco. Avant de repartir pour Voisey's Bay, Marco s'était excusé et lui avait demandé de remplir ses papiers à sa place.

Puis ça avait commencé. Une fois, deux fois, trois, puis quatre fois : « Faudrait acheter les billets, *babe.* » Marco hochait la tête, puis se la cachait dans le sable, tout allait s'arranger. Éviter jusqu'à tant que.

Environ quatre mois après que Linda et Marco eurent choisi l'Irlande, Daniel et Hope les avaient invités chez eux. Ils habitaient à une quarantaine de kilomètres de Goose Bay, à North West River, un petit village tranquille et en pente qui s'étendait depuis le sommet d'une colline jusqu'à une plage sur le lac Melville. L'air étrangement salin était rempli d'histoires de pêche et de poissons gros comme ça.

Daniel et Hope, tout sourire, les avaient traînés chez Joyce McGolly, une quinquagénaire un brin illuminée qui radotait sur l'énergie positive, les auras et le devoir de transmission sans jamais expliquer de quoi elle parlait au juste. Linda, bien trop contente de rencontrer enfin quelqu'un d'un peu différent, lui posait mille questions. À la fin, Joyce avait pris Linda et Marco par les mains et leur avait annoncé que sa maison était à eux, s'ils la voulaient. Depuis le décès de son père, elle était à la recherche des « bons » acheteurs et la laisserait partir au rabais.

Assez fier de son coup, Daniel avait fait valoir que ce serait super parce que, avec trois chambres à l'étage, il y aurait de la place en masse le jour où Linda recommencerait à masser. Ou celui où elle tomberait enceinte, avait grimacé Hope.

Dans la tête de Marco, les astres s'étaient alignés : une nouvelle voie, la bonne, s'offrait à lui. North West River, c'est le dernier village avant de tomber dans le vide ; après, un mur de conifères barre le passage jusqu'en Arctique. Leur maison serait l'une des dernières au bout de la plage, juste avant la forêt. Du changement, oui, mais le même paysage, les mêmes odeurs, le même numéro de téléphone. Une maison ailleurs, une nouvelle vie, mais pas trop loin. Un genre de voyage, sans vivre dans ses bagages.

Marco aurait pu convaincre Linda de n'importe quoi, à l'époque, il avait encore ce pouvoir-là. Elle avait croisé les bras, fermé les yeux, boudé, mais avait quand même signé les papiers du notaire lorsqu'il avait indiqué des clauses avec le bout de son crayon et remâché tout un tas d'informations en empruntant un ton un peu condescendant. Elle écoutait à peine, sonnée, déjà certaine de le regretter : pas besoin d'étudier leur compte en banque de midi à quatorze heures pour savoir qu'il serait difficile de visiter l'Irlande avant longtemps.

Cet été-là, Marco et ses collègues avaient déclenché une grève et, même si ça n'avait pas duré, Linda avait été obligée de demander une augmentation de ses heures à la coop pour pouvoir payer l'hypothèque. Elle avait passé plusieurs mois à essayer de provoquer Marco, elle jurait qu'elle partirait de toute façon, et tant pis pour lui. Chaque fois qu'il revenait du Nord, il se préparait à retrouver la maison vide, une note avec la grosse écriture criarde de Linda sur la table. Mais elle restait, défaisait les boîtes, plaçait les décorations, posait les cadres, *« I'm fucking leaving, Marco »,* et bientôt les armoires avaient été pleines. Le courage de s'acheter un billet ne lui venait pas sans Marco : elle aimait mieux vivre avec lui ici qu'en Irlande toute seule. Puisqu'il fallait choisir.

Linda collectionnait les bibelots. Pour lui redonner le sourire, il lui avait acheté, au magasin à une piasse, un trèfle à quatre feuilles en céramique sur lequel il avait reconnu le mot *I-R-E-L-A-N-D.* Avec l'anglais le plus romantique dont il était capable, il lui avait déclaré solennellement : *« Maybe one day, Fat Mama. But before that, I'd like us to find a way to be happy here. Together. »* Il avait rarement été aussi sincère. Linda se mettait le trèfle sous le bras quand ils allaient jouer aux machines à sous, à Goose Bay.

Tous les gens qui s'enfargeaient à North West River étaient envoyés chez Marco et Linda, qui insistaient pour qu'on rentre chez eux comme dans un moulin. Plaisir à profusion, bière au froid et de quoi faire un lit même quand tous les recoins du plancher étaient accaparés par la visite. L'été, on montait les tentes ici et là sur le terrain ou sur la plage. À Linda, rencontrer des nouvelles personnes faisait un peu l'effet d'un voyage à l'envers. C'était mieux que rien.

On les entendait souvent s'engueuler sur plusieurs coins de rue ; les chiens des voisins leur répondaient en jappant. Il l'insultait sur son poids, *« Godzlinda »,* elle répliquait, *« Fucking idiot »,* des vacheries comme des actes réservés, des preuves d'un grand amour réciproque. Ils n'en vinrent jamais aux coups, quoique la rage les fît parfois bel et bien trouer des murs ou défoncer des portes. Des policiers un peu mal à l'aise vinrent un soir sonner et Linda leur éclata de rire en pleine face : « Ben voyons ! Regardez-moi ! J'ai-tu l'air d'une femme battue ? »

Autrefois, avant l'achat de la maison du lac Melville, ils réglaient leurs conflits en faisant l'amour, mais ils n'avaient pas baisé depuis un an, même quand Marco rentrait du Nord avec son genre de barbe et son odeur d'homme. Ils s'endormaient désormais dos à dos et, le lendemain, tout était redevenu juste un peu moins normal que la veille. Ils évoquaient encore parfois Betty et Tom, leurs enfants imaginaires, mais évitaient d'aborder ce qui, en pratique, rendait impossible toute conception. Pour compenser, ils adoptèrent une femelle samoyède blanche, grasse et poilue, Rosie Rose, yeux noirs comme des billes de plomb et longue langue pendante. Ils la laissaient se promener à sa guise dans les rues du village, elle allait voir tout le monde et revenait en courant dès qu'on l'appelait ; cette chienne n'était pas faite pour être attachée.

Quand Marco taquinait Linda en la traitant de femme frustrée, elle souriait, mais c'était pour ne pas pleurer. Elle s'échinait à se convaincre que North West River la satisfaisait et qu'elle n'était plus chicotée par l'idée de changer d'air. Parfois, elle riait deux, trois secondes, mais, au fond, elle s'éteignait. Marco surprenait de temps en temps le regard de sa douce sur le trèfle à quatre feuilles, symbole de leur Irlande, et s'efforçait de faire une blague pour lui changer les idées.

Rosie Rose, elle, était toujours contente de revoir Marco après un de ses séjours à Voisey's Bay et ne le boudait pas au cours des jours précédant ses départs. Au contraire, elle dormait à côté de sa valise, la veille, reconduisait Marco jusqu'au camion de Daniel, le matin venu, s'assoyait devant la portière pendant qu'il chargeait son matériel et ne se tassait que lorsque son maître l'avait gratifiée d'une caresse et embrassée sur le museau. Trois semaines plus tard, Marco n'avait même pas mis les pieds dans la maison que la chienne chignait et pissait et roulait sur son dos en exhibant son ventre et se relevait et tournaillait autour de lui et lui léchait les mains. Le comportement de la chienne apparaissait à Linda chaque fois un peu plus grotesque et elle ne pouvait s'empêcher de la mépriser pour son manque de discernement. Elle marmonnait : « Tu serais ben trop content si je t'accueillais comme ça, moi aussi, hein ? »

Auparavant, les jours où son homme revenait de Voisey's Bay, Linda l'attendait, assise bien droite sur l'étroite chaise de bois à côté de la porte d'entrée. Elle avait pris sa douche et sentait bon, s'était lavé les cheveux pour l'occasion. Sa voix tremblait comme celle d'une princesse de conte pour petites filles lorsqu'elle lui lançait *« I've missed you »* sur un ton tendre qui appelait sans le dire Marco à la prendre dans ses bras. Aussitôt qu'il s'exécutait, elle se mettait à parler, elle lui racontait jour par jour les microévénements de son quotidien des trois dernières semaines : « Mon *boss* a dit ci, Hope a fait ça, il s'est passé telle affaire au bar mercredi il y a deux semaines, on a fait telle affaire avec Meredith avant-hier, non, attends, avant-avant-hier. » Marco, lui, se laissait réconforter par ce flot de paroles. Il n'aurait su assez bien l'exprimer à Linda pour qu'elle saisisse qu'il s'agissait d'un compliment, mais il pensait : « Je ne t'écoute pas vraiment, mais continue, parle encore, j'attends ta voix depuis vingt et un jours. »

Désormais, Linda était rarement à la maison lorsqu'il rentrait et, si elle s'y trouvait, son visage prenait un air surpris : « Déjà ? » Le déménagement en Irlande s'était mué en risible idée de semaine dans le Sud, mais Marco se montrait toujours indifférent dès que Linda abordait le sujet. Même pas besoin d'y aller pour vrai, elle jurait, juste magasiner les *resorts* ensemble, pour le plaisir, lui aurait fait du bien.

Quand ils passaient du temps avec d'autres gens, Linda semblait oublier les envies qui la turlupinaient. Elle riait fort et ça sonnait vrai. Ils revenaient de chez leurs amis en se tenant par la main, un peu ivres, l'âme légère dans un silence au début joyeux. Marco flottait doucement en se remémorant une blague particulièrement salée ou le but de la victoire du Canadien et l'air déconfit de ses amis. Puis le son de la nuit, soudainement assourdissant, le ramenait à lui, et Marco prenait conscience du mutisme de Linda, qui redevenait grave à mesure qu'ils s'approchaient de la maison. Elle montait les marches en boudant et se couchait face au mur. Une fois, rien qu'une, un soir qu'ils avaient chanté toute la veillée des succès des années 1980 chez Hope et Daniel et qu'ils avaient bu du fort, le sourire fendu jusqu'aux oreilles du début à la fin, Linda, dans le camion, avait laissé tomber, presque sans faire exprès : « *Nobody knows how much I hate it here. Except for you. And you don't give a shit about it.* »

En 2006, en décembre, le père de Mark et Kyle Blackwater, les patrons de Marco, était mort. Les deux frères avaient appris son décès un mois après les faits. Au moment de crever, Blackwater senior habitait à St. John's, Terre-Neuve, où les funérailles avaient eu lieu dans une église quasiment vide. Le cadet, Kyle, insista auprès des gars pour qu'ils disent à leurs femmes et à leurs enfants qu'ils les aimaient, pour qu'ils téléphonent à leurs parents, pour qu'ils envoient une carte postale à leurs sœurs. Plusieurs collègues avaient réagi rudement : « C'est pas parce que t'as eu du *hard time* avec ton *old man* qu'il faut que tu nous fasses chier avec ça. » D'autres avaient communiqué avec les tribus qu'ils avaient abandonnées pour des rêves de fortune ou de sainte paix. La plupart y avaient puisé du réconfort.

Durant plusieurs jours, Marco avait repoussé le coup de téléphone qu'il aurait voulu avoir le courage de passer aux siens. Il craignait de retrouver ses parents vieux et séniles ou, pire, furieux contre lui après douze ans au large. Il redoutait que les frasques de ses frères lui rappellent celui qu'il tentait désespérément de ne pas devenir. Il avait cherché tous les mots possibles, n'en avait trouvé aucun. Aussi bien qu'ils le pensent mort.

Sauf que, lorsqu'il y réfléchissait, ce qui le décevait le plus était qu'on ne saurait jamais comment il était malgré tout devenu adulte. Il avait eu froid, il avait eu faim, il s'était brûlé les avant-bras avec de l'huile à friture, il avait lavé des toilettes avec sa langue, il avait appris l'anglais. Tout ce qu'il possédait, Marco, et ça incluait Linda et leur amour qui carillonnait, il l'avait construit par lui-même et il aurait voulu se faire dire qu'il le méritait. Sa seule véritable envie avait été d'appeler Louise. Durant toutes ces années, il avait précieusement conservé, dans le tiroir de sa table de chevet, le paquet vide et fripé de papier Zig-Zag sur lequel elle avait jadis inscrit ses coordonnées à Montréal.

Lorsque Marco repensait à son enfance surgissaient : les longues promenades dans la forêt après une tempête avec Louise et Laurence ; l'abondante talle de fraises à deux mètres à peine de leur table du parc des Sages ; les fresques fleuries de Louise sur les murs extérieurs de la Plaza du monde ; les poumons étouffés par des bâtons de cannelle fumés à la dérobée ; le corps de Louise, magnétique pour les yeux. Parfois, son esprit glissait vers les événements qui l'avaient mené au Labrador et qui avaient expulsé ses deux meilleurs amis de sa vie, mais Marco parvenait toujours à se raccrocher à l'ancienne insouciance et choisissait exactement ce qu'il souhaitait conserver d'eux : la neige aux genoux, l'haleine épicée et le fond de la gorge pâteux, la fulgurance et l'ardeur des premiers désirs. D'ailleurs, à force de chercher à contrôler l'exacte constitution de ses souvenirs, il en est quelques-uns que Marco était parvenu à effacer complètement de sa mémoire. C'est ce dont il s'était rendu compte le jour où il avait téléphoné à Louise.

Il joignait bien la résidence des Fowley, mais Louise n'y habitait plus. À l'âge où elle était rendue, Marco s'était senti ridicule de s'être imaginé qu'il aurait pu en être autrement. La voix au bout du fil, adolescente et fragile, lui avait tout de suite noué le ventre : il fallait que ce soit Nathaniel… Marco n'avait pas songé à lui depuis des millénaires, peut-être l'avait-il même *oublié*… Il lui semblait bien que si on lui avait parlé de Nathaniel, quelques instants plus tôt, il aurait su de qui il s'agissait, mais il ne pouvait le garantir. « Je suis Marco », lui aurait-il dit s'il n'avait pas perdu contenance de la sorte, avant de l'interroger sur ses passe-temps, ses amis, ses rêves, ses doutes, et de lui donner quelques leçons de vie édifiantes sur l'effort et le travail dans l'espoir de se montrer sous un jour favorable. Sauf qu'il n'en avait rien fait et avait plutôt eu l'air d'un parfait imbécile. Son français, qu'il n'avait pas parlé depuis de nombreuses années, s'était fracassé contre ses dents et avait rebondi inélégamment dans le combiné, alors que Nathaniel, la moitié de son âge, s'exprimait avec une clarté d'exposé oral, d'un ton calme, poli et posé. De la honte, peut-être, avait envahi Marco, un tuyau qui se fissure et inonde la cave, et il n'avait même pas été en mesure de lui demander les coordonnées de Louise. Il avait plutôt transmis en vitesse son numéro de téléphone et avait raccroché avant que Nathaniel ressente son malaise.

Dans les jours subséquents, sans nouvelles de Louise, il s'était convaincu que cet empressement l'avait fait se tromper dans l'ordre des chiffres et ce silence l'avait attristé mais aussi soulagé, d'une certaine manière : il pouvait enfin cesser d'accorder autant d'importance à cette amitié d'une époque révolue pour passer à autre chose. Louise, c'était le dernier lien qui l'unissait à celui qu'il avait été.

En février, de retour de Voisey's Bay, Marco avait reçu la première des trois lettres. Linda lui avait tendu l'enveloppe avec des yeux bien trop contents de cet objet venu d'ailleurs, d'une autre vie :

– *Who's Nathaniel ?*

Marco avait froncé les sourcils.

– Qui ?

– *Nathaniel Fowley... Who is it ?*

Marco était parvenu, du moins le croyait-il, à mentir sans trop en avoir l'air : une ancienne connaissance...

Linda attendait plus de détails. Un silence s'était étiré entre eux, puis elle avait souri : Marco pouvait remettre cette discussion à plus tard, elle n'était pas terminée pour autant.

Il avait longuement examiné l'enveloppe. Il avait réussi de peine et de misère à en décoder le nom, « Na-thaniel Fow-ley », associant chaque syllabe à ce qui était inscrit. L'écriture de Nathaniel était comme des ficelles enroulées et Marco l'avait trouvée belle. Il reconnaissait d'autres mots, comme sa propre adresse, le « 4 Groves Crescent », ainsi que « Montréal », dans le coin gauche. La lettre tenait sur trois quarts de page, manuscrite aussi, on aurait dit dessinée. Elle avait été écrite en français, cela ne faisait pas de doute à cause de toutes ces sortes d'accents qui n'existent pas en anglais : *école, février, où.* Il y était question de Louise, Marco avait distingué ce prénom parmi les autres mots, et il s'était inquiété. Était-il survenu un drame si grave qu'on daigne lui écrire, *à lui* ? Peut-être Louise était-elle morte ? Marco suait à grosses gouttes et, pour freiner la panique, il avait replié la lettre, l'avait glissée dans l'enveloppe et l'avait rangée dans le tiroir de sa table de nuit, à côté du vieux paquet de papier à rouler. Pas besoin de la cacher : Linda ne comprenait pas le français.

Pour éviter ce même sentiment effroyable, Marco avait archivé au même endroit la deuxième missive, en juin, sans même l'ouvrir. À quoi bon ?

Puis, à son retour de Voisey's Bay, en octobre, Linda avait souri à Marco : *son ami* Nathaniel avait appelé. Il voulait savoir s'il avait la bonne adresse. Elle se surprenait que Marco ne lui ait pas répondu.

Quelques semaines plus tard, Marco recevait la troisième (et dernière) lettre. Linda avait eu beau faire des pieds et des mains, insister un peu, Marco s'était tu et ses secrets, encore, étaient restés saufs.

Au début, son ventre se crispait chaque fois qu'il songeait au fait que Nathaniel, à Montréal, attendait une réponse de sa part. Mais c'était comme tout : ça avait fini par s'envoler.

Devant la menace de ce passé qui revenait à petits pas, Marco avait trouvé le courage d'accomplir ce qu'il aurait dû faire bien avant pour s'assurer de garder Linda auprès de lui pour toujours, même si un jour elle finissait par tout découvrir sur lui : la demander en mariage. Il était allé acheter une bague, s'était fait couper les cheveux et avait repassé sa chemise la plus propre. Ce soir-là, il avait envoyé Linda marcher avec Hope et lui avait préparé à souper : du steak, des patates pilées, de la salade César et un gâteau marbré McCain sur lequel il prévoyait de déposer l'anneau. Sauf qu'en essayant d'atteindre les verres à vin, rangés haut parce qu'ils ne s'en servaient jamais, il avait accroché leur trèfle à quatre feuilles de l'Irlande, qui avait éclaté en mille morceaux par terre. C'était le genre de signe qui ne trompe pas et Marco avait caché la bague et reporté les promesses de fiançailles.

Ils avaient eu beau balayer encore et encore le plancher de la cuisine, sa demande en mariage ratée lui revenait toujours en mémoire à cause des miettes de leur Irlande qui continuaient à briller, vertes, entre les lattes de bois. Linda, même si elle disait « *It's OK, it's OK* » en référence à leur porte-bonheur brisé, gardait un genre de rancœur au fond de son œil. S'il avait fallu, pensait Marco, qu'elle apprenne ce qu'elle avait perdu pour vrai…

2

L'autre soir, à Voisey's Bay, à la veille de rentrer chacun chez soi pour trois semaines, les gars ont pris un coup solide pour souligner le départ de John F. et John R., qui n'allaient pas revenir : ils partaient faire dans le pétrole, au large de Terre-Neuve. Ils ont essayé de convaincre tout le monde de les suivre : de la job en masse là-bas, à ce qui paraissait. Des plateformes à des kilomètres de la côte. Pas de *fucking* moustiques, du vent dans les oreilles. Des femmes, des insulaires cochonnes, pour les semaines de congé.

Comme chaque fois que Marco est soûl, son appétit est revenu, carnivore vorace, et il est allé rejoindre Rachel, une grande blonde carrée affectée à l'entretien des bâtiments. Une petite heure au secours de l'angoisse, une autre tentative bonne à rien pour se sortir de soi.

Marco s'est glissé hors du lit au milieu d'une phrase de Rachel, blottie contre lui, les draps encore moites de leurs ébats. C'est toujours pareil quand il trompe Linda : il a besoin d'entendre sa voix. Il a marché pieds et torse nus vers le téléphone de la cantine. À trois cent cinquante kilomètres de distance, Linda ne s'est doutée de rien, elle était juste contente de savoir qu'il pensait à elle. Elle souriait tellement fort que ça faisait du bruit à travers le combiné. Avec le ton d'une petite fille qui joue un tour, elle a souligné l'heureux hasard qu'il appelle quelques minutes après Louise.

– Qui ?

– Ben, Louise, ton amie Louise… Fowley ? Oui, c'est ça : Louise Fowley.

L'œsophage de Marco s'est enflé comme s'il avait été mordu par un serpent.

– Oh ! Oh ben… Wow, c'est vraiment super, ça. Qu'est-ce qu'elle voulait ?

– Te parler. Te rendre visite.

Petit silence surexcité.

– C'est supposé être une surprise, mais *fuck it,* je te le dis pareil : elle s'en vient, Marco ! Elle tombe en vacances, pis elle va passer par ici avant d'aller à Terre-Neuve !

Elle allait être là le surlendemain, a expliqué Linda pendant que Marco essayait de reprendre son souffle.

– J'ai hâte de te voir, elle a dit.

Son cerveau engourdi par l'alcool s'est mis à réfléchir aussi vite qu'il le pouvait. Même en s'efforçant, Marco ne parvenait pas vraiment à se souvenir pourquoi il n'avait jamais rien raconté à Linda. Juste à ressasser tout ce qu'il ne lui avait pas dit, il grelottait par en dedans, en dessous des côtes. Cette ancienne vie-là lui apparaissait moins réelle que la fausse, celle qu'il se fabriquait, gorge tendue en permanence et salive qui rentre de travers, depuis presque quinze ans. Il commençait à peine à s'affranchir de la horde de chiens-loups à laquelle il avait appartenu à Val Grégoire, et il ne parviendrait jamais à se débarrasser de la honte d'avoir un jour livré Louise en pâture à un Willy affamé. Figure déjà mythique venue de la grande ville et formidablement indocile, elle s'était transformée en proie de choix pour la jeunesse du coin à la fin d'un été où des seins lui avaient poussé pendant qu'on regardait ailleurs. Marco avait eu beau faire semblant du contraire, à l'époque, il comprenait à peu près ce que signifiaient l'inscription « Louise Fowley avale toute » surmontant les urinoirs de l'école, ou les allusions salaces de ses frères à l'aguichante, presque révoltante puberté de son amie, son amour : « C'est pas La Petite Sale, c'est La Grosse Salope ! » Il avait treize ans et bombait le torse.

Willy Calvette, c'était pas de la petite bière, et le fait d'adresser la parole à Marco sans l'intermédiaire de Laurence avait passé pour un service. Ça avait paru alors normal de lui rendre la pareille quand Willy lui avait demandé d'aller chercher Louise à la polyvalente pour « lui donner ce qu'elle voulait ». C'était ainsi qu'il avait parlé, Willy, et c'était ainsi que Marco l'avait compris : Louise serait ravie de l'attention qu'on lui accordait puisque, à Val Grégoire, on disait des filles qu'elles étaient reconnaissantes. Il aurait beau tout mettre sur le dos de Willy, Marco se rappelait douloureusement avoir tout orchestré pour faire l'amour avec Louise *le premier,* avant que Willy s'empare de ce qu'il était venu chercher. D'ailleurs, pendant que Willy passait sur le corps de son amie et qu'elle l'appelait à l'aide, le sentiment qui avait pris le plus de place dans sa poitrine avait été le serrement jaloux d'être privé d'un dû. À deux, ils auraient pourtant pu frapper les os fragiles ou les renflements sensibles de Willy, pas assez pour le tuer, à peine pour le blesser, mais suffisamment pour le freiner, et ils se seraient enfuis main dans la main et auraient marché longtemps dans les rues de Val Grégoire, sans drame au cœur, en répétant à qui aurait voulu l'entendre : « Willy Calvette, c'est un pervers ! »

En raccrochant avec Linda, Marco a été certain d'une chose : la série d'événements (la fête de départ de John F. et John R., la présence de Rachel, le téléphone impromptu à Linda, la nouvelle inattendue de la venue de Louise) ne relevait pas du hasard. Plutôt un signe du destin, le même destin tracé que toujours, la même souche de signes. L'évidence : il fallait s'arranger pour garder Linda hors de ça. Louise appartenait à une époque qui ne pouvait absolument plus exister.

Le lendemain, donc, Marco a pris l'avion comme prévu et Daniel l'a déposé chez lui en fin d'après-midi. Louise devait arriver le lendemain ; il n'y avait pas de temps à perdre : Linda et lui ne seraient pas là. Il avait eu toute la nuit pour s'inventer une histoire. Il l'a testée sur Daniel, qui a tout gobé et qui s'est offert, sans se savoir complice d'un mensonge, pour accueillir Louise.

Rosie Rose l'attendait à côté de la porte. Marco l'a tapotée négligemment sur le dessus de la tête.

– *We're leaving !* a-t-il lancé à Linda.

Il a repris à son compte les promesses des deux John à propos de Terre-Neuve, passant volontairement sous silence le nom de la destination pour éviter que Linda y voie un mauvais présage – Deadman's Bay. Sur le bord de l'océan.

– Pas un lac comme icitte… La mer !

Linda avait les yeux en forme de questions, une main sur la hanche, l'autre sur la rampe de l'escalier. Elle ne bougeait pas, comme si le moindre geste risquait de faire basculer l'univers en entier.

Marco s'est forcé pour avoir l'air confiant.

– On saute dans le vide. Trois semaines pour essayer… Si on aime pas ça, on revient, c'est tout. Mais tsé, on se rapprocherait de ta famille… Pis de Mary…

Rosie Rose viraillait, chignait, elle suppliait Marco de lui accorder un peu d'attention.

Linda a fait remarquer que cette escapade impliquait de rater Canada Day, en fin de semaine.

– Tout est acheté, Marco… Ma *playlist* est prête depuis une semaine !

Rosie Rose a donné des petits coups de museau dans la paume droite de Marco. Il a enlevé sa main.

– Je sais, c'est plate, mais c'est rien, comparé à ce qu'on s'en va faire… Et pis on écoutera ta musique dans le char…

Linda fronçait les sourcils de plus belle. Elle n'allait pas plonger, pas flancher, pas tout de suite, pas si facilement, pas après des années à attendre ce moment précis, des années si longues, d'ailleurs, qu'elle avait cessé d'y croire.

– Mais… je travaille demain…

– Démissionne ! a-t-il répondu du tac au tac. T'haïs ton travail *anyway.* Depuis le temps que t'en parles, c'est le moment idéal pour recommencer à masser.

Linda a paru irritée : on ne lui ferait rien endosser, pas un seul petit poids sur ses épaules, qui en portaient des tonnes depuis de lourds et longs lustres : c'était *lui,* et pas elle, qui avait toujours peur de manquer d'argent…

– Tu l'auras voulu…, lui a-t-il lancé.

Il a grimpé les marches deux par deux, le temps filait, et Rosie Rose l'a suivi en jappant, tout énervée. Marco est revenu le visage le plus content possible.

– Ça a l'air qu'il faut toute te dire, Miss Peterson ! T'es trop smatte pour qu'on te fasse des surprises…

Il a déposé un genou par terre et a sorti la bague qu'il ne lui avait finalement jamais donnée à l'automne. Rosie Rose en a profité pour le gratifier d'un coup de langue dans la figure et il l'a repoussée d'un coup de coude brusque dans les côtes. La chienne a été propulsée deux mètres plus loin. Les trois se sont immobilisés, stupéfaits de la violence de cette réaction. Rosie Rose s'est assise sur son derrière et les a regardés, l'air de ne pas trop comprendre.

– Linda Peterson, je te demande en mariage. Pis t'es mieux de dire oui.

Le visage de Linda s'est contracté, prenant un air presque condescendant.

– Tu veux qu'on se *marie* ?

– Oui… Pis dans quelques mois, je t'amène en voyage de noces en Irlande…

Elle a ri de bon cœur.

– Mais... On a déjà d'la misère à s'endurer. Ça va avoir l'air de quoi dans cinquante ans ?

Il s'est ressaisi.

– Ben exactement ! C'est fini, ce temps-là ! On recommence à zéro, ailleurs, maintenant... On s'en va voir si on a le goût d'installer notre petit nid d'amour à Terre-Neuve, pis voir si y a de la job pour moi... Terre-Neuve, ça va être notre île, notre Irlande à nous. J'ai tout organisé.

Linda ne répondait toujours rien.

– Faque... C'est oui, Fat Mama ?

Elle a secoué doucement la tête en souriant.

– Je te comprends *fuck all,* mais OK. OK. C'est oui.

Elle a gonflé les joues.

– Mais tu sais que c'est vraiment juste pour le voyage de noces que j'accepte, hein ?

– *Yes ! Yes !* On va se faire une belle vie, tu vas voir.

– Ben c'est ça, tu l'as bien dit : je vais voir. On va vraiment y aller étape par étape, mon gars...

– Parfait, je demande pas mieux. Pis la première étape, c'est que t'as la soirée pour faire ta valise parce qu'on prend le traversier à six heures demain matin.

Elle a affiché un air faussement blasé.

– *Woo, very impressive !*

Tout à coup, elle a hésité :

– *But what about Louise ?*

Fallait pas cligner des paupières.

– Ouin, a-t-il laissé tomber. C'est ben plate...

La surprise était planifiée depuis deux mois déjà, il a menti. Même Louise, même une amie *de toujours,* ne pouvait pas arriver juste *comme ça,* sans s'annoncer...

– J'ai demandé à Daniel ce qu'il en pensait et il m'a dit : « *Fuck* ton amie ! », faque… tsé…

Daniel n'avait évidemment pas dit ça.

– Hope pis lui vont s'occuper d'elle. En même temps, c'est sûrement mieux de même…

Il a continué à expliquer : Louise prendrait soin de la maison et de Rosie Rose, avec laquelle les déplacements auraient été difficiles, surtout quand viendrait le temps de visiter la plateforme, au large.

– Inquiète-toi pas… La chienne sera pas fâchée quand on va revenir… Les chiens sont fidèles.

Rosie Rose a compris qu'on parlait d'elle et s'est approchée, tête basse, queue battant mollement, incertaine. Marco l'a saisie par le corps et s'est mis à la gratter partout, de toutes ses forces. Surtout : ne pas prêter attention à l'ombre qui passait sur le visage de Linda.

– Mais j'ai dit à Louise qu'elle était la bienvenue… De quoi on va avoir l'air ? On peut sûrement le remettre, notre voyage…

Il a haussé les épaules et a jeté ses yeux dans les siens avec toute l'assurance qui lui restait.

– C'est correct, Linda. On peut tout annuler, si c'est ça que tu veux. Je serais ben content de la revoir, Louise… C'est juste que là… Tout est organisé. C'est *maintenant* qu'ils cherchent du monde.

Marco n'était pas certain que son histoire tenait debout. Linda devait sûrement se douter de quelque chose, mais il ne pouvait plus revenir en arrière. Elle a baissé le regard, l'a relevé tout de suite : elle avait décidé d'y croire. Elle voulait être contente. Elle a quand même osé :

– *Anyway*... Je dis ça de même, mais si jamais on revient un ou deux jours d'avance, j'aimerais ben ça la rencontrer, moi, ton amie...

– Inquiète-toi pas... Si jamais on la manque, on va l'inviter à notre mariage...

Linda s'est approchée pour l'embrasser, mais Marco a reculé d'un pas.

– Les mamours, c'est pour quand tu seras prête à partir.

Ils ont tout fourré dans trop de sacs. Après, ils ont fait du ménage et Linda n'a pas pu s'empêcher d'appeler Hope pour lui annoncer la nouvelle. Daniel et elle sont débarqués pour une bière, mais une seule bière, ce n'est pas vraiment possible quand ils se retrouvent les quatre ensemble, alors Marco et Linda se sont couchés tard, surexcités et soûls. Pendant la soirée, Daniel a mis sa main sur l'épaule de Marco.

– T'avais bien préparé ton coup, *man* !

Même Marco a réussi à s'imaginer que c'était vrai.

Linda avait la voix folichonne :

– C'est plate que je sois trop fatiguée, parce qu'à soir j'aurais le goût...

Linda l'a dévisagé avec étonnement quand Marco lui a demandé de rédiger une note pour Louise pendant qu'il paquetait le camion : valait mieux que ce soit lui, franchement, et en français ! Alors il a pris un bon quinze minutes pour écrire un petit message de rien et faire en sorte que Louise se sente moins seule : s'excuser d'être parti, présenter Rosie Rose, donner l'adresse de Daniel et Hope. Il espérait que Louise comprendrait que laisser Rosie Rose derrière, c'était le plus près qu'il pouvait aller de l'accueillir en personne. Il avait confiance en elle : la chienne offrirait à Louise toute l'attention qui lui revenait. Rosie Rose possédait toutes les qualités qu'il aurait voulues pour lui-même : joie de vivre, insouciance, amour inconditionnel, loyauté. Il pensait : tout ce qu'il possédait à l'époque où Louise et lui étaient amis.

On promettait depuis longtemps une route vers le sud pour quitter Goose Bay, mais, pour l'instant, il fallait prendre un bateau jusqu'à Carthwright, puis conduire jusqu'à Blanc-Sablon, d'où un deuxième traversier menait à l'île de Terre-Neuve. Marco et Linda n'ont presque pas parlé durant les sept heures du trajet naval, le long de la côte. Quatre, cinq fois, Marco a surpris, en oblique, le regard brillant de Linda sur lui. Il s'est exclamé trop fort et trop souriant :

– *What ?*

– *I can't believe we're doing this !*

Son calme était à toute épreuve.

– C'est pas l'Irlande, Linda, mais c'est la *fucking* aventure...

Il essayait d'interpréter le visage silencieux de sa future femme, mais ne parvenait pas à savoir si elle avait réellement gobé son histoire ou si elle faisait semblant, elle aussi.

La voyante de Linda avait découvert quelques années auparavant qu'ils avaient beaucoup voyagé ensemble dans une vie antérieure et qu'ils étaient morts dans un accident. Elle n'était pas certaine que c'en était un de train ou de voiture, mais ç'avait été violent et tragique, et ça ne les avait pas achevés sur le coup. Ils s'étaient tenu la main très longtemps en agonisant au bout de leur sang, qui s'était mélangé, et c'est grâce à ce geste qu'ils se sont retrouvés dans cette vie-ci. Ça expliquerait aussi pourquoi ils ont toujours été très amoureux en roulant, perdus entre deux stations-service, séparées par des centaines de kilomètres de nature.

Marco aime les plis qui se forment sur le visage de Linda quand elle conduit, absorbée par la route-boucherie de gravelle et de courbes. De temps en temps, il dépose sa main sur sa cuisse et remonte lentement vers la chaleur. Il imite leurs amis pour la faire rire ou joue au DJ avec la radio satellite.

Cette journée-là, comme durant la traversée, ils n'ont presque pas parlé. La *playlist* de Linda jouait des succès beaucoup trop *up-tempo* pour le moral de Marco, qui voyait l'heure avancer. Il s'est mis à s'inquiéter qu'ils manquent l'autre traversier. Il se faisait craquer le cou et s'efforçait de ne pas soupirer trop fort.

Un dix-huit-roues renversé sur le chemin les a immobilisés pendant presque deux heures, pare-chocs à pare-chocs, au milieu d'une file de chars. Quand ça a finalement débloqué, Marco s'est mis à insister pour que Linda accélère. Elle s'est à peine fâchée, elle a dit :

– On arrivera quand on arrivera.

Cette douceur ne lui ressemblait pas.

En fin de compte, ils sont parvenus à destination à l'heure, mais n'ont pas pu embarquer dans le bateau.

En été, les vacanciers s'entassent sur l'*Apollo* dans l'urgence de ne rater aucun jour de congé et ils planifient leurs déplacements des siècles en avance.

Linda a froncé les sourcils, perplexe.

– Mais… t'avais pas réservé ?

Le prochain départ vers St. Barbe était le lendemain matin. Marco a fait une scène au préposé et c'est ça, finalement, qui a mis Linda en rogne :

– *What's wrong with you ? We're in no hurry !*

Elle avait raison, Linda : là où ils se trouvaient maintenant, Louise ne pouvait plus rien détruire. De tout son cœur, il a essayé d'inverser le sens unique de ses sentiments, de tirer un peu de soleil sur ce blues bleu mort, de s'accrocher à cette Linda bleu ciel qui s'efforçait encore de sourire. Elle l'a regardé, une étincelle dans l'œil.

– C'est plate, va falloir se louer une chambre d'hôtel…

Elle voulait baiser, ses paroles et ses gestes débordaient de libido, « Ce serait dommage que je perde la clé pour sortir de la chambre, pis qu'on soit enfermés icitte » ou « Je suis dans le *mood* pour faire mal à quelqu'un ». Elle l'a tiré vers le lit.

– Ça devrait toujours être de même, qu'elle a chuchoté avant de lui lécher l'oreille.

Ça faisait tellement longtemps qu'il n'avait pas fait l'amour avec elle que Marco ne se rappelait plus comment. Il se sentait amoureux et nerveux en même temps, grisé par son odeur et convaincu d'avoir pris la bonne décision, mais saisi d'un engourdissement généralisé. Il n'a pas eu d'érection. Linda a eu beau essayer avec ses mains et sa bouche, il restait à peine un peu dur. Marco a pensé un moment qu'il allait pleurer, mais Linda s'est levée, est allée fouiller dans la glacière et est revenue avec une bière qu'elle a ouverte en se couchant à côté de lui.

– Inquiète-toi pas, c'est normal, après tout ce temps-là… Je me souviens de quoi t'es capable, *young man.*

Elle a bu une longue gorgée, puis lui a tendu la cannette.

– *We got all the time we need.*

Elle a commencé à se masturber. Marco a fait pareil, même s'il n'était pas vraiment bandé. Linda s'est fait venir en faisant le plus de bruit possible et Marco n'a pas su si elle le faisait pour lui ou si c'était sincère.

Ils ont mangé des hamburgers et bu du vin au restaurant de l'hôtel. Marco s'est senti requinqué. Linda avait les joues rouges et parlait fort. Il l'a tirée au petit comptoir qui servait de bar, à côté de la caisse enregistreuse.

– OK, mais juste un verre. Après on retourne à la chambre, a-t-elle tranché en glissant sa main sous le tee-shirt de Marco pour lui enfoncer délicatement les ongles dans la peau du ventre.

Il s'est dépêché de boire sa bière avec l'idée vague et soudaine que le plaisir faisait juste commencer.

Tout ça s'est envolé d'un coup. À côté d'eux, trois hommes vêtus de leurs chiennes de travail leur lançaient des regards de travers, puis riaient. Leurs propos n'étaient pas clairs, mais l'air sentait le soufre.

Linda savait à quoi ressemblait Marco quand il était contrarié et elle l'a senti venir : son corps s'est crispé, son cou s'est arqué vers l'avant et ses yeux se sont plissés.

Dans ce temps-là, il fallait se méfier : la riposte, clac !, allait venir d'un coup. Au début, Linda était complètement allumée par son côté brutal, elle sifflait « *Boy, he's a tiger, that one !* », mais maintenant, elle le boude pendant plusieurs jours quand il se bat.

Elle est intervenue tout de suite :

– Ils sont soûls, Marco. Laisse-les faire.

Elle l'a tiré par la main avant que la situation dérape, mais les a entendus, elle aussi, ils avaient parlé trop fort par exprès.

– Il s'en va prendre le gros bateau.

The big boat, c'était Linda.

Marco s'est raidi ; Linda a pris une grande inspiration.

– Laisse faire de me défendre, chus capable toute seule. On s'en va, astheure !

Marco ne lui a pas prêté attention. Il s'est approché de la table et les a regardés, les trois ; un seul a osé défier son regard. C'était lui, a décidé Marco, et il s'est jeté dessus. Le type, ramolli par la boisson, est tombé en bas de sa chaise. En tout, il s'est passé une vingtaine de secondes entre le moment où Marco s'est mis à le tapocher et celui où ses deux acolytes sont intervenus pour les séparer. Linda a eu le temps de hurler à Marco d'arrêter, de le prendre par l'épaule, puis de le laisser faire tout en l'engueulant comme du poisson pourri ; la serveuse, de se précipiter sur le téléphone pour appeler la police après avoir laissé échapper trois assiettes qui ne se sont pas brisées sur le tapis de la salle à manger ; les deux autres gars, de bondir de leur siège, de se regarder, l'air de dire « Bon ben, quessé qu'on fait ? », et de s'interposer. Une vingtaine de secondes au cours desquelles Marco a tapé de toutes ses forces avant de sentir naître en lui l'ombre d'un doute… Ce visage qui rougissait, bleuissait à vue d'œil lui était familier.

Même quand les abrutis ont été partis, Linda n'a pas arrêté de crier :

– C'est de moi qu'ils parlaient, Marco ! Je t'ai demandé d'oublier ça !

Il écoutait à peine. Une urgence de savoir. Il s'est lancé à leur suite dans le stationnement.

– *Hey !* a-t-il crié. *Hey !*

Son adversaire s'est retourné et l'a regardé, le visage poqué, ses deux amis de chaque côté de lui. L'un d'eux a ordonné :

– *Get the fuck away !*

– *I just want to ask him something,* a insisté Marco en pointant son adversaire du menton et en levant ses mains en signe de non-agression. *Jordan ?*

L'homme a ri tout croche.

– *What the fuck do you want ?*

– *Jordan. You're Jordan, right ?*

Silence. Puis en français :

– T'es-tu Jordan Baron ?

L'autre a eu l'air surpris un instant, puis a ricané encore, d'une drôle de manière cette fois, comme s'il avait eu du beurre dans le fond de la gorge. Un lampadaire crépitait et la lumière stroboscopique renvoyait un nouvel éclairage qui lui traçait des marécages d'hémoglobine dans la face. Tout à coup, Marco n'a plus été aussi certain : son souvenir des traits de Jordan

Baron datait de quasiment vingt ans. Le Baron pouvait s'être transformé en n'importe qui. Il y a eu un moment de flottement. Le gars a inspecté Marco de haut en bas. *« Fucking Frog ! »*, qu'il a fini par cracher. Puis il a tourné les talons et les trois amis ont disparu dans la noirceur.

Linda avait suivi Marco dehors, furieuse. Elle vociférait. Elle avait le visage rempli de larmes dans la pénombre et Marco a eu l'impression, une microseconde, qu'elle pleurait du sang. Cette vision l'a mis tout à l'envers, comme s'il s'était trompé de cible et qu'il l'avait battue, elle.

Les yeux ouverts toute la nuit, chacun à son bout du lit king, leurs quelques heures de récréation bénie étaient terminées. Linda s'est mâchonné l'intérieur des joues et s'est levée pour boire du sirop rose contre les brûlements d'estomac. Marco, lui, a ruminé différentes hypothèses pour expliquer comment ce héros d'enfance, auquel il n'avait pas pensé depuis longtemps, pouvait refaire surface au moment même où il fuyait son amie venue d'avant, son amour de jeunesse. On s'était imaginé Le Baron en Colombie-Britannique, et Marco le retrouvait à l'autre bout du pays. Il ne parvenait pas à interpréter cette coïncidence.

Il s'est réveillé à midi. Linda était levée, douchée. Son odeur flottait dans la chambre. Il l'a trouvée au restaurant, toujours de mauvaise humeur. Il a commencé par annoncer qu'il souhaitait retourner à North West River la journée même.

– *No way,* ça va être sans moi. Tu feras du pouce, *I don't give a shit.* J'en peux plus de nous deux de même, Marco. Chus pus capable d'être la conne qui t'attend, la conne qui fait juste tout accepter tout le temps. Je suis en train de mourir de tristesse pis d'ennui. Pis toi aussi. T'es pus pareil… Ah non, Marco, *sorry,* cette fois-ci, je te suivrai pas. Je t'aime, mais je te suivrai pas. C'est la mort, là-bas.

Elle fixait la table et Marco lui a pris le poignet, doucement. Il a cherché des mots, en a trouvé quelques-uns, puis d'autres encore qui sont sortis dans un ordre bizarre. Tout cela, il ne se passait pas un jour sans que Marco le revive : les classes spéciales, avec leur alphabet qui déraille chaque fois qu'on le croise et la honte qui se vautre dans le regard des autres ; Louise, avec son corps inerte étendu sur la banquette de la Plymouth et ses appels à l'aide ignorés ; Laurence, avec sa voix suppliante et son ombre qui disparaît. À la fin, Marco a eu l'impression d'avoir pas mal tout raconté, toute sa vie. En tout cas, de n'avoir rien caché intentionnellement, même ce dont il ne sera jamais fier. S'il fallait que quelqu'un le sache, aussi bien que ce soit elle, aussi bien que ce soit Linda. Alors qu'il ne lui avait jamais rien raconté pour ne pas la perdre, il venait de tout lui avouer pour la garder. Elle a hoché la tête tout le long et n'a pas posé de questions, très attentive, concentrée à placer toutes les informations lancées en vrac pour qu'elles fassent sens. Elle a pleuré, aussi, sans bruit, comme elle le fait devant un film triste. Quand il a eu terminé, elle avait l'air un peu plus détendue. Marco n'a pas su si elle lui pardonnerait un jour.

– T'es pas obligée, Linda… Mais si tu voulais venir avec moi, je serais vraiment fier de présenter la femme de ma vie à Louise…

Il avait choisi ces mots-là par exprès. Elle a souri mollement et il s'est levé pour l'embrasser sur le front. Il était dix-huit heures, il avait parlé pendant presque six heures, d'une seule traite.

Ils ont dormi une autre nuit à l'hôtel.

– C'est rien contre toi, Linda a voulu le rassurer. Chus juste pas dans le *mood* pour baiser…

Marco, complètement vidé, n'en avait pas plus envie qu'elle. Il comprenait que l'amour de Linda était plus grand que n'importe quelle niaiserie qu'il avait pu faire, ou qu'il pourrait faire. À peu près personne n'aime comme ça, de nos jours.

Cette nuit-là, Marco a essayé d'imaginer ce qu'elle était devenue, Louise, à quoi elle s'adonnait, au même moment, dans sa maison, dans son salon, dans sa cuisine, à marcher sur sa plage. Le temps avait fait de Laurence et d'elle de petites ombres qu'on cache en dessous des roches (et qu'on est capable d'oublier), mais elle avait encore (et heureusement) le culot de venir revendiquer sa place.

Linda et lui sont partis à neuf heures, ont refait le chemin de l'avant-veille en sens inverse. En cours de route, Marco a essayé deux fois, lorsqu'ils ont fait le plein, puis avant de monter à bord du traversier, d'avertir Louise de sa venue, mais elle ne répondait pas. Il a tenté de joindre Hope et Daniel, mais il a juste pu laisser un message sur leur boîte vocale. Linda et lui ont pris le bateau de seize heures et le cadran numérique du camion indiquait vingt-trois heures vingt-quatre quand ils sont arrivés devant chez eux.

Dans l'allée, une Neon rouge 2001. Les lumières de la maison étaient éteintes à l'extérieur. Linda a eu la délicatesse d'aller se dégourdir les jambes sur la plage, le temps des retrouvailles.

– Laisse sortir Rosie Rose, a-t-elle chuchoté. Je vais l'emmener marcher…

Marco a filé dans le noir jusqu'à la porte avec un souffle asthmatique. Puis il a ouvert.

3

Louise s'était endormie sur le sofa du salon et s'est levée au moment où Marco mettait les pieds dans la maison, réveillée par Rosie Rose qui s'était précipitée vers la porte au bruit du camion de ses maîtres dans l'entrée. Les deux ont figé pendant que la chienne s'agitait de plus belle. Seule la petite lampe près de la fenêtre illuminait la pièce. Louise à contre-jour. Les ombres s'étiraient.

– Marco ?

Son cœur s'est mis à battre très vite.

– Oui.

Elle a fait deux pas vers lui ; il s'est éloigné pour faire sortir la bête.

– T'as rencontré Rosie Rose ?

Le salon sentait la poire ou la pêche et la cassonade, un effluve totalement nouveau qui rendait les lieux un peu étrangers. Le royaume de quelqu'un d'autre.

– J'en reviens pas..., Louise s'est exclamée dans un chuchotement étouffé.

– On a fait le plus vite qu'on a pu.

Elle est restée silencieuse, s'est approchée lentement, lui a touché le bras.

Il fallait dire quelque chose.

– Tu veux-tu une bière ?

– Câline… J'en reviens pas ! Marco, Marco, Marco…

Elle l'a tiré vers elle, l'a étreint fort. L'odeur de fruits, c'était la sienne, le parfum de sa peau.

– Où c'est que t'étais ? T'es tout seul ?

Elle l'a relâché, a reculé d'un pas en attendant une réponse.

– Je sais, je sais… On était à Blanc-Sablon ce matin…

Louise n'ajoutait rien.

– Linda s'en vient… Elle est allée marcher un peu…

Louise s'est dirigée vers l'interrupteur, a figé juste avant d'appuyer dessus.

– T'es prêt ?

Marco a ri, mais s'est arrêté court dès qu'il l'a vue, ça lui est rentré dans le sternum, ce visage illuminé, ces pupilles, ces cheveux noir charbon et ces lèvres rose vif qui l'assujettissaient à d'anciennes stupeurs : Louise avait embelli, si cela était possible. Il s'est efforcé de ne pas promener son regard presque paniqué sur son corps, comme s'il risquait de laisser une fine couche gluante sur sa peau lisse et diaphane, ça aurait cochonné son cou, son tee-shirt au niveau des seins et du ventre, ça aurait coulé comme de la fange tout le long de ses jambes et empesté pendant des jours. Louise, elle, ne s'est pas gênée pour l'étudier de haut en bas et Marco s'est vu dans ses yeux : gras, voûté, vieilli. Elle a souri, c'était aveuglant.

– J'accepte ton offre… Marco a froncé les sourcils.

– La bière… J'accepte ton offre.

La conversation a tourné un peu en rond jusqu'à ce que Linda revienne avec Rosie Rose. Marco était essoufflé, des retrouvailles esquintantes et difficiles comme quatre, cinq marathons, « Tu fais quoi dans la vie ? », il enchaînait les questions sans écouter les réponses, à la recherche constante de la prochaine phrase, du prochain sujet. Sa mémoire affective avait la tête dure dans sa tête de pioche. Il n'osait pas interroger Louise sur sa soudaine motivation à le retrouver ; il ressentait la même pudeur à cet égard que s'il avait fallu lui poser des questions sur ses fantasmes sexuels.

Assez vite, Louise a voulu savoir comment Laurence se portait. Elle a sans doute remarqué le malaise de Marco quand il a affirmé qu'il n'avait tout simplement plus de nouvelles de leur ami, mais elle n'a pas insisté. Sans regarder Louise, Linda a esquissé une petite moue triste en entendant le nom de Laurence. Marco savait qu'elle ne s'attendait pas à ce que Louise soit si magnétique. Elle se forçait vraiment pour que sa jalousie ne transparaisse pas, d'autant qu'elle trouvait que ça ne se faisait pas d'en vouloir à une femme qui avait vécu ce que Louise avait vécu, mais la boucane lui sortait quand même par les oreilles. Dès que Louise s'adressait à elle, Linda roulait les yeux et bredouillait le strict nécessaire. C'est d'ailleurs elle qui a mis un terme à la soirée. Au milieu d'une phrase de Louise, elle a agrippé Marco par la taille et a lancé :

– Nous autres, on est fatigués. On va aller se coucher.

Louise a figé, puis a souri et leur a souhaité bonne nuit. Elle a ramassé les bouteilles de bière et les sacs de chips qui traînaient dans le salon, puis a lavé les quelques verres qui restaient à côté de l'évier pendant que Linda et Marco se brossaient les dents.

Tout le vendredi, Louise, Linda et Marco l'ont passé sur la plage, à boire de la bière, à jouer aux cartes, à se baigner. Il faisait chaud. Paraît qu'on battait des records de température partout dans la région. Pas de pluie à l'horizon pour les prochains jours.

À quasiment trente ans, Louise avait encore la bougeotte. Elle cocorignait le matin, jacassait tout l'après-midi et hululait, libre, la nuit venue… Elle parlait sans arrêt, remplissait tout ce qui avait besoin d'être rempli, sans forcer. Elle donnait l'impression d'être exactement comme elle se présentait, de ne pas se bâdrer de ses défauts, qui d'ailleurs n'en étaient pas, de ne jamais s'excuser d'être comme elle était et de marcher droit. Louise rebondissait, éclatait de rire, proposait des jeux, animait les discussions, s'intéressait à tout, en particulier à Linda, dont elle semblait décidée à se faire aimer. « C'est les vacances… », qu'elle répétait souvent, elle mordait dans le mot comme s'il lui avait appartenu, personne au monde n'aurait pu prononcer *vacances* de cette façon-là. Marco était gonflé de sang, la tête tournante, parce que Louise qui s'illuminait, ça faisait son effet. Elle a débouché deux bouteilles de vin blanc d'une caisse qu'elle avait apportée et Marco a fait comme s'il avait l'habitude d'en boire. Linda lui a envoyé une pointe quand Louise avait le dos tourné, « Tu vas-tu lui montrer notre cave à vin bientôt ? », puis elle a calé sa bière d'un trait avant de s'en ouvrir une autre d'un air moqueur.

Ils ont préparé des grillades pour dîner parce que la fumée du barbecue chasse les mouches. Louise jubilait à l'idée de manger sur la plage. Son végétarisme rendait Linda hostile, comme si la viande dont Louise ne voulait pas constituait un rejet de sa personne. Cherchant peut-être à se racheter, Louise se délectait des patates que Linda avait préparées, elle la remerciait à chaque bouchée. Linda soupirait bruyamment, l'air de trouver que Louise en mettait trop. À un moment, elle a articulé « *What the fuck ?* » à Marco, sans émettre un son.

Quand Louise a appris que Linda était massothérapeute, elle lui a demandé si elle accepterait de la traiter en précisant qu'elle la paierait. Linda a répondu évasivement : « Peut-être plus tard », mais l'atmosphère s'est un peu détendue.

Louise évolue dans le milieu de l'hôtellerie depuis plusieurs années. Son anglais est meilleur que celui de Marco, elle passait d'une langue à l'autre dès que Linda était autour pour s'assurer de l'inclure. Elle a raconté qu'elle travaille dans un cinq-étoiles, près de la colline Parlementaire à Québec. Linda a posé beaucoup de questions sur l'allure des chambres, la nourriture et le service, et Louise leur a promis un rabais de soixante pour cent s'ils passaient par là ; Linda s'est étouffée avec sa bière, « Soixante pour cent ! », en regardant Marco, les yeux brillants ; il a haussé les épaules et a souri, pas trop certain de comprendre à quoi ça pouvait bien correspondre. Louise leur a aussi fait cadeau de deux livres qu'elle avait illustrés. L'un relatait l'histoire d'un petit garçon perdu en forêt qui trouve une grotte remplie d'or ; l'autre, d'une espèce de monstre gentil mais déprimé parce que tout le monde a peur de lui.

– Je savais pas si vous aviez des enfants, mais ça fera l'affaire si un jour tu tombes enceinte, Linda.

Les dessins étaient beaux. Linda a eu l'air impressionnée.

– *You did that ?*

– Ben, juste les dessins… Moi, j'écris pas…

Marco préférait les images, de toute façon.

Au milieu de l'après-midi, pendant que les filles étaient sur la plage, il a fait semblant d'aller aux toilettes. Dès qu'il est entré dans la chambre de Louise, ses genoux ont fléchi : la pièce avait absorbé toute son odeur, c'était le plus près d'entrer en elle qu'il pouvait imaginer. Des vêtements traînaient sur le plancher, des vêtements qu'elle mettait, enlevait de son corps. C'était sur cet oreiller qu'elle bavait peut-être, abandonnée et endormie, sa salive onctueuse, c'était sous ces draps qu'elle frottait ses pieds l'un contre l'autre, qu'elle glissait peut-être ses mains entre ses jambes dans son sommeil. Marco a laissé la porte entrouverte pour entendre Louise ou Linda si elles entraient, en bas, et il s'est masturbé, couché sur le sol, la tête déposée sur un tas de linge qui sentait Louise. Ça ne lui a fait aucun bien. Au contraire : il a plutôt eu la certitude d'être une personne exécrable.

Quand ils ont tous été un peu soûls, le soir venu, Louise est revenue à la charge :

– Faque, c'est quoi, vous vous êtes *chicanés,* toi pis Laurence ? elle a dit pour le provoquer. Pas pour une fille, toujours ?

Marco a figé, le choc a fait saillir les muscles de son cou. Il lui a fallu quelques secondes pour réaliser qu'elle avait parlé en français. Linda avait dû discerner le nom de Laurence et percevoir le ton de défi dans la voix de Louise parce qu'elle a délicatement posé sa main dans le bas du dos de Marco. « Je suis là. » Soudain, Marco a douté des véritables motifs de la visite de Louise. Il a bredouillé en détournant le regard :

– Euuuh... ben... non. Ç'a pas rapport...

Ses mains étaient engourdies, le sang lui battait dans les tempes. Il n'a pas pu retenir les mots qui ont glissé de sa bouche :

– Tu sais-tu quelque chose ?

Les yeux de Louise se sont arrondis d'incompréhension.

– Hein ?

Elle a ri nerveusement.

– Euh... non...

Marco avait eu beau savoir que ce moment surviendrait inévitablement, il n'en était pas moins désemparé. La cuisse bien accotée sur celle de Linda pour se donner de l'aplomb, il s'est lancé :

– Tsé quand on s'était promis de venir te chercher pour aller dans l'Ouest, les trois ensemble ? Ben Laurence pis moi, on a vraiment toute fait pour que ça se fasse. C'est juste que ça s'est mal passé...

Marco était soulagé d'avoir déjà joué cette scène, l'avant-veille, en se confiant à Linda, car cette fois, il est parvenu à en parler comme s'il racontait l'histoire de quelqu'un d'autre.

Louise a pleuré, doucement, dans un silence qui contrastait beaucoup avec le bruit qu'elle avait produit toute la journée. À la fin, les yeux rivés vers le large, après une longue touche de tabac, elle a laissé tomber :

– C'est épouvantable…

Linda a demandé une cigarette à Louise. Ils se sont tus, engourdis par le bruit des vagues et l'alcool.

Au bout de quelques instants, Louise a murmuré :

– J'imagine que t'as jamais envisagé d'avertir la police ?

Marco a souri faiblement.

Sa clope terminée, Linda s'est levée, s'est placée derrière Louise, a posé sa main sur son épaule et s'est penchée par-dessus elle pour débarrasser la table. Son sein droit a frôlé la joue gauche de Louise. Linda a glissé très bas :

– *Good girl.*

Elle avait parlé à Louise, mais le message s'adressait à Marco : « Regarde comme je suis capable d'en prendre. » Elle a desservi et s'est dirigée vers la maison, les mains chargées d'assiettes. Marco regrettait presque d'avoir attendu aussi longtemps avant de s'abandonner à elle pour ce qui paraissait maintenant comme presque rien, il aurait quasiment souhaité cacher d'autres squelettes dans son placard juste pour pouvoir observer Linda les accueillir comme une mère pleine de courage.

À travers la fenêtre ouverte, ils entendaient le tintement des ustensiles dans l'évier. La tête de Linda dépassait, couronnée de lumière. Marco savait d'expérience qu'elle ne les discernait pas dans l'obscurité, d'où elle se trouvait. Il était tout à l'envers, anxieux et bandé en même temps à l'idée qu'il pourrait se passer quelque chose entre Louise et lui sans que Linda le sache. Ils ont chuchoté longtemps, ont beaucoup parlé de leurs souvenirs, seulement les beaux. Il lui a raconté qu'il pensait s'être battu avec Le Baron à Blanc-Sablon et Louise n'en revenait pas, elle déposait, relevait, redéposait sa main sur l'avant-bras de Marco en riant. Linda est revenue pour un dernier verre, puis ils sont allés se coucher, le corps alourdi par la bière de fin de soirée.

Dès le matin, Daniel et Hope se sont joints à Louise, Linda et Marco pour les premiers *drinks* de la journée : la fête du Canada aurait lieu mardi, mais la tradition du coin voulait qu'on la célèbre toujours la fin de semaine. Linda a pris la situation en main avant que leurs amis s'enquièrent des raisons de leur retour pour le moins inattendu :

– Marco regrettait trop de manquer Louise... On ira à Terre-Neuve à la fin de l'été.

Louise a séduit tout le monde. En temps normal, Hope, Daniel, Linda et Marco auraient pris le camion jusqu'au parc municipal, mais quand Louise a annoncé qu'elle allait plutôt s'y rendre à pied, ils l'ont tous suivie en longeant la plage sans se poser de questions. Elle a sauté dans le lac, glacial à la fin de juin, et s'est exclamée que l'eau goûtait légèrement le sel. Elle a réussi à convaincre Marco, Daniel et Hope que ça les dessoûlerait un peu de l'imiter, avant que la vraie fête commence. Linda les a traités d'imbéciles, sourire en coin, et Rosie Rose jappait de contentement en se roulant dans le sable.

Comme d'habitude, des forains avaient envahi le Lester Burry Memorial Park pour y installer leurs kiosques de jeux de tir et de vente de bébelles fabriquées en Chine. Des Innus avaient monté leur tipi qui n'est pas un tipi

(Marco ne se souvient jamais du vrai mot) en dedans duquel ils faisaient cuire de la bannique chaude. Juste à côté, une grosse femme et son mari sans dents vendaient de la pizza et des frites dont l'odeur se répandait dans l'air, drainant la clientèle en une longue file d'attente qui s'étirait jusque devant la table des Alcooliques anonymes, venus jouer les trouble-fête jusque-là. La consommation et la vente d'alcool, justement, à cause de *certaines* pressions de *certains* individus, étaient interdites depuis quelques années, mais toutes les générations confondues buvaient malgré cela un jus brouillé dans des bouteilles de plastique froissées. Sur la scène, les artistes locaux se sont succédé en un *medley truly Canadian,* du *band* punk de l'école secondaire qui reprenait du Neil Young et son Crazy Horse à la hippie blanche à robe fleurie massacrant un succès des années 1960 de Buffy Sainte-Marie. Le clou annoncé du spectacle était un groupe local de vieux rock usé, composé de Blancs et d'Innus soixantenaires, supposément invité dans toutes les kermesses autochtones de la planète, mais dont l'immense majorité des festivaliers n'avait jamais entendu parler.

Louise, Hope, Daniel, Linda et Marco ont bu comme des trous ; ils ont mangé assez de friture pour en suer ; Louise a gagné un toutou géant d'ours polaire en lançant une balle de base-ball dans un panier à pommes et l'a offert à Linda ; Linda et Hope sont montées sur scène pour chanter *Summer of '69.*

Le long de la plage, plus tard, quelques feux de camp se sont élevés, constellant la nuit d'une foule de lumières chaudes. Les fêtards les plus sociables ont butiné d'un *party* à l'autre, jusqu'au dernier, le plus gros, tout au bout, celui de Linda et Marco, avec le gros système de son qui a craché toute la nuit la musique country de la fameuse *playlist* de Linda, qui en crache encore dans le matin, le matin tard, alors que le soleil est levé maintenant depuis un bon bout. Il ne reste presque plus personne autour du feu, à part Linda et Hope, qui énumèrent en hurlant les raisons de leur préférence respective, qui pour George Clooney, qui pour Brad Pitt. Daniel est allé se coucher depuis longtemps. Louise et Marco cuvent leur bière.

Elle ose enfin lui révéler ce qu'elle est venue faire à North West River : à son fils de seize ans qui s'interroge sur ses origines, elle a promis de lui présenter celui qu'il croit depuis toujours être son père.

– J'ai jamais été capable de lui dire que c'était pas toi...

Elle le regarde d'un œil humide.

– Tout le monde pense encore que c'est toi. Je voudrais qu'on fasse comme on a toujours dit. Notre version officielle.

Elle pose sa main sur l'épaule de Marco et un long frisson mou remonte sa colonne vertébrale en titubant, une sensation qu'il reconnaît, qui n'a pas vieilli une miette, qui a juste un peu trop bu. Marco absorbe le choc. Il fixe le feu.

– On se voit pas trop souvent. On se connaît pas beaucoup, en fait, mais c'est vraiment un bon p'tit gars. Il a toujours su que j'étais sa mère, mais j'ai plutôt été comme sa sœur. Maintenant, je suis devenue la tante cool. La tante cool, c'est quand même un bon statut... Je suis sûre qu'il s'imaginerait pas un autre genre de relation avec toi.

Marco dit :

– Ça devrait être correct. Laisse-moi juste en parler à Linda.

Ils essaient de se reposer quelques heures, mais Canada Day les a laissés ébréchés, les dents pendantes, la langue sèche. Louise vomit une partie de la matinée, ça résonne dans le corridor. Blotti contre le ventre chaud de Linda, Marco ne dort pas vraiment. Celle-ci se met en rogne quand il lui rapporte sa discussion avec Louise. Ils en discutent un long moment dans le lit. Elle n'ose pas s'opposer carrément à la demande de Louise, elle aurait le mauvais rôle, mais elle n'a vraiment pas envie de s'embarquer là-dedans. Elle veut protéger Marco, c'est ce qu'elle jure, mais s'indigne aussi pour le fils de Louise : ça ne se fait juste pas de raconter des histoires à propos d'une affaire aussi importante. Marco sait que, au fond, Linda est surtout fatiguée des mensonges, elle est fatiguée d'*avant.*

– Elle est ben fine, Louise, mais on fait juste commencer de quoi de nouveau, toi pis moi.

Pour la première fois en plusieurs années, Linda a la certitude que Marco a épuisé tout ce qu'il avait à lui cacher. Elle veut repartir sur cette base-là.

En même temps, Marco comprend mal ce qu'il est censé faire. C'est lui qui a tiré Willy Calvette vers Louise, *ce jour-là,* et accepter de l'aider lui permettrait peut-être enfin de se débarrasser de cette espèce de poids qui ne part jamais : sur ses épaules un peu, dans son ventre surtout, un trou, un vide lourd qui est devenu comme une partie de lui, qui lui ajoute dix livres quand il se pèse. Linda lui répète que ce n'est pas sa faute, mais, dans son cœur, Marco sait que ça l'est un peu quand même.

Louise se lève avant eux et prépare un déjeuner végétarien royal. Ça sent bon dans toute la maison. Cuisiner semble mieux la remettre sur pied que dormir. Au moment de les appeler, au bas de l'escalier, elle marche sur un long tesson de céramique qui lui déchire la peau en une entaille profonde. Un morceau du trèfle à quatre feuilles de leur Irlande. Elle saigne abondamment et panse sa plaie en sacrant.

Pendant tout le repas, Marco regarde son assiette. Quand ils ont fini de manger, Linda les laisse seuls à la table de pique-nique. Il n'a pas à ajouter quoi que ce soit : Louise a déjà compris. Elle fait la moue, ferme légèrement les paupières.

– Ça se pourra pas, finalement…, il murmure, mal assumé.

Puis il se lance. Ses explications sortent probablement tout croche. Louise le fixe dans les yeux, elle l'écoute au complet, sans rien ajouter. Même quand elle est déçue, vraiment déçue, elle a un demi-sourire, comme si aucune horreur ne viendra à bout de sa force. Elle a neuf vies, on croirait, et elle retombe toujours sur ses pattes.

Quand il se tait, elle prend calmement la parole. Au fil des ans, Nathaniel a fait exactement ce qu'on espérait de lui et n'a jamais posé de questions, il s'est contenté de gober les propos de Louise sans la relancer : son père s'appelait Marco Desfossés, Louise avait été complètement amoureuse de lui, et lui, d'elle. Ils étaient, avec leur ami Laurence, les rois incontestés de la cour d'école. Si l'idée de rencontrer Marco lui avait déjà effleuré l'esprit, il ne l'avait pas une seule fois laissé paraître.

– Mais il a toujours été un peu *dark.* C'est comme s'il *sentait* que son histoire était plus tragique que ce que je lui racontais.

Long silence.

– Y a fait une tentative de suicide cet hiver.

Marco ne réagit pas.

– Je sais pas trop quoi te dire, Marco… Y a un an et demi, tu m'as appelée. T'as essayé de me joindre pis, après, Nathane t'a écrit des lettres en cachette auxquelles t'as jamais répondu… Pis là, ben, cet hiver, il a essayé de se suicider.

Elle se mord les lèvres.

– Je m'excuse, Marco. C'est pas ta faute. Vraiment. C'est pas ce que je pense. C'est juste qu'il est complètement perdu. Je voudrais tellement pouvoir l'aider… Mais là, chus pognée avec un mensonge qui date de quasiment vingt ans…

Marco s'exclame :

– Mais ça a pas rapport avec moi ! C'est pas *mon* mensonge !

Sa voix a résonné plus fort qu'il l'aurait voulu. Le goût de pleurer lui démange la gorge, ça fait mal à retenir. Il chuchote presque :

– Je suis pas son vrai père…

– Pis moi, je suis pas sa mère même s'il est sorti de mon ventre, réplique-t-elle, plus douce. Ça a pas trop d'importance c'est qui, son père *biologique.* Avec Laurence, on a passé notre enfance à être convaincus que ce qu'on inventait était mieux que la réalité. On avait tout placé pour que les choses fassent notre affaire.

Elle s'arrête.

– Je sais pas pourquoi, j'étais restée accrochée à l'idée que t'aurais été d'accord avec moi que ça aurait été bien de protéger Nathaniel de la vérité…

Sa voix tremble.

– Mais juste le dire à haute voix, je me rends compte que j'ai été pas mal conne de m'attendre à ce qu'on soit encore au même stade, toi pis moi.

Marco voudrait lui expliquer qu'elle se trompe, qu'il s'est ennuyé pendant tout ce temps de ce qu'ils avaient été ensemble, sauf qu'il ignore comment le dire sans retourner le fer dans la plaie.

– Il va encore falloir que je m'arrange toute seule…

Elle baisse les yeux, Marco les voit s'écraser sur la table, rouler sur une latte de bois comme deux billes, puis tomber dans le sable. Il se mord les joues pour ne pas revenir sur sa décision et promettre qu'il va le faire, finalement, qu'il va téléphoner à Nathaniel. Ce serait presque rien, au fond. Il lui paierait une bière dans un bar miteux de Québec, on carterait l'adolescent et Marco interviendrait : « C'est mon fils. » Pour éviter de flancher, il prétexte une envie d'aller aux toilettes, mais il ne ressort pas. Il abandonne Louise sur la plage et se demande comment ça se fait qu'il y a encore des gens comme Linda et elle pour continuer de l'aimer.

Le reste de la journée, Louise traîne dehors, maussade. Lorsqu'elle se lève, elle boite, à cause du bout de trèfle qui lui a ouvert le pied. Elle sort ses crayons de couleur et s'applique à laisser sa marque sur la table de pique-nique, comme lorsqu'ils étaient jeunes. Rosie Rose viraille autour d'elle pour lui témoigner son impuissance ; Linda va et vient en bonne hôtesse affairée, avec des chips et de la liqueur, elle fait tout comme il faut maintenant qu'elle a certaines certitudes ; Marco, le ventre en boule, observe Louise en cachette depuis la cuisine : les feuilles des bouleaux filtrent le soleil et la tachettent comme un léopard rare – un léopard sur le point d'être remis en liberté.

Le soir tombé, Louise rentre et pleure sans bruit dans le salon, les bras croisés autour de l'ours polaire qu'elle a donné à Linda, hier. Celle-ci lui offre de la masser gratuitement pour lui replacer les chakras ; Louise fait non de la tête.

Au matin, elle a repris du mieux et son pied lui fait moins mal. Linda prévient Marco que c'est probablement le moment ou jamais de rattraper cette amitié-là parce que, après, il se peut que ce soit trop tard. Marco et Louise s'assoient dans l'escalier en béton, devant la maison, à quelques centimètres l'un de l'autre. La journée est sèche et fraîche. Marco a la bouche pâteuse et il sue de partout. De sa poche de jean, il ressort les trois lettres que Nathaniel lui a écrites. Louise examine la première, la seule que Marco avait tenté de déchiffrer. Elle la survole en silence, puis attend sa permission pour ouvrir les deux autres, encore cachetées. Il sourit honteusement.

– C'est pour toi, je te les donne… Je saurais pas quoi faire avec, *anyway*…

Quand elle a terminé, elle remonte ses yeux vers lui et murmure :

– Il pouvait pas savoir que tu les lirais pas…

Tout à l'envers, il se relève pour partir, mais Louise frôle son coude avec sa main, sans rien dire : juste un instant encore. Dès qu'ils seront debout, quelque chose de gros et d'important va se clore pour toujours. Il ne reste rien des jours tranquilles lorsqu'ils s'en sont allés, ce sont de vagues souvenirs illuminés de soleil et on se demande pendant longtemps, ensuite, ce qu'il est advenu de ces heures belles et inutiles.

Elle hésite.

– C'est pas pour être méchante, mais une des raisons pour lesquelles j'ai jamais rien avoué à Nathaniel, c'est qu'il aurait fallu que je lui explique pourquoi tu m'as pas aidée, ce jour-là, quand Willy me passait dessus. Pis, ben honnêtement, même après toutes ces années, je le comprends toujours pas.

Les mots de Louise le tailladent comme un coup de poignard dans les poumons, ça fait du bruit quand Marco respire. Il essaie de trouver quelque chose pour se justifier, mais rien ne sort. Elle lui effleure délicatement le genou avec un sourire triste qui signifie : « Y a rien à répondre… » Ils savent, les deux, que ça ne sert plus à rien de penser à ça.

Les au revoir sont brefs. Louise embrasse Linda et Marco.

– Oubliez pas de passer à l'hôtel, si vous venez à Québec, elle laisse tomber sans les regarder dans les yeux.

Le moteur démarre et une musique un peu latino, pas trop le genre de Marco, fait sursauter tout le monde.

Louise éteint la radio. Marco distingue une lueur étrange dans les yeux de Louise : elle aurait quelque chose à dire qu'elle ne dit pas. Il devine qu'elle le trouve lâche.

Juste après que Louise est partie, Marco va voir la table de pique-nique où elle a passé la veille : des fleurs. Les mêmes fleurs multicolores que celles que dessinait autrefois Louise. Louise enfant.

Marco va presque aussitôt se coucher. Il dort douze, treize heures d'affilée. Quand il se réveille, il fait quasiment noir. Linda a préparé du macaroni au fromage qu'elle mange seule devant la télé. Elle sourit en le voyant descendre l'escalier, le rejoint dans la cuisine et le prend par la taille.

– Je savais pas, en revenant icitte… Mais pour la première fois depuis un crisse de boutte, j'ai confiance… Toute ça, c'était dans le chemin, je pense. Maintenant, ça va être autre chose.

– Non, il précise d'une voix douce et amoureuse. Maintenant, ça va pas être autre chose. Maintenant, ça va être la même affaire, mais en mieux.

Durant plusieurs jours encore, Marco est pris d'une grande fatigue, celle des années passées ; c'est une vraie vie qui commence, faite de soulagement une fois de temps en temps. Il faut reprendre des forces.

Linda veille au grain, comme une mère-moineau.

– *Are you OK ?*

Et Marco sourit.

– Je suis mieux que jamais.

Ouananiches III

La 385 avait depuis longtemps été surnommée la Gourmande à cause des appétits voraces qu'on lui connaissait, elle qui bouffait de la chair tant qu'il y en avait, on y laissait des pieds, des bras et même des cœurs les jours de grand festin. Elle vous fichait des tournants où il y avait pourtant autrefois eu une longue ligne droite ou lançait sans avertissement des camions bouffis de bois en sens inverse de la descente d'une courbe verticale. Certaines semaines de congé, en mars ou en juillet, en des années où nos parents espéraient encore réussir à nous emmener en voyage, le chemin de gadoue ou de gravelle embourbait toutes les roues sans discernement et s'y formaient des files de voitures et de *pickups* immobilisés. La dépanneuse était tellement occupée qu'il fallait parfois revenir à Val Grégoire à pied, les enfants sous le bras sur plusieurs kilomètres, on se serait cru dans le bassin de la Méditerranée. Il y eut tant d'accidents dans le coin qu'on retrouva longtemps des dents et des ongles et des montres et des souliers dans le fossé.

On y déposait des gerbes de fleurs comme au jour du Souvenir et ça embaumait le salon funéraire tout le long du trajet lorsque les livreurs venus de la ville surgissaient avec leurs cargaisons de télévisions flambant neuves, de sachets de soupe en poudre et de caisses de club soda.

Comme nous n'avions jamais connu autre chose, enfants, cela nous apparaissait tout à fait normal, mais il est vrai, avec un peu de recul, que ce phénomène avait de quoi étonner : emprunter la Gourmande vers le sud avec nos familles pour systématiquement revenir à notre point de départ, comme par magie. Ce mystère subjuguait nos parents, qui viraient la tête à gauche, viraient la tête à droite, stupéfaits et un brin effarouchés : là, perchées au-dessus de la station-service, toutes noires, les griffes entortillées autour des fils électriques, les corneilles de Val Grégoire grognaient comme des chiennes. À la Brasserie du Nord, à l'époque où nos pères ne nous avaient pas encore tous désertés comme des secondes guerres mondiales, les ouvriers se battaient après l'ouvrage, les uns accusant les autres de mensonges éhontés, les seconds ripostant comme une poignée de croisés devant une armée d'apostats, et ces affronts donnaient lieu à des bagarres générales qui pouvaient durer des jours. La vérité, comme nous le comprendrions plus tard, était que les seuls qui parvenaient à quitter la ville, même pour une simple petite nuit, étaient des adultes célibataires ou des parents en vacances de leur progéniture. Autrement dit, l'expérience nous démontrait peu à peu que nous, natifs de Val Grégoire, étions condamnés à ne jamais pouvoir partir d'ici.

Nous avons meublé nos jeunesses à répéter sans nous lasser des tonnes d'histoires de voyages improbables. Ça faisait tout drôle dans nos bouches d'évoquer l'idée d'aller ailleurs, comme si quelque chose sous notre peau ou dans le fin fond de nos têtes de linotte renonçait déjà à la liberté. Puis l'adolescence est venue foutre ses premières baffes aux plus vieux d'entre nous, avec son spleen, sa révolte et ses violentes inclinaisons pour la fugue. Dès qu'un de nous disparaissait, on virait le sablier et on attendait son retour. On n'avait pas le temps de s'en ennuyer que, déjà, top chrono !, il revenait brailler en tirant la manche de sa mère. En 1990, Le Baron a finalement ouvert avec succès une voie que nous avons par la suite tenté de suivre en nous enfargeant. Un hiver, on en avait retrouvé deux aux portes de Val Grégoire, grelottants et bleus, de retour d'une inutile semaine de marche en forêt vers une destination inconnue, jamais atteinte. L'année suivante, deux autres avaient été victimes d'un accident de ski-doo en filant par le bois avec le même espoir ; l'un d'eux s'était mordu la langue tellement fort qu'il l'avait avalée et, même si le médecin avait promis qu'il saurait la lui recoller, il avait préféré rester muet que de se faire greffer ici ce qui était passé par là. Quelques semaines plus tard, quatre intrépides s'étaient fabriqué un radeau de fortune, comme d'anciens draveurs, puis avaient poireauté durant des heures, mouillés de la tête aux pieds, agrippés à des roches glissantes au milieu de la rivière Hamilton, le jour de la Toussaint. Les dernières en date, cinq amies acnéiques, jurèrent qu'une meute de loups hurlant à la lune, les yeux accusateurs rivés sur le sent-bon en forme de sapin accroché au rétroviseur, leur avait barré la route, par un soir noir-brun, puis avait encerclé durant toute la nuit le quatre-quatre exigu dans lequel elles avaient planifié se rendre à Miami.

Quelque chose faisait donc défaut à Val Grégoire, et ça sentait tellement fort que ça débouchait les narines, mais l'origine exacte du remugle restait imprécise. Nous ignorons qui parmi nous a trouvé l'explication la plus plausible, mais nous y avons tous adhéré en bloc : nous étions nés humains ; nous mourions ouananiches.

Comme nos parents, nous sommes des pêcheurs du dimanche, et le chômage étant endémique, c'est dimanche souvent : nous avons cultivé notre talent. Nos pères, en nous quittant, nous ont légué leurs gréements pour seul héritage. Nous connaissions donc tous, et depuis jeunes, la ouananiche dont nous aimions la chair rose et grasse. Elle n'habite pas loin, dans les lacs noirs et abyssaux de nos chalets familiaux, et franchit seulement quelques kilomètres pour remonter le courant torrentiel de la rivière Hamilton afin de se reproduire à l'automne. Nous la savions vorace et pugnace, elle se débat quand on l'hameçonne, saute jusqu'à deux mètres de haut, pressentant avec une peur panique la mort qui l'attend hors de l'eau. Cet acharnement à ne pas se laisser crever la punit, d'une certaine manière, puisque, encore aujourd'hui, nous nous précipitons sur elle par dizaines de dizaines dès l'ouverture de la saison, nous crions, entre deux rots de bière, les mains exsangues : « Je vais l'avoir, la vache ! », et seuls les plus habiles arrivent à la sortir. Nous la dépeçons, rageurs, et la méprisons autant que nous l'admirons de ne pas s'abandonner à nous sans résister.

Mais l'intérêt que représentait la ouananiche pour des esprits obstinément tragiques comme les nôtres ne trouvait pas seulement sa source dans la pêche, mais aussi dans ce mystère que même les scientifiques les plus entêtés ne parviennent toujours pas à élucider de nos jours : la ouananiche possède une physiologie identique à celle du saumon de l'Atlantique, mais se confine aux eaux douces. Une des hypothèses veut qu'il y a dix mille ans, alors qu'elle était encore saumon de l'Atlantique tout ce qu'il y a de plus saumon de l'Atlantique, elle se serait retrouvée coincée en territoire de fraie à cause du retrait de la mer. En anglais, le *landlocked salmon* véhicule encore mieux cette fatalité à notre image : prisonnier du continent. Arrachée à sa mer natale par une force plus grande qu'elle, la ouananiche est *devenue* une nouvelle espèce, contrainte à une longue et lente résignation. Nos parents, libres, étaient venus s'accoupler ici, nos mères avaient accouché de nous ici, et quelque chose, une dérive des continents intérieure peut-être, nous empêchait maintenant de regagner les territoires de nos ancêtres, humains tout ce qu'il y a de plus humains.

Depuis toujours, Val Grégoire nous avait fait à tous l'impression d'une plaie honteuse. Ceux parmi nous qui, par exemple, gagnaient des prix grâce à leurs dessins à *Samedi-jeunes* inscrivaient le nom d'une autre ville comme adresse de l'expéditeur, et des cagibis entiers débordent encore aujourd'hui, dans certaines succursales de bureaux de poste de l'arrière-pays, de nos cadeaux non réclamés de l'époque. La situation s'était toutefois envenimée à partir de la fermeture du moulin et tout ce qui survint en cette contrée maudite devint une farce ; aussi nous mîmes-nous tous à rire sans arrêt. Sauf lorsqu'il était question de ouananiches et de notre funeste fatum.

Au début, nous avons bien essayé de nous débattre et d'imposer nos lois, nous nous sommes accrochés à la rumeur voulant qu'un règlement protège quiconque d'être arrêté le jour de son anniversaire. Les petits magistrats qui avaient échoué ici ont mis du temps avant de cesser d'accorder le bénéfice du doute aux gamins dans les procès. Lorsqu'une de nos sœurs ou un de nos cousins commettait une offense, nos familles s'en félicitaient à moitié en considérant le geste comme leur contribution à la vingtaine d'emplois encore enviables dans la région (juges, gardiens de prison, travailleurs sociaux, policiers, psychiatres, commis à la Société des alcools) : nos agitations comme seul moteur économique.

Puis, lentement, nous avons abdiqué et donné raison à la malédiction : nous n'espérerions plus jamais rien. Été comme hiver, nous nous réunissions en cercle, un peu en aval de la ville, sur les roches pointues des berges de l'assourdissante rivière Hamilton, en attendant la saison des amours des ouananiches. Nous gisions là en de longues transes de bière et de PCP qui nous permettaient de nous évader dans tous les endroits où nous ne pourrions jamais mettre les pieds. L'inconfort de notre position assise provoquait une douleur lombaire qui nous remontait la colonne vertébrale, noyant l'autre mal, celui qui nous gagnait un peu plus chaque fois qu'une âme aventurière parmi nous revenait la mine basse d'une de ses tentatives d'évasion. Nous allions donc tous et toutes vieillir ensemble, et il ne nous restait donc plus qu'à copuler. Nos mères se consolaient du fait qu'au moins, pendant que nous faisions *ça,* nous ne piquions pas de cassettes au Polyson ou nous ne nous soûlions pas au parc des Sages. Les filles se sont fait engrosser en silence au sortir de l'adolescence par leur premier béguin d'école et les garçons, tant qu'à être condamnés à ne pas pouvoir se sauver, ont tenté tant bien que mal de devenir de meilleurs pères qu'avaient pu l'être les leurs. Nous nous sommes tous attachés à notre descendance comme pour ne pas tomber seuls en bas d'un précipice. D'ailleurs, nous voici encore tous coincés ici, empilés les uns sur les autres en ces terres maudites, à scruter le ciel *charcoal* en bêlant.

III

LA VIEILLE PLYMOUTH

1

S'il y avait bien un truc depuis toujours impeccable, chez Mercedes Calvette, c'était l'hygiène buccale de ses trois enfants. Dans cette maison, on mangeait mal, on dormait peu, on ne faisait pas de sport, mais on était trop pauvres pour se gâter les dents. Mercedes obligeait Willy, Didi et Lolo à se les brosser quatre fois par jour, ainsi qu'à se passer la soie dentaire matin, midi et soir, comme si toute la saleté de son existence avait été concentrée entre leurs dents à eux et qu'une bonne hygiène buccale éviterait à leur mère de faire le ménage dans sa vie. Cela, le ménage, Mercedes le négligerait jusqu'à la fin.

Mercedes Calvette répétait comme une liturgie qu'il fallait aider son prochain, elle polissait sa trajectoire depuis toute petite pour en faire quelque chose d'exemplaire et de beau. À ses amis, devenue adulte, elle prêtait son corps et son âme comme une gamine prête un jouet à une voisine un peu insistante : en jurant ne rien attendre en retour, mais en attendant quand même le jour, en attendant quand même le soir. Elle s'obligeait à accueillir chacun de ces mêmes amis dans leur intégralité, c'est-à-dire qu'elle n'exigeait pas d'eux qu'ils ne lui volent pas le contenu de sa sacoche, qu'ils la traitent bien ou qu'ils aiment les trois descendants dont ils la gratifièrent sans se faire prier.

D'ailleurs, c'est après qu'un desdits amis l'eut frappée dans le ventre en apprenant qu'elle attendait leur bébé (son premier) que Mercedes dut fuir Jonquière en vitesse. Elle obtint la collaboration de son patron, un dentiste vieille école d'un paternalisme bienveillant qui lui dénicha la résidence vide d'un homologue d'une ville reculée de la Côte-Nord, décédé depuis cinq ans. La maison, à même l'ancienne clinique au sous-sol, avait été oubliée là, ni vraiment à vendre, ni tout à fait à louer. L'assistante dentaire l'acheta pour une poignée de change, c'est à croire que personne ne le sut tant la transaction se fit sans embûches. C'est là, à Val Grégoire, que Mercedes terminerait sa courte vie.

Elle-même avait perdu sa mère très jeune, emportée par un sarcome, puis, dès après, son père, emporté par le gros gin. Orpheline depuis longtemps, elle se réjouit, en fondant sa propre famille, d'avoir deux fils et une fille qui l'aimeraient sans condition et, avec un peu de chance, trois êtres qui auraient des difficultés dont elle pourrait s'occuper, de l'autrui abîmé auquel se consacrer en permanence.

À ce titre, William se retrouva chez monsieur le directeur dès sa première journée de maternelle pour avoir inséré son index entre les fesses de son institutrice. Il s'agissait d'un garçonnet qu'on sentait affamé et souffrant et qui se faisait toujours pincer la main dans la petite culotte des mauvaises personnes, le plus souvent tapi dans des coins de murs ou des fonds de placard. Un enfant gras qui inspirait la peur parce que prompt à frapper dès que contrarié, mais qui n'avait aucun caractère et qui semblait conçu sur mesure pour l'échec. Tout de William, tandis qu'il vieillissait, se disproportionna : des épaules carrées, une mâchoire plus ample que ses joues, des biceps comme des jambes de cheval, une poitrine massive en saillie par-dessus son ventre. Sa mine patibulaire convainquait tout le monde de se tenir à distance. Mercedes soutenait bec et ongles que son aîné n'était pas aussi pire qu'il le paraissait, malgré les plaintes des voisins qui n'osaient plus laisser, l'été, leurs petites filles s'arroser au jet d'eau dans leurs cours vertes et les récriminations des sauveteurs de la piscine publique, où il traînait en exhibant sa verge comme un babouin réjoui.

La deuxième, Wendy, aimait les gens et les animaux, les plaçait, pareils, sur une échelle inébranlable d'amour. Dans le temps de le dire, elle eut une physionomie adulte, des seins larges qui avaient le mérite d'être clairs, des jambes frêles aux genoux cagneux, des cheveux clairsemés, tirés vers l'arrière dans une queue-de-cheval filiforme, et une santé de fer ; elle filait à travers la saison des grippes comme dans un pré. Ses amis du centre des loisirs avaient beau lui toussoter dessus, elle ravalait les virus comme on ravale sa morve. Elle s'exprimait mal avec une petite voix aiguë et ricanait trop pour être normale, on ne peut espérer être ainsi heureuse et savoir compter jusqu'à cent. À preuve, elle ne douta jamais de la parole de sa mère lorsque celle-ci, s'entêtant à enjoliver même ce qui n'était pas source potentielle de souffrance, lui racontait que le gros feu d'artifice organisé à Val Grégoire pour la fête du Canada l'était en fait pour son anniversaire, Wendy étant née le 1er juillet. Les jours avant, les voisins l'arrêtaient pour lui demander : « As-tu hâte à ta fête, Didi ? » et Wendy hochait énergiquement la tête, la face lumineuse : toute la ville invitée au parc des Sages pour sa fête, tout le monde de toute la ville rien que pour elle. Encore à l'adolescence, elle allait jouer avec les grenouilles en les entretenant de fées roses et de cœurs magiques, balbutiait quelques mots syncopés en zézayant et se laissait approcher par n'importe qui, surtout les gens les plus louches – elle tenait de sa mère. En vieillissant, elle aima la télévision, la musique de radio commerciale et les boissons gazeuses ; elle apprit les rudiments de la cuisine (faire bouillir de l'eau, peler des patates, ouvrir une boîte de conserve) ; elle aima les chats, les fleurs et les robes ; elle s'inscrivit à une ligue de bowling. Cela ne la distinguait nullement de la plupart de ses congénères humains, si ce n'est qu'elle réussit à atteindre un degré de sérénité auquel peu peuvent aspirer.

Cinq ans après Wendy, finalement, à la suite d'une ennuyante séance de batifolage avec un soldat de Bagotville venu charrier des sacs de sable sur les abords de la rivière Hamilton par un automne curieusement débordant de printemps, Mercedes avait accouché pour la troisième fois : Laurence, qu'on appela indistinctement Lolo ou Ti-Loup ou Ti-Lo ou Ti-Lolo. Celui-ci était normal en tous points, le pire sort qui puisse être jeté, une personnalité idéale pour être l'autre frère, le cadet des soucis de tout un chacun. Avec Willy et Wendy dans les parages, et avec son caractère pour le moins effacé, Laurence passa complètement inaperçu. « Dieu que tu es sain, mon fils ! », s'exclamerait Mercedes pour les années à venir ; ce serait dans sa bouche un reproche.

Mercedes n'était pas aussi délurée qu'on aimait se l'imaginer, mais à Val Grégoire, comme pour tout ce qu'on comprenait mal, elle suscitait les railleries parce qu'elle se promenait pieds nus en sifflotant dans la rue, qu'elle buvait toutes sortes de thés népalais et d'infusions ayurvédiques et qu'elle organisait des soirées de poésie au bistro auxquelles n'assistaient que ceux qui s'y présentaient par accident. En même temps, on la ménageait à peu près parce que, portée toujours par son proverbial esprit d'abnégation, elle vous nettoyait la bouche gratuitement si vous le lui demandiez et n'hésitait pas à outrepasser les règles de conduite de son association professionnelle. Elle s'était donc attiré tout plein d'amis et se formaient devant son cabinet des files de gaillards gros et gras, de bonnes femmes en tablier qui tiraient leurs enfants dodus par les oreilles et de vieillards tordus qui n'étaient jamais allés à l'école. À l'époque où elle était encore à Jonquière, Mercedes s'était fait offrir une lourde cargaison d'anxiolytiques périmés par une connaissance commis de pharmacie. Désormais, à un patient très stressé ou à la gencive ensanglantée, elle refilait un cachet : « Passé date, c'est moins fort. » À Willy, Didi et Lolo, lorsqu'ils négligeaient leurs bouches, Mercedes citait en exemple les dents forées d'abîmes noirs de certains voisins, des cochonneries inimaginables qui plongeaient ses enfants dans la stupeur. En fait, dans les caries, Mercedes voyait le fond des âmes de Val Grégoire.

La vie relativement paisible des Calvette se transforma du tout au tout la fois où Mercedes surprit le sexe monstrueux de Willy dans la bouche de Wendy. Le ciel se renversa dans un grand vacarme et chaque membre de la famille se retrouva sur le derrière, assis dans la fange. Mercedes hurla comme elle n'avait littéralement jamais hurlé, faisant craquer les verres et les murs, ses rêves liquéfiés ruisselèrent à travers les portes d'armoires et sous la tapisserie. Willy donna un coup de pied dans la fenêtre du four, qui vola en mille morceaux, puis il souleva sa mère par le collet, comme si la limite qu'il avait transgressée était due à des manquements dans l'éducation qu'elle lui avait donnée, à une information pourtant si cruciale qu'elle aurait malicieusement souhaité garder pour elle. Wendy se boucha les oreilles si fort qu'elle s'en disloqua les tympans, elle manquait de mains pour s'essuyer les yeux. Quant à Laurence, il resta là, au beau milieu du gâchis, les bras ballants, le regard coi, désormais et pour toujours incapable de croire que l'avenir, le sien ou celui d'autrui, puisse être lumineux.

Mercedes se résigna à placer son aîné dans des lieux de Val Grégoire où il pourrait s'affranchir et devenir un adulte convenable, mais l'adolescent papillonna plutôt d'une famille d'accueil à l'autre, toutes se le réexpédiant, incapables de l'aimer ou de supporter son caractère plaignard et ses menaces violentes répétées. Le pauvre Willy revenait chaque fois gratter à la porte de sa mère, qui était bien en peine de s'en départir pour de bon. Ces allées et venues pouvaient durer plusieurs mois et plongeaient les Calvette dans l'instabilité la plus totale : Willy était là, puis n'y était plus, son fantôme continuait de sévir jusqu'à ce qu'on s'habitue à cette absence, et il profitait généralement de la période d'oubli pour ressurgir d'outre-tombe une semaine ou deux, juste assez de temps pour faire pleurer Wendy en repartant. Les siens lui rendaient visite le plus souvent possible : Mercedes lui apportait des sacs de petits pains fourrés au jambon haché et des vidéos éducatives sur la sexualité ou les choix de carrière ; Wendy enfilait une belle robe et emballait des biscuits feuilles d'érable dans des mouchoirs ; Laurence restait le plus souvent dans la voiture en faisant semblant d'être trop absorbé par un bouquin pour se joindre à ces cérémonies, mais ses yeux se couvraient de larmes de rage et il ne voyait pas un seul mot.

Un jour, Mercedes reçut par la poste le catalogue de Québec Loisirs, qu'on lui priait de déposer dans la salle d'attente de son cabinet ; il demeura plutôt sur sa table de chevet. Elle ne dormit plus, furieusement alléchée par cet inventaire de best-sellers proposant enfin des réponses, parmi lesquels *La Paix intérieure en douze étapes faciles*, *La Pensée positive : des solutions pratiques pour une paix globale et planétaire* et *Survivre à tout… spécialement à soi.* Ces premières lectures convainquirent Mercedes que le bien dont elle s'imprégnait dans ces livres se répercuterait nécessairement ailleurs, avec pour conséquence d'aider l'humanité entière. À partir de là, elle se mit à gratouiller jusqu'à en devenir pauvresse tous les fonds de tiroir, à la recherche d'une pièce pour commander le dernier essai sur l'harmonisation des fluides énergétiques entre humains habitant sur des continents différents ou sur la valorisation excessive de la science dans un monde de signaux célestes.

À cause des armoires vides, ils avaient, les Calvette, presque toujours faim et leurs glouglous faisaient trembler les planchers de la vieille maison de dentiste, dont les bardeaux et les briques s'émiettaient. Un hiver, un janvier glacial, Hydro coupa sans aviser le chauffage et Mercedes réalisa qu'elle n'avait pas payé un seul compte depuis près de neuf ans. Elle quémanda un sursis, passa plusieurs heures à expliquer sa situation au téléphone à une employée compatissante mais absolument impuissante. « Je suis bonne, madame, aidez-moi… »

Sauf que le trouble en valait la chandelle (ou quelque chose comme ça) : s'il fallait avoir une obsession, Mercedes s'était convaincue, aussi bien que ce soit la *littérature,* et elle tenta d'entraîner ses enfants dans sa frénésie. À l'intention de Willy, elle conservait, en prévision de leurs prochaines retrouvailles, le catalogue dans lequel elle encerclait des titres qui avaient le potentiel de l'intéresser, mais il faisait la moue : les efforts intellectuels lui apparaissaient toujours un brin trop compliqués ; Wendy feuilletait nonchalamment quelques albums d'images avant de prendre la clé des champs ; quant à Laurence, il devint bibliophage, dévorant surtout des hagiographies de martyrs ou de miséreux, avec lesquels il se sentait une certaine affinité, et les livres resteraient, tout au bout, un des seuls héritages maternels pour lequel il éprouverait de la reconnaissance – viendrait d'ailleurs plus tôt que tard une époque où il maudirait le reste en bloc.

Elizabeth Conan Parker, une longue et photogénique quarantenaire, brillait de mille feux depuis la sortie de son autobiographie dans laquelle elle détaillait une théorie qui transformerait la vie de Mercedes Calvette. Sa thèse principale stipulait que la plupart des gens condamnés par la maladie ou les handicaps, ces « défauts de fabrication », détenaient en eux le pouvoir de guérir en s'accrochant à des objectifs clairs et stimulants. Tableaux et graphiques à l'appui, Conan Parker démontrait la fulgurante augmentation du nombre de troubles congénitaux depuis le début de la révolution industrielle. Elle exposait l'idée que certains fœtus, alertés *in utero* par les hormones de leur mère inquiète des dérives d'une société de plus en plus individualiste, s'attaquaient à leurs propres chromosomes afin de se garantir, une fois au monde, des soins particuliers en raison de leur vulnérabilité. Elle écrivait : « La guérison, après la naissance, n'est donc pas impossible. Il suffit de fournir aux gènes un sens à l'existence en les dotant de projets significatifs. »

Elle-même née hydrocéphale et lourdement invalide, Conan Parker *s'en était sortie* et était invitée partout afin de faire sans pudeur étalage des photographies de son processus de guérison : ici, enfant alitée et végétative ; là, avec une orthophoniste ; là encore, en réadaptation ; ailleurs, chez le gynécologue ; elle gardait toujours pour la fin celle de son somptueux mariage avec un éditeur depuis peu millionnaire. C'était très émouvant de l'entendre expliquer comment elle s'était sentie, dès sa prime enfance, enfermée dans son corps. « C'était le vide en dedans, qu'elle clamait à tous vents. Et vous savez pourquoi ? C'était le vide en dedans parce que c'était le vide en dehors. »

Lors de son passage chez Oprah, on avait ramené sa maman en secret, une femme qualifiée de « timide » et de « pas folle des projecteurs », qu'on avait réussi à convaincre de venir pleurer en studio. C'était elle, la mère qui, sans grande éducation, juste à force d'essayer, avait sans le vouloir élaboré les grandes lignes du modèle qui avait fait la renommée de sa fille. Elizabeth Conan Parker disait « C'est une femme simple » en parlant de sa mère comme si elle avait été absente, et la mère hochait la tête, « Oui, oui, je suis simple », et Oprah pleurait : « Vous voyez, on peut être simple *et* accomplir des miracles autour de soi si on le veut vraiment. C'est *ça,* le pouvoir des mères. »

Mercedes s'était à ce point sentie inspirée par le discours optimiste de Conan Parker qu'elle avait voulu se mettre au service de son œuvre, même si les frais exorbitants des formations et des examens d'étapes de la Fondation exigeaient qu'on s'y investisse corps et âme – quitte à les y laisser. Elle fut à cet égard tenue d'assister à toutes sortes de réunions tonifiantes dans des coins reculés de l'Amérique du Nord, des congrès aux thèmes variés : « Puiser l'argent en soi », « Vivre éternellement jusqu'à la fin », « Tomber malade pour se guérir », etc. Elle s'absentait beaucoup, mais revenait de ses pérégrinations toujours enchantée, légère de tous ces processus de guérison combinés, fusionnés, puis métamorphosés en énergie-lumière. Elle accumulait des points pour recevoir une panoplie d'accréditations comme autant d'échelons d'un long escalier vers le ciel.

Wendy et Laurence furent donc contraints de veiller l'un sur l'autre durant une bonne partie de leur enfance. La première pleurait au téléphone, « M'ennuie, môman ! », et Mercedes, depuis l'Arizona ou le Kentucky, l'écoutait, impuissante. Quant au second, il n'avait que sept, huit, neuf ans et il en aurait pour toujours à s'en remettre, forcé de prendre soin de Wendy pendant que Willy était barouetté d'un endroit à l'autre et que Mercedes se faisait laver le cerveau partout sur le continent. Conséquemment, Laurence endossa l'inquiétude : même les périodes où Mercedes était autour, on l'entendait sortir de sa chambre, lorsque la nuit mettait tout le monde au lit, et traverser le corridor de la vieille maison de dentiste à pas feutrés, s'arrêter dans chacune des pièces un instant pour vérifier que tout était encore bien en place, qu'aucun chambardement n'était survenu durant les quelques dernières heures d'insouciance.

Quand sa mère partait pour ses longs voyages, Laurence tentait en cachette de recréer sa présence en humant les pots de pommade qu'elle laissait derrière. Il reconnaissait les odeurs séparément, mais ne parvenait jamais à reconstituer exactement celle de Mercedes, même en les combinant toutes sur sa propre peau. Lorsqu'il croisait d'autres mamans, il s'approchait autant que c'était permis d'elles, le nez dans leurs jupes ; aucune pour sentir comme la sienne, des parfums trop discrets, talc éthéré ou crème onctueuse, ou trop âcres, lavande épicée ou argile moite.

Jamais celui, vanillé, presque sucré, de Mercedes. Les mères, parfois, lorsque Laurence envahissait leur espace vital, avaient un mouvement de la main pour le chasser de là comme un chien, puis elles lui offraient un verre de lait, pauvre enfant !, se souvenant soudain qu'il était orphelin à peu près la moitié du temps.

Au bout de quelques années, de plusieurs milliers de dollars et d'une longue cérémonie de sudation à une centaine de kilomètres au nord du canal de Suez, Mercedes obtint enfin la certification qui l'autorisait à pratiquer la Guérison par projets^MC. Et pour débuter, elle disposait de deux cobayes de choix : Willy, qu'elle décida de reprendre auprès d'elle pour de bon, et Wendy.

Le premier réapparut dans la cour sans même avoir été annoncé, par un matin d'été : « Allô, c'est moi. » Tout aurait pu avoir les allures d'un film français, le château de sa mère, les pieds nus dans le gazon, la rosée au sol, les arbres en fleurs et leurs arômes se dégageant de partout, des oiseaux en bruit de fond, un soleil encore bas, une belle chaleur naissante et de l'espoir bien gros et bien gras, mais Willy faisait peur : il transportait un corps enflé par les médicaments, ses yeux luisaient de vide et sa mâchoire restait crispée, il donnait l'impression d'avoir froid en permanence, un bambin délavé d'un pays soviétique. Mercedes l'emmitoufla dans de grosses couvertes molletonnées et lui passa le bras autour des épaules. Wendy s'exclama de joie en l'apercevant, le bécota sans retenue, « Je t'aime, mon Willy », et se mit à lâcher son nom partout où c'était possible de le prononcer. Laurence, quant à lui, fut vissé sur place tellement Willy sentait le renfermé, une odeur d'abîmes humides, assimilable à la mort ; à dix ans, il était terrifié par son propre frère comme d'un monstre sous son lit.

Au début, le projet de guérison qui retint l'intérêt de Willy était prometteur et rempli de douceur : il rapportait les bestioles vagabondes de Val Grégoire à la maison, devenue refuge, et toutes, mouffettes, chats, lynx, chiens, écureuils, souris, ratons laveurs, renards, rats, cochons d'Inde, se promenaient là-dedans comme dans la savane. Sauf que Willy négligeait ses pensionnaires et ça empestait la merde jusque dans l'armoire à produits nettoyants.

S'il avait fallu qu'elle se décourage au moindre revers, Mercedes aurait tout stoppé après seulement quelques essais, car son aîné n'excellait pas plus dans le domaine de la réhabilitation qu'ailleurs, il préférait se retrouver un soir sur deux au poste de police pour avoir tapoché le premier venu ou suivi une fille dans la nuit. De toute évidence, il ne guérissait pas aussi vite que prévu. Mercedes se creusait les joues à la recherche de réponses, elle relut tout Conan Parker, une fois, deux fois, tous les manuels de formation de la Guérison par projets^MC afin de comprendre ce qu'on doit faire en pareilles circonstances – ce qu'on doit faire quand on aime. Cette démarche l'accapara complètement et Mercedes scotcha pour de bon l'affichette « Fermé » sur la porte du cabinet de dentiste. Il se trouva bien des messieurs massifs et rustres ou d'effilées madames usées pour demander assistance avec une molaire infestée par la gangrène, mais seuls étaient admis ceux dont la douloureuse gingivite puait davantage que la ménagerie de Willy.

Certains voisins jurèrent avoir entendu, venant de chez les Calvette, des barrissements caverneux ou des rugissements inquiétants qui empêchaient leurs enfants de dormir. Irrité par ces jérémiades, Jean-Marc Desfossés, encore maire à l'époque, fit donc passer un règlement afin de limiter à trois le nombre d'animaux domestiques permis par ménage. Mercedes fit mine de se réjouir de ce déchirant tri : que voilà une belle activité à pratiquer en famille ! Willy choisit Minus, l'énorme berger allemand qui avait été rachitique jusqu'à environ six ans et qui, en quelques jours à peine, avait quadruplé de taille et grognait sur commande ; Wendy voulut conserver Modeste, le porc-épic cataractique qui se donnait beaucoup de mal pour contourner tout ce que ses aiguilles auraient pu transpercer ; et Laurence avait un faible pour Maskinongé, un matou auquel il trouvait une certaine humanité parce qu'il crachait de rage en plein jour, mais se laissait surprendre la nuit à ronronner dans ses oreilles, en proie à une crise de désespoir d'amour. Quant aux autres, il fallut s'en départir : Marie-Renée et Scala, les chiennes lesbiennes, inséparables et très vieilles ; Poncho, Gamma, Bousille et Dorothée, les chats multicolores (en ordre : rose, orange, gris-bleu métallique et beige jaunâtre) ; Marie Tifo, une belette bougonne à laquelle il manquait un œil et la moitié d'une patte ; Prudence, Cul-de-Jatte et Dodelin, trois lièvres farouches et désagréables (mais qui donc n'aime pas les lièvres ?) ; MacGyver, un raton laveur satyriasique qui avait tant usé La Sagouine, son ancienne partenaire, qu'il s'en était rendu veuf ; Girophare, un écureuil obèse ; Mulroney et Thatcher, deux rats pestiférés ; et Skywalker, une mouffette atteinte d'urticaire. Willy les entassa tous dans la remise, puis les suicida avec la voiture familiale. Laurence, déterminé à leur être loyal jusqu'au bout, embobiné dans un inextinguible sentiment de devoir, mais incapable de s'interposer haut et fort, les observa s'éteindre doucement par la fenêtre arrière, blafard et tout tremblotant.

Mercedes saisit la balle au bond, ne voyant pas dans ce multiple meurtre animal de quoi s'inquiéter outre mesure : elle commanda trois immenses congélateurs, ainsi que des dizaines de livres sur la taxidermie afin que Willy empaille les carcasses de son carnage. À partir de ce jour-là, le jeune homme s'installa au sous-sol pour ne presque plus en ressortir et son projet n'eut pas de fin, car, lorsque ses quinze anciens compagnons furent immortalisés, il s'autoproclama responsable de la fourrière municipale sans qu'il en coûte un sou aux contribuables : il sévissait la nuit et on ne les voyait plus rôder, les bêtes. Dépiauter délicatement l'animal, gratter toute matière putrescible, puis le reconstituer sur une structure complètement artificielle de sorte qu'il soit pareil à avant, mais en plus inoffensif. Si Willy avait pu s'empailler lui-même, nul doute qu'il l'aurait fait, et il se dépensa dans son art comme d'autres se noient dans l'alcool : en se trahissant presque.

Mercedes observait son fils aîné, satisfaite : il était sur la bonne voie. Celui-ci misait davantage sur le rendement que sur le rendu, ce qui fait que certaines œuvres perdaient des touffes de fourrure et qu'il n'était pas rare de glisser sur une bille, autrefois œil, tombée d'une tête. Toutes les pièces de la maison débordaient d'effroyables peluches qui vous dévisageaient où que vous alliez et sur lesquelles, surgissant de nulle part, vous butiez. La mort-musée.

Les élucubrations de Mercedes eurent aussi un certain succès auprès de Wendy, que la perspective de *guérir* excita beaucoup. Elle ne témoignait pas d'attachement particulier à sa condition, n'en faisait pas une fierté identitaire et, d'ailleurs, ses amis du centre des loisirs n'auraient, eux non plus, jamais dédaigné de participer à une telle expérience : lorsqu'elle leur promit de revenir, une fois *normale,* afin de les accompagner à leur tour dans un processus similaire, ils gloussèrent de hâte et de joie. Elle livra des bonbons aux patates à des personnes âgées, dont plusieurs diabétiques, et envoya ses dessins dans des prisons pour femmes. Elle fit du porte-à-porte pour vendre des boules de Noël fabriquées à la main avec les camarades de son atelier d'artisanat et servit du ragoût à la soupe populaire. Elle organisa un voyage de camping avec les enfants pauvres de Val Grégoire, même si, dans les faits, c'est plutôt Mercedes qui fut aux prises avec la logistique. Dans le journal de bord où on incitait Wendy à noter toutes ses avancées, sur la ligne qui indiquait « Ce qui me fait sentir que je suis en train de devenir normal(e) », Wendy inscrivait invariablement la même réponse, avec ses lettres bigarrées : « Ma mère le dit. »

À partir du retour durable de Willy parmi eux, Laurence avait abandonné les siens à leurs tares. Dès qu'il en avait la chance, il se faufilait dehors pour sortir des limites de la ville et marcher le plus longtemps possible en ligne droite dans les bois à essayer de se perdre (mais il rentrait toujours au crépuscule sans que personne se fût aperçu de sa disparition). Il avait dix ans et aurait tant souhaité, au détour d'un gros rocher atterri là, découvrir autre chose, d'autres personnes pas comme lui, pas comme Wendy, pas comme Willy, pas comme Mercedes. Pas comme une chose et son contraire, mais d'une sorte qui n'avait jamais existé à Val Grégoire.

Ses prières furent d'ailleurs exaucées lorsque, à la rentrée de cinquième année, il se lia d'amitié avec Louise et Marco. Alors que tout autour tanguait, les trois tenaient en équilibre sur la pointe effilée d'un long cône. L'un absent, leur trio ne subsistait pas. Lorsque Louise, par exemple, était tirée à la Plaza du monde par ses parents afin de distribuer des résumés de la Bible ou cloîtrée dans sa chambre, punie pour des broutilles que Mercedes, elle, considérait comme des « expériences formatrices » pour son fils (allumer des feux de broussailles, explorer la forêt la nuit, se baigner dans la rivière Hamilton), Marco délaissait Laurence, préférant assister ses frères qui remontaient des vieilles voitures.

Au début, lorsqu'il invitait Louise et Marco chez lui, Laurence craignait qu'un geste furtif ou un angle particulier d'éclairage suffise pour que l'un d'eux s'exclame : « Vous avez exactement le même clignement d'œil, ton frère et toi ! » Sauf que, une fois le choc initial entourant Willy dissipé, un autre malaise s'ajouta, beaucoup plus profond celui-là, et une ligne de démarcation se précisa à un endroit où Laurence ne l'attendait pas : Mercedes et Wendy, chacune à sa manière, lui apparurent soudain tout aussi incroyablement bizarres que Willy. La première se laissait guider en tout par son inassouvissable besoin de faire le bien coûte que coûte, et la seconde, par une effarante crédulité à l'épreuve des drames et de la souffrance. Laurence, lui, ne présentait aucune singularité et, s'il appréhendait le jour où il découvrirait l'étrangeté atavique qui lui était propre dans cette maisonnée à la mère ensorceleuse, au frère monstre et à la sœur crochue, il redoutait par-dessus tout que Louise et Marco ne la décèlent avant qu'il ait pu la leur dissimuler. Quelque chose se cristallisait dans la famille Calvette, et Laurence s'efforcerait jusqu'au bout de n'en pas faire partie. Jusque dans ses songes, la voix de Mercedes résonnait dans sa tête, sa belle voix claire et tranchante comme une lame : « Tu es bien trop jeune pour t'en faire avec la cruauté du destin, petit homme… »

Laurence n'aurait pas demandé mieux que d'être doté de cette candeur qui aurait tant fait le bonheur de sa mère, mais les siens ne semblaient dédiés qu'à l'affliger toujours davantage. À cet égard, après avoir ouvert le courrier négligé des dernières semaines, Mercedes pressa un matin Willy, Wendy et Laurence dans la voiture avec une ferveur presque démoniaque pour les traîner au mont Brun. « C'est fait ! qu'elle jubilait. C'est fait ! » L'approche de la Guérison par projets^MC se trouvait certes dans quelque bonne grâce de quelque haut fonctionnaire, là-bas, à Québec ou à Ottawa, car on accordait à Mercedes toutes les subventions imaginables pour qu'elle acquière l'ancienne station de ski du mont Brun, fermée depuis près d'une décennie, et y implante son eldorado nouveau genre : un centre de soins inspiré par la méthode Elizabeth Conan Parker.

Les lieux avaient été délaissés à toute vitesse avant l'arrivée des créanciers et les vestiges de l'époque de glisse étaient restés derrière. Avec ses laissez-passer à soixante piastres la journée pour dévaler une colline qui avait le simple mérite d'avoir gagné au jeu du roi de la montagne d'une région plate, l'entreprise n'avait pas fait long feu, surtout parce que son promoteur, mal informé des us et coutumes de sa clientèle cible, aurait dû savoir que, dans le coin, l'industrie de l'impotence aurait été plus lucrative que celle du sport. Au début, il y avait bien eu quelques clients, mais les plus téméraires s'étaient cassé le cou avec un empressement auto-destructeur, et lui, le malheureux, s'était cassé les dents.

Au pied des pistes, la cabine de contrôle de l'unique remonte-pente décrépissait peu à peu, et sa porte ne se refermait pas à cause du cadre crochi. Sur le mur, une mannequin plantureuse en maillot deux pièces sur une Porsche vous regardait, l'air de dire : « Reste encore un peu… » D'un luxe décalé par rapport aux habitudes de la région, l'ancien hôtel oblong semblait avoir atterri au bout du chemin comme un ovni dans un champ. Les adolescents de Val Grégoire avaient au fil du temps pris d'assaut le bâtiment désaffecté et l'avaient sauvagement détérioré. La salle à manger avait été investie par la fiente des oiseaux et celles des jeunes, dont une poignée n'avait de toute évidence rien trouvé de mieux à faire que de franchir près de quarante kilomètres pour aller chier sur la moquette orange. Des tessons de bouteilles et de fenêtres jonchaient le sol et des graffitis cochonnaient tous les murs. Les seize chambres avaient été laissées intactes – c'est ce que stipulait l'acte de vente –, mais il ne subsistait des meubles qu'un tas calciné de structures de lits rouillés et de ressorts de matelas, reliques d'une mémorable Saint-Jean de 1984. Au bonheur enthousiaste des bailleurs de fonds qui finançaient l'initiative de Mercedes, un homme était mort dans l'une d'elles, justement lors de cette fameuse nuit du 24 juin, et le prix de la transaction avait été, grâce à ce vice, aspiré à la baisse. Depuis les balcons, vus de l'extérieur, virevoltaient des rideaux abandonnés qui donnaient l'impression, quand on y jetait un regard furtif, que des spectres prisonniers des décombres brandissaient des drapeaux blancs pour demander l'armistice ou comme signal de détresse.

Les papiers n'étaient même pas signés que toutes les chambres prévues étaient combles et qu'une liste d'attente de vingt personnes avait été constituée, dont sept, en pleine santé, ambitionnaient en se croisant les doigts de tomber malades dans les prochaines années afin de bénéficier des soins de Mercedes au Centre Sur Pied Demain. Parmi les chanceux qui étrennèrent l'endroit, un maniaco-dépressif agoraphobe parqué là par ses parents qui souhaitaient le voir recouvrer ses moyens en cuisinant et en plantant des fleurs, annuelles ou vivaces, au soleil ou à la mi-ombre ; une centenaire qui croyait dur comme fer qu'on peut rajeunir « par projets » et qui démarrerait au mont Brun une bibliothèque, un insectarium, une serre, un potager, un jardin d'hiver, une émission de radio, un groupe de musique celte, un programme de survie en forêt pour aînés, une cuisine collective avec des enfants du primaire et un club de tricot – encore aujourd'hui, personne ne peut d'ailleurs affirmer avec conviction qu'elle est bien morte, celle-là ; une cancéreuse au seuil de la vie qui s'était convaincue qu'en lançant tout ce qui lui passait par la tête elle se libérerait enfin de ce refoulement qui avait commencé à lui gruger l'intestin grêle, et cette franchise nouvelle la rendait acariâtre et désagréable ; un type un brin efféminé qui mirait les autres gars dans le vestiaire de la polyvalente, envoyé au Centre sans plus de consultation par son père, un vieux fumeur conservateur convaincu que ça se change, *ces choses-là* ; une ronde et brillante brunette qui ne pouvait s'empêcher de s'enfoncer des aiguilles dans les bras et des pailles dans le nez, un bien terrible appétit qui ne la trouverait rassasiée que le jour où elle aurait un autre vide à remplir ; un frère et une sœur jumeaux cinquantenaires qui s'étaient fixé l'objectif de trouver ensemble, en thérapie, des moyens concrets pour s'affranchir de leur attirance mutuelle prohibée, mais qui dormaient dans le même lit et se lançaient des regards égrillards qu'il fallait s'efforcer de ne pas décortiquer. Et eux, surtout, eux, les Calvette.

Après quelques années de multiples et éreintants allers-retours entre le mont Brun et Val Grégoire, Mercedes fit l'annonce du déménagement à ses enfants par un triste jour de juillet 1991. Basta la maison de dentiste, basta la ville. « C'est une nouvelle vie qui commence », leur déclara-t-elle avec une voix chantante. Willy se réjouit du fait qu'ils seraient entourés d'animaux en permanence ; Wendy s'excita de l'aura d'aventure qu'on forçait à l'affaire et de la perspective d'accélérer sa propre guérison ; Laurence haussa les épaules, serra les poings en s'enfonçant les ongles dans les paumes et espéra en vain que les larmes qui lui étaient montées à la gorge se retireraient comme la marée. Mais ça ne partirait pas. Les éclopés du Centre, Wendy et Willy en particulier, étaient des sujets beaucoup plus intéressants que lui aux yeux de sa mère parce qu'ils réalisaient des *progrès*. Elle énumérait toutes leurs avancées en sous-entendant : « Et toi qui ne changes pas… » Elle aurait pourtant dû se réjouir : en l'arrachant ainsi à ses deux amis, Mercedes le confinait à une mélancolie et à une colère qui auraient fait jubiler n'importe quel adepte un peu vigilant de Conan Parker.

Laurence continua de côtoyer Louise et Marco, les jours de semaine surtout, mais aussi parfois les week-ends, lorsque la première se voyait accorder quelques heures de permission par ses parents. Sauf que le sentiment de liberté totale que leur amitié avait fait éclore ne survivrait pas à ce déracinement, en particulier parce que n'importe quel déplacement de Laurence impliquait que Mercedes doive le conduire à Val Grégoire. Le mont Brun ne lui laissant aucun répit, elle plongeait dans ses nouvelles fonctions avec furie et jouer au taxi ne relevait jamais de l'évidence, même lorsque la rentrée scolaire revint imposer sa routine.

Et donc survint ce jour de septembre 1991 où elle demanda à Willy de s'acquitter de cette tâche et où ce dernier s'en prit à Louise, qui disparut sans avertissement.

2

Durant un certain temps, Marco et Laurence tentèrent à deux de sauvegarder ce qu'ils avaient bâti à trois, mais ce qu'on appelle les *circonstances* ne les avaient pas seulement détroussés de Louise, elles les détourneraient aussi l'un de l'autre. C'est comme marcher les yeux bandés dans un champ de foin très long et très plat : on dévie à coup sûr.

Lorsqu'il était venu rejoindre Laurence, esseulé à la polyvalente, Marco avait fait son entrée par la grande porte, celle que ses frères avaient préalablement défoncée, et il avait vivement voulu vivre cette vie comme si elle lui avait appartenu. Marco avait bien essayé d'intégrer Laurence à son cercle de minables mutins, des gars qui se pavanaient avec des couteaux Rambo à la ceinture et qui rentraient à la maison en courant à temps pour souper afin de ne pas inquiéter leurs mères, mais Lolo passait pour complètement inadapté, il laissait s'étirer d'abrupts malaises qui donnaient froid dans le dos. Il faisait figure de grande échalote mal préparée à l'âge ingrat, avec ses longues jambes, ses mains dans les poches, ses pieds traînants : il jouait au soccer sans toucher au ballon ; il prenait part à des expéditions de VTT sur des chemins rocailleux et grelottait toute la journée, à l'arrière de la machine conduite par Marco ; il avait fumé du *pot* deux ou trois fois et déliré, de soliloque en soliloque, sur différentes théories de fin du monde, lui qui ne parlait jamais. La loyauté aidant, ce comportement atypique faisait rigoler Marco de bon cœur. Alors que ses congénères prenaient de la mescaline pour faire leurs durs, Laurence s'obstinait à être inlassablement souffrant, admirablement persévérant, et ce, sans aide extérieure pour passer au travers, convaincu que les autres ne connaissaient pas ce que c'est que d'aspirer à mieux. En attendant que ce « mieux » advienne, il ruminait en silence, en observant son visage se boursoufler d'acné et se creuser de cratères.

Physiquement, Marco, lui, s'était rapproché en vieillissant de l'idéal des filles de Val Grégoire. Laurence était complètement chamboulé par cette lueur remplie de promesses dans les pupilles de son copain quand celui-ci, décidé à asseoir sa propre réputation, inventoriait ses conquêtes amoureuses et détaillait ses prouesses devant une bande de gars abasourdis. Laurence se retenait fort pour ne pas baisser le regard. Heureusement, cette pudibonderie, comme tout ce qui ne tournait pas rond chez lui, n'indisposa jamais Marco, qui le gratifiait d'affectueuses tapes sur l'épaule, tout attendri par cet ami trop pur pour s'intéresser aux réjouissantes possibilités offertes par son pénis.

C'était presque faux : lorsqu'il était seul, Laurence s'autorisait parfois à se représenter à quoi s'adonnait Marco avec Marie-Ève Pincourt dans la carrière abandonnée, ou avec Julianne Duguay dans l'ancien golf, ou avec Stéphanie Parsley au sous-sol, chez elle, et il était saisi de vertige et c'était gros et c'était fort et c'était vrai et ça jaillissait de lui comme un nouveau big bang. C'était disparaître un peu, enfin.

Il en avait d'ailleurs bien besoin, disparaître de temps en temps, puisqu'il avait été dressé à ne savoir rien faire d'autre que de prendre soin de tout le monde, s'offrant entier aux rémissions de plus mal en point que lui, le ventre serré par la misère d'autrui, jamais la sienne. Au mont Brun, il cuisinait, faisait la lessive ou torchait les résidents ; lorsque, taciturne, il se contentait de simplement leur tenir compagnie, présence rassurante et immobile, on ne distinguait plus qui prenait soin de qui. Toujours en vaine attente de remerciements, il devint indispensable pour Mercedes et compagnie, et un brin acrimonieux. Il contractait les mâchoires et ne savait pas dire non, des « d'accord » partout où sa voix portait, mais des soupirs à la fin des phrases. Il s'enflammait, seul, en rêvassant à cette vie où il ferait enfin bien ce qu'il voudrait.

En attendant, même son temps libre lui était confisqué. Wendy le tirait sur le remonte-pente, ils se collaient en dessous d'une couverte de laine et Laurence lui racontait plein d'histoires du mont Brun. Elle le retenait de partir même lorsque leurs fessiers étaient complètement engourdis d'avoir été trop assis. Elle ne se lassait pas de monter-descendre, s'ébaubissait chaque fois que ses pieds se détachaient du sol, c'était pour elle comme voler, elle continuait d'espérer le jour où sa peau toucherait finalement au bleu. Parfois, Laurence parvenait à se glisser incognito dans l'air frais du très petit matin et passait la journée dehors, comme jadis, lorsqu'il était encore enfant. Il empruntait d'abord les jolis sentiers sillonnant les pistes principales du mont Brun, progressivement envahies par les hautes herbes et de grands arbustes, puis pénétrait dans les denses futaies, escaladait à toute vitesse des parois abruptes et dégringolait en courant jusque dans des vallons verdoyants qui dévoilaient sans prévenir, sous des conifères austères, d'étonnantes charmilles de fleurs délicates et roses au milieu d'un champ de cocottes gluantes. Il restait attentif aux sons changeants de la nature : les écureuils faisaient claquer les deux billes de verre qu'ils avaient dans le fond de la gorge et les grenouilles sifflaient dans leurs flûtes aiguës pour l'avertir de la pluie imminente bien avant que les cumulus s'agglutinent en pain noir-mauve. Laurence connaissait la forêt, et la forêt ne lui voulait aucun mal, un contraste saisissant avec l'opinion qu'il se forgeait peu à peu sur la race humaine : ce qu'il découvrait des gens, il aurait préféré ne l'avoir jamais appris. Forcé d'assister jour après jour et sans rechigner au spectacle de la guérison anticipée de Willy, il n'avait jamais dénoncé ce que son frère avait fait subir à Louise, préférant blâmer Mercedes qui demeurait aveugle aux écueils de son approche. Mais par-dessus tout, cette volonté de leur mère de rendre Wendy comme tout le monde et, advenant que ces théories fonctionnent, d'imposer la lucidité souffrante à un être qui n'en demandait pas tant (ou si peu) lui apparaissait comme le traitement le plus cruel qu'on puisse infliger à quelqu'un.

À Val Grégoire, tout ce qui se ragotait depuis toujours concernant Mercedes était narquois ou méprisant. On avait longtemps parlé de son œuvre comme d'une petite chose inoffensive et on abusait hypocritement de sa bonne volonté pour se faire laver les dents sans se vider les poches. Au grand désarroi de Laurence, cependant, à mesure que le temps passait, force était de constater que le Centre avait de réelles retombées et constituait une ressource exceptionnelle pour les proches cacochymes dont les Valgrégois refusaient de s'occuper. En quelques années, le désespoir des habitants de la région s'était mué en spiritualité de bas étage et Mercedes réussissait désormais là où, à peine une décennie plus tôt, les Fowley avaient échoué – il avait suffi de placer la transformation de l'individu au centre du culte pour remettre la même culpabilité toute religieuse au goût du jour. Laurence regardait tout le monde d'un œil torve, presque vindicatif, pour signifier haut et fort qu'il ne croyait en rien par principe.

Fait rare dans un coin où les railleries l'emportaient à peu près toujours sur les épanchements, il arrivait de plus en plus souvent que le travail de Mercedes soit décrit en termes élogieux. Mlle Patenaude, par exemple, la professeure de français, demanda un jour de préparer un exposé oral sur un mal social qu'on pourrait enrayer chez « Madame Mercedes ». Les propositions varièrent, du bégaiement à la solitude des aînés, et égratignèrent les oreilles de Laurence. « L'anorexie », proposa Stéphanie Parsley, blême et rachitique, dans une stratégie avortée de braquer les projecteurs sur ce fléau en espérant que cela l'exonérerait de la réputation qui lui collait à la peau (et aux os) ; « La délinquance », marmonna pâteusement Bobby Rossy, le blanc des yeux rouge et scintillant, les poches pleines de papier à rouler et d'argent et les mains tachetées de peinture en aérosol ; « La violence conjugale », s'enhardit Marielle Chénart, qui habitait avec ses trois sœurs et leur mère dans une place plus ou moins secrète appelée Institutionn'ELLES depuis un soir de brume, huit ans plus tôt, duquel la mère avait émergé le visage bleui.

Laurence refusa carrément de se prêter au jeu. Il détestait tous les mensonges qui servaient de socle à l'aventure de Mercedes : les réhabilitations surfaites, les théories fabriquées de toutes pièces et, surtout, l'abnégation dont elle se revendiquait. Cette dernière avait beau s'être convaincue de vouloir charitablement répandre le bien, Laurence savait pertinemment qu'elle avait l'âme beaucoup trop affamée pour se tourner vers autrui sans arracher des bouchées au passage. Dans un acte de rébellion sans précédent, il garda la tête couchée sur son bureau lorsque Mlle Patenaude l'invita, son tour venu, à s'exprimer sur le sujet. Il aurait pu rester à la maison pour s'éviter ce moment, mais il avait décidé de prendre son courage à deux mains afin d'exercer son droit de parole dans le plus ostensible silence. Mlle Patenaude insista un peu en appelant son nom, mais Laurence maintint son front aimanté à son pupitre et quelqu'un s'écria que Mercedes avait beau guérir à peu près tout, elle ne pouvait rien contre le fait que son fils était un « crisse de sauvage ». Toute la classe s'esclaffa et Laurence se sentit rougir, le sang lui remonta dans les boutons, qui se gonflèrent jusqu'à être près d'exploser. En outre, le caractère politique de son geste passa complètement inaperçu puisque Mlle Patenaude vint le trouver à la fin du cours pour s'excuser de l'avoir placé dans une situation où il devait complimenter sa mère devant tout le monde et elle s'engagea à ne pas le pénaliser pour son comportement.

Si au moins cette fâcheuse manie de glorifier Mercedes s'était limitée à l'école, Laurence, peut-être, se serait tu, comme d'habitude, et rien de ce qui suivit ne se serait produit. Sauf que 1993 était une année électorale, et les appuis du maire Desfossés, selon ce qu'on décodait des bruits de corridors, s'étiolaient, lui dont les problèmes conjugaux faisaient dévier la campagne et détruisaient la ville à petit feu. Son adversaire principal, particulièrement coriace et effronté (mais qui était donc ce type qui osait se présenter contre un Desfossés ?), avait dénoncé son incompétence en matière de gestion et s'était indigné, dans une harangue devenue célèbre, que Desfossés ait trouvé le moyen de mener le seul moulin de cette région, pourtant de bois constituée, à la faillite. Son allocution s'était terminée avec la formule désormais consacrée : « Toute ça pour une histoire de foufounes ! »

Jean-Marc Desfossés, jamais aussi pugnace que lorsque contrarié, voulut reprendre le contrôle de la situation et organisa à la va-vite une opportuniste cérémonie en hommage à l'œuvre de Mercedes Calvette, une des seules réalisations à avoir été mises sur pied durant son règne à toujours tenir debout. La principale intéressée se fit prier un peu, ayant encore sur le cœur la fois où monsieur le potentat avait décrété le règlement municipal qui avait mené à l'exécution des bêtes de Willy. Malgré tout, il était évident pour Laurence que sa mère, assoiffée de reconnaissance, finirait par accepter l'offre de sanctification qui lui était faite.

Le maire Desfossés confisqua leur local aux Chevaliers de Colomb, un samedi soir de surcroît, et fit venir des sympathisants, quelques partenaires, ainsi que les deux journalistes que comptait Val Grégoire. Marco était le seul de ses fils présents et, avec Laurence, ils virèrent les yeux durant une bonne partie de la veillée avant de s'apercevoir qu'ils pouvaient sans être trop dérangés piquer des œufs à la diable dans le buffet et boire des cannettes de bière derrière le bâtiment. Marco fuma un ou deux pétards et ils ne se dirent pas grand-chose. Laurence se souviendrait de leur dernière soirée ensemble avant le conflit qui les diviserait comme somme toute assez banale.

Le père de Marco prononça un discours bâclé sur l'importance économique d'une ressource comme le Centre et sur le génie de la formule, qui permettait de sous-traiter les soins des laissés-pour-compte en ne faisant pas appel au système public, avec ses syndicats vindicatifs, ses fonctionnaires tatillons et ses protocoles volumineux. Fin stratège, il avait tout planifié, il avait même commandé au club bricolage du centre des loisirs une médaille en pâte à sel qu'un petit trisomique aux cheveux roux avait fabriquée. Sur les unes du *Courrier Hamilton* et de *L'Écho de Val Grégoire* où elle apparut dans les jours suivants, Mercedes arborait justement l'objet, flanquée à gauche de Wendy, à droite de Laurence.

Les copains de Marco, qui donnaient pourtant l'impression de ne s'intéresser qu'à leurs glandes séminales, survinrent, enthousiastes, à l'école avec, en main, la couverture d'un des journaux déchirée négligemment sur un rebord de table.

– C'est toi ! s'exclama l'un d'eux.

– Ouin, pis ? répondit Laurence abruptement, tête sèche de caisse populaire.

– Ben… c'est cool ! insista un autre au bout d'un petit moment, bien décidé à prouver à Marco qu'il savait, lui aussi, entretenir la conversation avec cet étrange ami d'enfance.

– Non. C'est pas cool, le corrigea Laurence, dont la langue accumulait depuis trop longtemps des crampes et du ressentiment ; déliée, elle ne se tairait plus. C'est de la frime.

Les autres figèrent, interdits, et prirent l'allure ridicule des mannequins de plastique de la boutique d'équipement de sport de la Plaza du monde qui amassaient la poussière dans la même vitrine depuis le milieu des années 1980. Marco avait un air amusé et, Laurence en aurait la certitude lorsqu'il se repasserait la scène par après, un brin admiratif.

– Ma sœur *est* mongole, ça va pas changer. Et pis mon frère… Mon frère, c'est un violeur.

À ces mots, Marco se crispa, mais Laurence ne le remarqua pas. Un des gars eut un regard perplexe.

– Tu me crois pas ? fulmina Laurence. Y a mis Louise enceinte !

Il aurait peut-être fallu que Marco démente immédiatement l'information pour que la nouvelle ne finisse par se répandre à Val Grégoire, mais il n'avait jamais été bon pour garder son calme ou pour faire semblant. Il rentra les épaules, le visage tremblotant de rage, « T'es donc ben tata, Lolo ! », et confirma en les condamnant les dires de ce dernier. C'est donc ainsi que ce qu'on appelle les *circonstances* les éloigna presque pour de bon, Marco désormais convaincu du manque de loyauté de Laurence ; Laurence décidé à coudre sa grande trappe avec de la broche pour la fermer à jamais.

Pour la petite et la grande histoires, le maire Desfossés perdit ses élections quelques semaines plus tard, défait par son impétueux adversaire vendeur d'assurances. On accola à l'échevin fraîchement plébiscité, pas plus propre, cela dit, que ne l'avaient été ses deux prédécesseurs, un surnom un brin méprisant, le maire Nouveau, et on aurait peine pour toujours à se souvenir de son vrai patronyme.

C'est peu de temps après ce changement de garde politique que Val Grégoire fut mise au courant des déboires d'Elizabeth Conan Parker. La crédibilité de la maîtresse à penser de centaines de milliers d'Américains était entachée par des documents qui remettaient en question un élément clé de sa biographie : la communicatrice serait née en Ohio plutôt qu'au Kentucky. Depuis le début de sa carrière médiatique, Conan Parker avait pu compter sur le témoignage d'un éminent obstétricien qui avait supposément accouché sa mère et suivi le poupon hydrocéphale tout au cours de son long processus de guérison. Comme on détenait maintenant des preuves irréfutables que ce médecin n'avait jamais pratiqué ailleurs qu'au Kentucky, la possibilité que Conan Parker fût effectivement née en Ohio menaçait de faire s'écrouler l'édifice complet de sa théorie. En manque de fonds pour financer ses multiples démarches judiciaires, elle doubla les cotisations d'adhésion de ses disciples partout dans le monde et ajouta de nouvelles étapes d'homologation, toutes plus coûteuses que les précédentes. Comme les autres institutions prônant la Guérison par projets^MC^, le Centre Sur Pied Demain devrait bientôt revoir ses tarifs, et les résidents, pris à la gorge, seraient forcés de le quitter les uns après les autres. Mais tout cela adviendrait plus tard : pour l'heure, c'était le monde de Laurence qui s'écroulait, et c'était aussi tragique que libérateur.

Il exigea qu'on cesse de l'appeler Lolo ; pour sa mère, pour Wendy aussi, pour tout le monde, il serait désormais Laurence. Une distance raisonnable. Laurence, c'était son nom de naissances – avec un *s*, puisqu'il en eut deux. Il installa un loquet sur sa porte de chambre et même Wendy n'y eut plus accès : punir sa sœur pour punir leur mère pour punir leur frère. Elle laissait s'écouler les heures, affalée sur le seuil, à gratter le plancher, un chiot en sevrage.

– Lolo, pourquoi tu viens pas faire un tour de *chair lift* avec moi ?

Il protestait sur un ton cassant qu'on ne lui connaissait guère et c'était bon d'être enfin quelqu'un d'autre :

– Mon nom, c'est Laurence ! Quand est-ce que tu vas te rentrer ça dans' tête ?

Cet été-là, excédé par les impostures de Mercedes, il eut le cruel et surprenant élan de révéler à sa sœur que les feux d'artifice du 1er juillet n'avaient jamais été organisés en l'honneur de sa fête. Wendy l'avait regardé de haut en bas, les yeux paniqués, et avait répondu, s'agrippant à ses rassurantes croyances anciennes :

– Franchement, ça aurait pas d'allure de faire toute ça juste pour un nom de pays !

Puis elle avait viré les talons à toute allure pour éviter d'entendre sa réplique.

Quelque chose s'était brisé en Laurence en même temps qu'il avait dénoncé Willy et éventé le secret de Louise, une valve peut-être, et il ne se retiendrait plus. Juste pour tester, il lançait « Je t'haïs » à Mercedes, depuis l'autre bout du corridor, et celle-ci, pas ébranlée une miette, répliquait sur un ton d'une bienveillance dégoulinante : « C'est normal, c'est l'adolescence. » La haine que Laurence venait de lui jeter à la figure, juste pour s'exercer à ressentir ce que ce serait d'être libre pour vrai, devenait réelle quelques instants ; ça coulait comme de la lave dans ses veines et c'était aussi douloureux que bon. Il aurait sans doute suffi qu'il commette une tentative de suicide pour obtenir la considération sincère de sa mère, mais, en attendant qu'un travers ne vicie un peu son benjamin, Mercedes se dépensait sans compter auprès d'âmes plus amochées. Des âmes au contact desquelles on tombe invariablement malade.

Elle se découvrit d'ailleurs une bosse sur le sein droit en juin 1994. Le diagnostic lui fut confirmé quelques semaines plus tard par un oncologue qui accumulait ce genre de verdicts comme autant de trophées de chasse. Un matin, Mercedes rassembla les résidents du Centre et ses enfants, qu'elle n'avait pas cru bon de prévenir avant.

– J'ai le cancer, annonça-t-elle comme on liste les ingrédients d'une recette. Les seins – les deux –, le foie, le pancréas, ça fait quatre.

Elle refusait tout traitement médical et semblait dire : « On s'occupera enfin de moi. » Puis, avec un enthousiasme que Laurence jugea déplacé, Mercedes fit part à l'assemblée du projet de guérison qu'elle caressait pour elle-même : la boulangerie. Alors que tout le monde autour accueillait la nouvelle avec autant de cérémonie que s'il s'était agi d'une grossesse, Laurence absorba le choc dans un coin en crispant les mâchoires.

Tant qu'on s'en était pris à d'autres, il avait consenti à jouer le jeu : il avait accepté de se consacrer à des malades pour le moins farfelus, il avait accepté de guetter les couilles de Willy pendant qu'on faisait semblant qu'il réfrénait ses ardeurs, il avait accepté de divertir Wendy en camouflant cela derrière un processus thérapeutique. Mais il s'opposerait à cette ultime lubie : pas sa mère. Il avait trop besoin d'elle.

Il protesta :

– Ça marche même pas, ton affaire !

Mercedes fit mine de ne pas comprendre ses récriminations et le sermonna en articulant lentement :

– C'est normal que tu sois inquiet, mais si on veut que ça fonctionne, il faut rester positif.

Laurence releva les yeux.

– Mais tu vas mourir…

Mercedes, d'un calme glacial, lui saisit le visage de ses longs doigts effilés, jeta son regard dans le sien, c'était un regard étonnamment aimant.

– *Tu* n'as pas fini de faire le bien, Ti-Loup… Ça va prendre quelqu'un pour s'occuper de Val Grégoire quand je serai plus là.

Laurence éclata en sanglots, morva, « Touche-moi pas ! », son nez coulait, ses larmes plein la gorge, il songea qu'il n'avait pas pleuré depuis sa naissance. Il se garda d'ajouter quoi que ce soit, mais ça signifiait : « Je n'y participerai pas, je ne serai pas celui qui te tuera. »

Durant les semaines qui suivirent, Mercedes n'insista pas pour qu'il lui adresse la parole. Elle chargea Wendy de lui porter son souper à la porte de sa chambre et ne lui demanda pas une seule fois son aide avec les résidents du mont Brun. Elle faisait semblant d'accepter la distance qu'il imposait entre eux, mais elle ébauchait en parallèle des plans bien précis pour lui. Un matin, Laurence trouva sur la table de la cuisine un dépliant du programme collégial de soins infirmiers offert à Val Grégoire.

L'été passa ainsi, Laurence recroquevillé et blême, attendant impuissant que la mort advienne. Puis en octobre 1994, Val Grégoire eut droit à la visite-surprise de Louise, Louise Fowley, après trois ans d'absence.

Cette créature de songes, enfermée à double tour dans des archives que plus personne ne consultait, revint montrer ses dents, tout sourire, enfuie d'un voyage scolaire à Québec, buissonnière comme jadis, une fugue rapide, vite, vite, vite, il faut faire vite. Louise s'était muée en jeune femme, se mouvait comme une reine de partout, était devenue gigantesque, parvenait à ses fins. Le regard de Marco s'était rivé sur elle au milieu de la cafétéria pour n'en plus se détacher, sous peine de perdre l'équilibre, et Laurence conclut qu'il existait encore des raisons d'espérer : une cavale à trois. Louise constituait une chance exceptionnelle de raviver leur amitié forte d'amour, aux trois, en particulier celle, mise à mal, de Marco et lui. Toute trace d'hostilité avait disparu chez Marco, qui garda secrètes les indiscrétions de Laurence.

Fidèles à leurs habitudes, Louise et Marco voulurent à tout prix qu'on les remarque et le cérémonial de leurs retrouvailles s'étira. Ils déambulèrent, tonitruants, parmi les tables de la cafétéria jusqu'à la sortie, tirant avec eux Laurence, figé à la fois de fierté et de pudeur. Arrivés aux grandes portes aux vitres sales qui menaient vers le large, ils sortirent dans l'air jaune qui les entoura d'un large halo de la lumière crue du jour. On aurait pu penser qu'ils étaient morts et que le corridor de l'école débouchait sur le paradis, mais ç'aurait été bien mal les connaître : c'est l'enfer qui les attendait à coup sûr, ces trois-là.

3

Dès qu'elle avait chu là où elle pourrirait durant quatre ans, la vieille Plymouth avait constitué une source de honte pour l'encore maire Desfossés, symbole de son incapacité à mater le crime et à insuffler le moindre sentiment d'appartenance pour leur ville dans les tripes de ses futurs commettants. Jordan Baron, enfui, était parvenu à narguer le monarque plus encore que s'il avait officié dans les destinées criminelles de Val Grégoire à la petite semaine. Froissé dans son orgueil, le maire Desfossés avait au début décidé de ne rien faire et de simplement laisser la vieille voiture dans les bois en se convainquant qu'on en oublierait l'existence. Sauf que la jeunesse oisive ne trouva pas de meilleur endroit pour errer, et les adolescents s'y rassemblaient par dizaines, certains soirs, juste pour vivre un peu. Certains, plus candides, jouèrent au frisbee avec les enjoliveurs ou gravèrent leurs noms sur la carrosserie, « Carole aime Stéphane » ou *« Marie-Ève was here »,* mais la vieille Plymouth devint surtout un lieu de perdition pour les plus dissolus. Ils sniffèrent l'essence et l'huile, puis fumèrent le sent-bon en forme de sapin et planquèrent leurs revues pornos dans la boîte à gants, qui débordait désormais de papier glacé humide rongé par les mites. Un châtain présomptueux se flamba inopinément les tibias au troisième degré en bourrant le tuyau d'échappement de feux d'artifice afin qu'ils fusent à l'horizontale, et de jeunes écervelés escaladèrent l'automobile et y sautillèrent, puis sautèrent à pieds joints jusqu'à en défoncer le toit. Depuis lors, l'intérieur déjà cradingue de la Plymouth était d'autant plus sinistre que deux imposantes plaques de tôle affilées brandillaient au-dessus des sièges avant.

Mais ces rassemblements polissons et les malencontreux débordements qu'on imagine aisément ne suffirent jamais à convaincre le maire Desfossés de débarrasser le sous-bois Cartier de cette épave durant son règne et il quitta le trône massif de son bureau de l'hôtel de ville, la queue entre les jambes, en laissant cet encombrant héritage au milieu de la forêt. C'est plutôt la grogne populaire qui en viendrait à bout lorsqu'une pourtant déjà vieille histoire réémergerait dans les chaumières de Val Grégoire : le viol de Louise Fowley.

Après que Laurence se fut ouvert la grande trappe, il fallut un an pour que le secret de Louise s'ébruite dans toute la ville. D'abord contenu aux cercles restreints de quelques garçons pubères, il se répandit parmi leurs frères aînés, pas mieux préparés que les plus jeunes aux sentiments contradictoires que leur voracité avivait en eux. Tous se mettaient une main sur la bouche, l'autre dans la poche du pantalon, et émettaient un oh ! mi-scandalisé, mi-goguenard, le fond de l'œil brillant. En l'espace de quelques semaines, leurs langues sales avaient léché tout ce qui goûte et qui colle au palais, et la nouvelle avait doucement cheminé jusqu'aux filles, qui avaient haussé les épaules, pas trop surprises : il n'était pas tellement étonnant que La Petite Sale ait vécu à treize ans ce qu'elles avaient elles-mêmes presque toutes subi dans les années qui avaient suivi.

À la fin, l'*événement* était rapporté comme une anecdote au sein de la jeunesse valgrégoise, qui continuait de se désopiler avec l'énergie du désespoir aux environs de la vieille Plymouth, et c'est sans doute parce qu'ils cessèrent de faire gaffe, tant il était banal, que le récit parvint aux oreilles de leurs mères. Celles-ci s'indignèrent qu'on n'ait pas encore enlevé ce maudit char de là, quatre ans après que des cambrioleurs l'y eurent fait choir. La frustration monta d'un cran. On fit circuler une pétition, près de cinq cents noms en trois semaines, et on la présenta au conseil municipal, par un premier soir de tempête hâtive, en novembre. Monsieur le maire Nouveau, même s'il fut sincèrement heureux de pouvoir marquer un coup qui le distinguerait enfin de ses prédécesseurs Desfossés, n'était en réalité pas bien différent d'eux et il n'aimait pas se faire dicter la manière de gérer sa municipalité. Il esquiva sur un ton de reproche : « Comment voulez-vous qu'on aille là-bas avec de la neige jusqu'aux genoux ? Dès que le printemps reviendra, on va s'en occuper ! Mais d'ici là, surveillez vos enfants, Seigneur ! » Il faudrait donc attendre six mois.

C'est en entendant cette histoire que Laurence, requinqué par le bref et inattendu retour de Louise à Val Grégoire, eut l'idée d'orchestrer une réconciliation durable entre Marco et lui. Sortir la Plymouth Valiant 1976 de là. Aller rejoindre Louise. Se sauver vers Prince George et Le Baron. Se sauver avec Marco. Marco et Laurence vers Louise. Ramener Marco vers lui.

À Val Grégoire, on parvenait à merveille à ne pas remarquer que la ville fuyait de partout, même si on voyait la lumière du jour par les trous et que l'eau s'infiltrait jusqu'à tout aspirer vers le fond. Il se trouve sans doute des villes quelque part où, en apprenant ce qu'avait subi Louise Fowley, on aurait élaboré des campagnes de sensibilisation ou de prévention et où on aurait inculqué aux enfants les beautés sublimes du désir réciproque, il se trouve sans doute des villes quelque part où on serait allé chercher le coupable par le collet pour lui mettre le nez dans son pipi et où on aurait envoyé un clown avec des lapins en baudruche à la victime en guise de réparation… Pas à Val Grégoire, qui se dévoilait de nouveau dans toute sa splendeur : la seule solution envisageable, pour l'ensemble de la population, était de se débarrasser de la Plymouth, comme retirer une écharde.

Sans être en mesure de mieux développer sa pensée, Laurence estima que cette mission leur revenait, à Marco et lui. Il fallait un traitement choc pour secouer la torpeur ambiante et soulager Val Grégoire en entier du grand mal qui lui rongeait l'âme depuis toujours : s'enfuir pour lui permettre enfin d'entrer dans l'ère de la rationalité et faire mentir pour de bon les superstitions et les fausses croyances.

Laurence n'utilisa pas tout à fait ces mots-là avec Marco, de crainte que celui-ci le traite de « fille », une épithète qu'il avait pris l'habitude d'employer dans les dernières années pour désigner tout ce qui le déconcertait, le contrariait ou qu'il ne comprenait pas. Si par exemple la direction de l'école envoyait une note sur de nouvelles procédures à suivre en cas d'absence, si on lui refusait des cigarettes au dépanneur Vadeboncoeur en raison de son âge ou si une de ses conquêtes se révélait un tantinet trop jalouse, Marco s'exclamait invariablement : « C'est donc ben fille, ça ! » Dans sa bouche, cette appellation sonnait toujours comme une tare ridicule et rien ne faisait plus envie à Laurence que de préserver cette amitié béton qui avait bien failli être engloutie à jamais.

Marco qualifia la proposition de « géniale » et voulut immédiatement passer à l'action. Après l'inspection du véhicule, il s'enthousiasma, persuadé qu'il saurait remettre la voiture en marche. Au fil des ans, Marco avait beaucoup perfectionné ses compétences en mécanique. Les tondeuses et les *weed eaters,* les rasoirs électriques, les vieilles machines à boules et les juke-box, tout ce qui se démarre ou se part à la mitaine, puis qui gronde ou qui grogne, les trois-roues, les quatre-roues, les motos tapageuses, les cylindrées capricieuses, les *pickups* obèses, Marco les réparait tous, et pour pas cher. Ses clients survenaient chez les Desfossés à la tombée de la nuit, de gros et gras bonshommes baraqués, soucieux de ne pas être aperçus, trahis pour certains par leur camion qui faisait touf-touf et ameutait les chiens sauvages. Ce qu'il y avait d'humiliant et que chacun cherchait à cacher n'était pas tant sa propre ignorance des moteurs même les moins complexes, ni d'avoir à solliciter les services d'un adolescent, mais bien le fait que tous ses objets de valeur, achetés au rabais pour faire comme tout le monde, étaient sans exception de très mauvaise qualité.

Laurence ne souhaitait pas exercer de pression indue sur Marco, mais il lui demanda tout de même, sourire en coin : « Tu penses-tu que ça pourrait être prêt pour le 17 décembre ? » Marco (tout Marco juste pour lui) éclata de rire : 17 décembre, date du *party* de Noël annuel de ses parents, cette mascarade faste et polie où on servait du mousseux et des bouchées au fromage à la crème. L'image vint sceller leur plan une fois pour toutes : pendant que tous les dignitaires bas de gamme de Val Grégoire s'enivreraient au traditionnel banquet des Desfossés, Marco et Laurence disparaîtraient dans la nuit en quête de leur Louise. Marco hocha la tête : si le rafistolage suivait son cours, si la météo jouait son rôle et s'ils y travaillaient sans relâche, le 17 décembre constituait effectivement un objectif atteignable.

La Plymouth avait atterri là en dévalant une insurmontable côte poilue d'arbustes et, laissée sur place fonctionnelle par Le Baron et ses complices, elle gisait sous une futaie qui l'avait à peu près protégée des intempéries. La seule sortie envisageable pour le véhicule était l'étroit sentier qu'avaient foulé durant des années les pieds et les quads des adolescents venus y assouvir leurs violentes soifs. Une pente très douce d'environ cinq cents mètres séparait la voiture de la rivière Hamilton, que le gel transformerait en pont. À une trentaine de mètres à l'est, sur la berge opposée, une descente à bateaux artisanale, construite par des bateliers du dimanche, puis un petit chemin de terre de quelques mètres donnaient accès à la rue Principale, puis au monde entier. Il fallait donc prévoir le passage sur la rivière Hamilton. C'est cet aspect qui pouvait le plus retarder l'opération : il faudrait s'assurer que le passage était assez gelé pour qu'une grosse bagnole rouillée s'y étale de tout son poids. Lorsque la glace fut assez solide pour y marcher, Marco et Laurence dessinèrent le tracé à emprunter et dégagèrent la surface obstruée par des souches mortes.

À l'école, ils se rencontraient aux pauses cigarette. Marco charriait une odeur indistincte de nourriture de cafétéria, ça prenait au ventre et ça donnait faim. Laurence fumait sans naturel, la tête lui tournait pour toutes sortes de raisons. Les yeux dans les yeux ou tout comme, Marco expliquait les prochaines étapes et ils ratèrent plusieurs cours. Laurence ne connaissait rien aux autos, Marco lui montra tout. Ils charroyèrent huile et essence, levèrent la voiture avec un cric, changèrent les roues, lubrifièrent tout ce qui s'oxyde ou se fendille, remplacèrent les bougies et la batterie, tordirent la ligne des freins. Les mécanismes asséchés, corrodés des vitres les condamnaient à rester ouvertes, de petites fissures de quelques centimètres à peine. Afin de s'éviter de transporter du matériel de soudure jusque-là pour rafistoler le toit défoncé par quelques hurluberlus, les deux gars le colmatèrent en y scotchant une boîte de carton aplatie.

Parfois, quand Marco avait le dos tourné, Laurence s'étendait un peu d'huile à moteur sur les avant-bras pour rendre visible tout le cœur qu'il mettait à l'ouvrage.

– On va jamais se rendre dans l'Ouest avec ce char-là, hein ? s'inquiéta-t-il un jour.

– On va commencer par Montréal, pis après, on verra, répondit calmement Marco. Montréal, c'est le plus important. Une fois qu'on sera avec Louise, on fera ben ce qu'on veut.

Muni d'une scie à chaîne, Marco rasa quelques arbres pour élargir le sentier qui menait à la rivière et le mettre de niveau, tandis que Laurence dégageait les résidus du chemin. L'écho du tronçonnage ne les trahit pas, la voiture ayant été abandonnée en un vallon du sous-bois Cartier assez dense pour qu'on ne puisse identifier la provenance exacte du boucan. Les deux gars eurent la paix : à ce temps de l'année, les Valgrégois oscillaient entre leur sous-sol et leur camp de chasse, extirpés uniquement de leur état de léthargie devant la télé par l'idée érotique de manier leurs carabines et de dépecer une proie encore chaude.

Marco faisait fumer des joints à Laurence, lorsqu'ils ne se consacraient pas à leur mission, ou ils buvaient de la bière et brûlaient des bancs de parc. Une fois, une seule, Laurence avait osé demander à son ami pourquoi il n'avait pas opté pour la mécanique plutôt que pour la cuisine.

Marco avait levé un regard frondeur.

– Ça sert à rien, un diplôme…

Laurence aurait parfois voulu être plus crédule et gober tout ce qu'on souhaitait lui faire avaler, il lui semblait qu'on l'aurait aimé davantage. Marco, malgré les longs mois qui les avaient éloignés, savait encore reconnaître le scepticisme lorsqu'il scintillait dans les yeux de son copain et il n'eut d'autre choix que d'user de franchise.

– Ça me prendrait mon secondaire III, pis chus trop tata pour ça.

Un samedi particulièrement humide et bruineux, Laurence emprunta la voiture de Mercedes et ils roulèrent vers nulle part sans s'arrêter à travers des routes de terre cahoteuses. Marco, unique passager, répétait : « Me semble que ça faisait longtemps qu'on n'avait pas trippé ensemble », et ça faisait tout drôle à Laurence de s'imaginer que ce mot, *ensemble,* puisse correspondre à eux deux. L'autre moitié de la dyade portait un patronyme, Desfossés, qui envoûtait la ville au grand complet, mais son prénom avait été spécialement conçu pour être rabâché dans le cerveau de Laurence, Marco, du linge qui culbute dans une sécheuse, Marco, une ribambelle de lui reproduite à l'infini, Marco, le même rêve enflammé que la veille et l'avant-veille.

Lorsqu'ils étaient affairés autour de la Plymouth, Laurence chassait le silence en demandant à Marco ce qu'il aurait choisi : brûler vif ou mourir congelé ? Tomber d'un quarantième étage ou être enterré vivant ? Marco y allait toujours pour le plus rapide : le feu, la chute de haut. Laurence en rajoutait : être dévoré par un crocodile ou un requin ? Le requin. Être déchiqueté dans un robot culinaire ou écrasé par un rouleau compresseur ? Rouleau. Tremblement de terre ou tornade ? Tornade. Mille seringues ou mille coups de batte de base-ball ?

Seringues. Enculer un gars ou être enculé ? Marco leva un sourcil, prit un air dégoûté.

– Ni l'un ni l'autre !

– Mais si t'avais vraiment, vraiment pas le choix ?

Silence.

– Ben là : enculer, c'est sûr !

C'était bien ce que Laurence s'était figuré…

On vit apparaître les sapins de Noël et les décorations, la musique de circonstance se mit à jouer insolemment dans les haut-parleurs crépitants de la Plaza du monde, puis le soir du 17 décembre advint. Marco et Laurence étaient déjà là, au sous-sol chez les Desfossés, lorsque les convives s'échauffèrent, qu'ils se mirent à rire trop fort, qu'ils montèrent le volume pour entonner dans un grand vacarme la version de Ginette Reno de *L'Enfant au tambour*. Marco avait réservé d'abondantes assiettes et une bouteille de vin rouge pour Laurence et lui. Des parfums venus du rez-de-chaussée se mélangèrent en déboulant l'escalier jusqu'à eux, le vin les excita un peu, et Laurence fut secoué de partout, le bas-ventre électrique.

Il avait fallu patienter jusqu'à ce qu'il fasse nuit ; il était maintenant vingt-trois heures. Les deux adolescents abandonnèrent la fête qui battait son plein en prenant soin de vider tous les portefeuilles laissés dans les manteaux sur le lit de la chambre du fond. Munis de lampes de poche, ils marchèrent en espions jusqu'à la Plymouth, vestige sur le point de passer à l'Histoire. Même s'il était celui des deux qui n'avait pas de permis, Marco conduirait, cela allait de soi. Les deux gars se regardèrent, fébriles, et Laurence eut l'impression que les yeux de son ami brillaient de la même façon quelques instants avant de pénétrer une fille. Marco s'alluma une cigarette ; Laurence se plaça de manière à recevoir sa fumée dans le visage et à ce que ça lui rentre dans le nez. Un peu de Marco en lui.

Le moteur émit un toussotement rempli d'huile, puis démarra. Ils s'engouffrèrent lentement dans le noir du sentier, sans un mot, en grelottant : la chaufferette était vétuste. Le véhicule rebondissait à chaque racine que les roues percutaient, la suspension réduite à presque rien. Ils parvinrent à la rivière Hamilton sans trop de heurts.

L'été, les rives marécageuses de la rivière étaient envahies par les Valgrégois les moins dédaigneux venus s'y embouer les pores comme des gorets fuyant le soleil. Ceux qui avaient osé la franchir à la nage savaient que, malgré ses apparences placides, un chenal coulait puissamment en son centre. Les eaux affluentes y déboulaient pour aller se jeter en débâcle dans la rivière Betsiamites, au sud, elle-même assez vigoureuse pour fournir en hydroélectricité une bonne partie de la province. L'hiver, la glace n'était donc jamais très solide. Certainement pas assez, en tout cas, pour supporter, après pas même deux semaines de gel continu, le poids d'une vieille Plymouth Valiant 1976 toute décatie.

Un craquement sec et sinistre les surprit au milieu de la traversée. Marco mit cela sur le compte d'une poche d'air sous la glace et accéléra, mais la surface céda au même moment. Il éclata involontairement de rire ; Laurence pâlit. Le véhicule émit un grave bruit de succion et le froid vint leur mordre les pieds : l'eau s'infiltrait à toute allure par la rouille poreuse du plancher et les caoutchoucs usés des portières. Les deux gars tentèrent de les ouvrir, mais elles étaient comprimées par l'eau comme par une presse à ferraille, et les vitres bloquées ne permettaient pas de s'échapper. La seule issue était cette cicatrice de tôle au-dessus de leurs têtes, ce trou laissé par la jeunesse forcenée de Val Grégoire.

Marco arracha le carton qu'ils avaient collé au plafond et l'acier, scintillant et menaçant, tinta. Une gueule s'était ouverte, deux lèvres affamées. Marco saisit son sac et se hissa hors du véhicule avec prestesse, en ne regardant même pas Laurence. Celui-ci bondit à sa suite avec empressement, mais, alors qu'il se glissait dans l'ouverture, une des lourdes et tranchantes lames lui entailla le visage, un carcajou qui mord, un chacal qui attaque. Son œil se mit à pleurer à torrents et une douleur diffuse se déploya lentement. La voiture avalait de l'eau en produisant un glouglou saccadé, c'était un froid presque chaud dont Laurence n'aurait jamais soupçonné l'intensité.

Dans la lueur blême de la nuit étoilée, le jeune homme ne distingua pas ses larmes de son sang sur ses doigts gelés. Mais il y avait du sang, s'écoulant de son œil ou d'une encoche sur son front. Il n'eut pas le temps de s'affoler : d'un ton extraordinairement calme, une voix de lundi matin endormi, Marco lui ordonna de tendre les bras. Laurence tâta l'air et leurs mains entrèrent en contact ; Marco les lui saisit jusqu'aux coudes, il donnerait le signal.

Une seconde. Deux. Trois.

– *Go !*

Avec ses jambes complètement insensibilisées, deux stalactites, Laurence se propulsa de toutes ses forces et fut expulsé de son siège vers la sortie. Son élan fut toutefois freiné net à mi-parcours. La sensation était presque légère et provenait de son ventre : l'acier avait perforé son manteau, puis sa peau sur de longs centimètres. Un poignard mal affûté. Une éviscération bâclée. Ses entrailles anesthésiées par le froid.

En tirant, Marco avait été catapulté vers l'arrière et avait atterri à moitié dans la rivière, un plouf timide. Il cria quelque chose, puis revint vers Laurence qui ignorait désormais si son corps était accroché à la carcasse ou s'il flottait dans la voiture presque pleine. Il claquait des dents de manière incontrôlable.

– Je suis pris, je pense. Je sens rien, émit-il faiblement.

Sa propre voix, incapable de rendre compte de sa panique, lui sembla morte.

– Non, lâcha Marco, catégorique.

Il plaça une main sur le torse de Laurence, l'autre dans son dos, et mania son tronc pour le libérer de son emprise. Presque une caresse.

– Regarde, tu peux bouger…, lui fit-il remarquer en le retenant désormais par les épaules pour l'empêcher de caler.

Les membres de Laurence, engloutis dans la glace liquide et alourdis par ses vêtements mouillés, se mouvaient avec peine.

Il serait bientôt trop tard : l'eau lui léchait la poitrine et s'infiltrait à grande vitesse dans le véhicule par des interstices insoupçonnés ; la Plymouth prenait du poids et s'apprêtait à filer vers le fond comme un astéroïde. Marco ordonna à Laurence d'obéir et, dans un ultime effort, ils tentèrent encore de l'extirper de là. Même manœuvre : la tôle reprit exactement sa trajectoire et s'enfonça plus encore dans la plaie ouverte de son abdomen.

La tête de Laurence sortait du toit. De son seul œil ouvert, il aperçut le ciel clair de lune au-dessus de leurs têtes et cet abysse bleu-noir presque proche. Il jeta un regard vers Marco, debout à quelques centimètres de lui, son dernier paysage. Puis il ne le vit plus : un torrent d'eau lui mordit le visage avant de s'introduire à travers la brèche où il était hameçonné. Son corps effiloché.

La voiture, très vite, fut totalement immergée.

Au dernier moment, il crut sentir les doigts de Marco lui frôler l'épaule. Il tenta de les embrasser, eut la sensation de les toucher du bout des lèvres, aurait voulu les lécher, les sucer, emporter ce goût avec lui. Le goût de Marco.

Debout sur le toit de la vieille Plymouth, Marco plongea ses bras dans le liquide glacé une dernière fois. Ses mains ne touchèrent à rien, deux moignons engourdis. L'eau lui arrivait aux chevilles. Il sauta sur la glace, roula sur un mètre ou deux, loin du trou béant qui aspirait tout ce qui meublait l'obscurité vers les ténèbres de la traîtresse rivière Hamilton. La lune pervenche éclairait le ciel, la brise timide de la nuit morte agitait les branches nues. Couché là, Marco entendit un bruit rauque et étouffé : c'était lui-même qui bramait comme un animal blessé.

Il avait sauvé son sac. Il avait laissé couler Laurence, mais pas ses propres affaires, pas son sac, pas son portefeuille, pas ses vêtements de rechange, pas son paquet de clopes, qui étaient restées sèches, l'eau n'avait bouffé qu'une seule chose, et il avait fallu que ce soit Laurence. Il se rappela la dernière cigarette qu'ils avaient fumée ensemble, elle était encore allumée au moment où la glace avait fendu, Marco n'avait pas souvenir de l'avoir laissée échapper. Laurence et la cigarette sur le même pied, réunis par le même sort : perdus en chemin entre le siège et le toit de la vieille Plymouth. Marco tenta de se remémorer ce qui s'était produit depuis la glace qui craque et d'évaluer les possibilités de retourner à ce moment précis où Laurence était encore aussi présent que la cigarette, aussi présent que le sac, et où Marco avait encore le choix de ne sauver qu'un seul de ces éléments-là pour que ce ne soit pas le sac, mais bien Laurence.

Revenant à lui, il rampa jusqu'à la berge, ses articulations rouillées par le froid, puis il se dirigea vers un lieu sûr : le Dunkin' Donuts jouxté à la station-service. Dans les toilettes, il se changea. Dos au miroir, il remarqua une longue entaille qui lui partait du bas du cou et descendait jusqu'en haut des fesses. Tout à coup, parce que ses yeux lui donnaient vie, la blessure se mit à chauffer : une morsure de tôle. Son linge formait un tas mouillé sur le plancher carrelé ; Marco le ramassa et le jeta à la poubelle, dont le couvercle pyramidal à pivot tournailla en grinçant. Il maintint longtemps ses bottes complètement trempées sous le séchoir à mains. Même changé, il avait encore froid, il grelottait comme lorsqu'on fait semblant, ses lèvres bleuies par celles de la mort, embrassée à bouche que veux-tu. Il ne pouvait plus tarder : il se faufila dehors en tentant de ne pas se faire voir. Il ne lui vint pas un seul instant l'idée de tout abandonner. Il ne fallait pas déroger au plan qu'ils avaient élaboré, Laurence et lui. Montréal d'abord. Montréal. Puis l'Ouest du Baron avec Louise. Il avait seize ans et il avait peur.

Un homme de Forestville, venu visiter sa maîtresse à Val Grégoire, retournait chez lui après une soirée endiablée. La Gourmande projetait des obstacles à profusion devant la voiture pour empêcher Marco de s'enfuir de sa ville natale : une congère mal déblayée, une plaque de glace noire et tenace, un chevreuil pas trop peureux, cul sorti de la lisière du bois. Dès que Marco fermait les yeux, Laurence bondissait derrière ses paupières comme un petit gars qui veut faire sursauter sa vieille grand-mère cardiaque. L'aventure ne faisait que commencer et le paquet de papier à rouler où étaient inscrites les coordonnées de Louise était déjà tout chiffonné. Marco tentait d'en imprimer les chiffres et les lettres dans son esprit. Le conducteur roulait à vive allure, mais évita toutes les entraves, et Marco parvint à Forestville, sa première fois hors de tout ce qu'il avait connu. L'homme le salua avant d'aller se coucher.

Sur le bord de la 138, du matin naissant au matin qui s'essouffle, l'adolescent fit du pouce, mais les autos bondées de gens heureux à quelques jours de Noël vrombissaient devant lui comme s'il n'avait pas été là. Le fleuve ramenait ses bourrasques humides qui traversaient les vêtements jusqu'à la peau, et même en dessous. Ses genoux menaçaient de céder à cause du froid. Il aurait voulu ressentir juste un peu de liberté, même quasiment rien, rien qu'une seconde, mais Laurence ne le quittait pas, avec sa voix tordue et son souffle coupé. « Je suis pris, je pense. »

Pour l'instant, à Val Grégoire, personne n'avait encore remarqué leur disparition, à Laurence et lui. C'était dimanche et tout était au ralenti au lendemain du bal de Noël, mais bientôt, si on ne l'embarquait pas, ce serait la police qui viendrait le ramasser : même pas foutu de réussir sa fugue comme tout le monde.

Il était onze heures quinze lorsqu'une mini-fourgonnette comble d'une famille nucléaire se rangea sur l'accotement.

– Tu vas où ?

– Le plus loin possible, répondit Marco en évitant de mentionner Prince George.

– OK, rétorqua le père, heureux de se prêter au jeu. Nous, on s'en va à Godbout, si ça peut t'aider…

Marco haussa les épaules : Godbout lui convenait. Tout pour se réchauffer un peu, faire du chemin. Il s'assit sur ses pieds gourds et mouillés. Les parents n'avaient pas l'air d'adultes, les deux coiffés de rastas noueux et vêtus de manteaux en laine sale. Ils abordèrent Marco comme un ami. Ils n'insistèrent pas sur sa destination finale, complètement exaltés à l'idée que quelqu'un puisse *ne pas en avoir,* et ils profitèrent plutôt de sa présence pour raconter leurs années d'autostop en Amérique latine : ils s'y étaient rendus amis, en étaient revenus amoureux. Leur jeune progéniture avait les yeux vides de ceux qui ont entendu cette histoire mille fois ; Marco avait une vague idée de ce que pouvait être l'Amérique latine.

À Baie-Comeau, ils firent le plein. Pour calmer les trois enfants maussades, la mère étala sa collation santé comme s'il s'était agi de jujubes : une boîte de biscottes, un sac de crottes de fromage qui fait couic-couic, des noix et quelques pommes. Elle insista sur l'importance du partage et invita Marco à se servir, lui dont le ventre était troué par la faim. Ce n'est qu'alors qu'elle s'intéressa plus à fond aux plans de son passager. Elle fronça les sourcils en entendant qu'il souhaitait devenir professeur de ski et cueillir des fruits avec sa blonde. Marco crut qu'elle avait deviné, juste à l'étudier, que Louise n'était officiellement pas sa copine ou qu'il n'avait en vérité skié qu'une seule fois, jadis, au mont Brun, et que cette expérience lui avait infligé de sérieuses engelures aux orteils.

– J'ai un chum qui nous attend là-bas…, se défendit-il en pensant au Baron, même si le fait de mentir avec quelqu'un en tête ne rendait pas son mensonge moins faux.

– Mais… il est où, ton ami ?

La gorge de Marco devint sèche.

– Euh… ben… je sais pas… Dans l'Ouest… Faut qu'on l'appelle, rendus là…

– Mais tu sais qu'on s'en va vers l'*est,* hein ?

Marco hésita un instant, pas même certain de comprendre les conséquences d'une telle bourde. Les parents, désolés, lui payèrent un beigne à l'érable et un chocolat chaud avant de repartir dans un nuage blanc d'*exhaust* et de froid. Complètement vanné, Marco ignorait où il puiserait l'énergie de continuer, ressentait jusqu'au fond de son ventre, dans ses jambes et dans tous les replis de son cerveau qu'il avait dépensé toute celle de toute sa vie. À l'entrée de la station-service, il examina une immense carte routière encadrée par des demi-billots de bouleaux à la recherche d'indications pour la suite, mais il ne déchiffra rien.

Il regagna la route, déboussolé. Une fois seul, Laurence, qu'il avait réussi à oublier quelque temps, revint le hanter, avec des dents pointues et des yeux exorbités. Rebrousser chemin, repasser par Forestville et recroiser la Gourmande pour atteindre Montréal, avec Louise là-bas, lui semblèrent soudain des objectifs non seulement inatteignables, mais complètement vains *sans* Laurence. Il se rappelait bien entendu par où il était venu avec la famille à la mini-fourgonnette, mais il était incapable de concevoir de quel côté de la chaussée il fallait se planter pour atteindre ces destinations. Il promena son regard autour, tourna plusieurs fois sur lui-même, se tapa les cuisses en sacrant. La panique grugeait du terrain. Sa vie recommençait là, sur le bord de la 138, l'Ouest dans le fond de la gorge, les deux pieds vers l'est, menacé de pneumonie meurtrière par le fleuve qui sifflait-soufflait son haleine glaciale. Il fixait le bitume et les larmes montaient. Tout le monde savait qu'on ne s'échappe pas de Val Grégoire quand on y naît. Le Baron avait été l'exception à la règle ; Marco n'avait jamais été exceptionnel, dans rien, et il avait été bien imbécile de croire qu'il parviendrait, lui aussi, à s'enfuir. Il dormirait le soir même dans son bon vieux lit. Ou alors dans son cercueil.

C'est à ce moment qu'il fut embrassé par le premier et fondamental signe du destin, un signe qui tracerait le chemin du reste de son existence : dressé bien droit à quelques mètres devant lui, un camion s'était arrêté. Le chauffeur baissa sa vitre.

– Où c'est que tu t'en vas ?

Marco se ressaisit.

– Mes plans viennent juste de tomber à l'eau. Je vais où tu vas.

Sans attendre, il sauta dans l'habitacle. Dépendre de quelqu'un d'autre que de soi. Le bout de la route changeait de bord.

– Le Labrador, prononça le bonhomme.

Un sentiment incroyablement doux, celui que Marco s'imaginait depuis toujours être celui qu'on ressent lorsqu'on quitte Val Grégoire, se répandit dans ses tripes, pour disparaître aussitôt. Laurence. Marco comprit qu'il ne serait plus jamais tranquille.

Ouananiches IV

La première fois que la télévision nationale débarqua ici, c'était en 1988, à l'occasion de l'inauguration du Centre Sur Pied Demain. Les années 1980 battaient leur plein et Val Grégoire pouvait encore rêver à une Amérique qui lui ressemblait (ou l'inverse). Sur les images d'archives, Elizabeth Conan Parker, la fondatrice du mouvement de la Guérison par projets^MC, tout sourire, des ciseaux à la main, coupe un ruban tout ce qu'il y a de plus officiel aux côtés de quelques échevins locaux, dont le toujours en poste maire Desfossés junior, cravate nouée autour du cou. Mercedes Calvette, attifée d'un grand chapeau excentrique, déterminée comme d'habitude à attirer les regards obliques de nos parents, est accompagnée de ses trois enfants : William, gras et négligé, Wendy, proprette comme une fleur multicolore, et, dans le coin droit, Laurence, déjà trop grand, déjà trop pâle à dix ans, déjà presque complètement à l'extérieur du cadre.

Nous étions pour la première fois dignes d'intérêt. Devant les caméras, nous avons fait semblant d'avoir les ambitions des petites villes de province comme la nôtre, nous nous sommes imaginé que les téléspectateurs de tout le Canada nous envisageaient comme des êtres normaux, qu'ils jugeaient notre patelin avec un regard neuf et impartial – avec curiosité, peut-être, même. Lorsque nous nous sommes réveillés, de nouveau seuls sur notre bout du continent, quelque chose avait fait effet dans notre sommeil et nous étions à peu près fiers.

Pour sa deuxième visite, en 1994, la télévision nationale n'était toutefois plus là pour rapporter l'initiative inspirante d'une adulte fantaisiste dans un reportage positif de fin de bulletin de nouvelles, mais bien pour couvrir la disparition de deux jeunes de notre âge, en l'occurrence Marco Desfossés et Laurence Calvette. 1988 nous avait donné l'impression d'appartenir au monde, mais le choc de 1994 fut encore plus salutaire : nous avions enfin une occasion de croire que le monde nous appartenait. Marco et Laurence étaient libres.

Avec tous les étourdis et les gueulards qui ont peuplé notre bled au fil du temps, il demeure encore assez inconcevable que ce soit sur Laurence Calvette que les journalistes du pays aient braqué leurs caméras les deux seules fois où notre mère patrie a fait un peu de bruit au Canada, alors qu'il avait toujours brandi sa timidité de manière quasiment ostentatoire. Il s'en trouvait bien sûr parmi nous de plus timides et de plus muets, certains parce qu'il ne leur restait plus qu'une ou deux cellules après une commotion cérébrale ou des excès de mescaline, d'autres parce qu'ils craignaient trop notre intransigeance collective et que l'expérience leur avait appris qu'un seul mot de travers pouvait les ostraciser à jamais. Mais Laurence, lui, donnait l'impression de se taire pour éviter d'ajouter sa voix au gâchis ambiant.

Durant les fêtes, cette année-là, la rumeur s'était égosillée à répandre leur fugue et nous nous étions mis à fantasmer sur une photo d'eux reproduite sur les pintes de lait à la grandeur de l'Amérique du Nord. On rapportait que leurs garde-robes avaient été vidées de leurs affaires personnelles, ce qui laissait deviner la préméditation. Leurs ombres avaient rampé dans les corridors vides de la polyvalente, nous avaient visités dans notre sommeil, avaient éteint toutes les lumières de Noël de toutes nos maisons décorées ; même absents, ils restaient fidèles à leur habitude de faire parler d'eux. Leur défection, rapportée comme n'importe quelle nouvelle d'importance par nos téléviseurs surchauffés, nous procura à tous une vive sensation de délivrance que nous n'avons plus jamais éprouvée avec une telle intensité depuis.

En janvier, la direction de l'école avait improvisé une rencontre pour discuter de fugue et de mort et de deuil et de détresse adolescente et d'isolement et de suicide : à défaut de certitude, on avait ciblé le plus large possible. Cette initiative permit au moins aux adultes de se rassurer sur le fait qu'ils avaient instauré les mesures nécessaires pour éviter quelque épidémie parmi nous.

La télévision nationale diffusa leurs photos en boucle jusqu'à Noël et on vit leurs noms, Marco Desfossés et Laurence Calvette, défiler au bas des écrans pendant *Ciné-Cadeau.* Elle aime quand ça pleure, la télévision nationale, mais elle préfère quand ça a une fin – qu'elle soit triste ou heureuse, d'ailleurs. Sauf que cette énigme se résolvait beaucoup trop lentement à son goût et elle avait fini par se fatiguer. Dans les faits, il lui aurait fallu attendre jusqu'au printemps, une éternité quand on a soif d'émotions comme elle. En avril 1995, en effet, comme promis l'automne précédent sous la pression populaire, le maire Nouveau envoya des employés municipaux dégager la Plymouth Valiant 1976 du sous-bois Cartier. Ces derniers constatèrent avec stupéfaction que la voiture n'y pourrissait plus et que le sentier avait été nettoyé, élargi. Quarante-huit heures plus tard, des plongeurs venus de la grande ville retrouvèrent le corps de Laurence Calvette, noyé dans la carcasse rouillée du véhicule où plusieurs d'entre nous avions perdu notre virginité.

Les scaphandriers s'excitèrent durant quelques jours dans les profondeurs de la rivière Hamilton à la recherche enfiévrée d'un second cadavre, mais tout ce qu'ils récoltèrent fut les centaines de bouteilles de bière vides que nous y avions lancées à bout de bras à la fin de nos nuits de débauche – des débris opportunément désignés « corps morts ». Une traque fut apparemment orchestrée par différentes légions de police à l'échelle du pays, mais force est d'admettre qu'un Desfossés en moins sur cette terre faisait peut-être l'affaire de pas mal de monde parce qu'on n'eut plus de nouvelles. Il aurait sans doute fallu que ses parents rugissent pour qu'on déploie les moyens de le retrouver, mais Marie-Pierre et Jean-Marc s'étaient affalés, abattus et tristes, probablement tenaillés par la même perplexité que nous : et si Marco avait déjoué notre malédiction et survécu ?

Une fois l'intérêt de la télévision nationale porté vers d'autres localités et d'autres drames, les noms de Marco et Laurence n'ont plus jamais résonné ailleurs qu'ici. Près de quinze ans plus tard, la disparition du premier et la mort du second constituent encore un traumatisme collectif que nous n'avons jamais convenablement soigné et qui a gangrené l'âme de notre ville. Ce qui subsistait de vivant en chacun de nous a vacillé un temps au cœur des interminables hivers de vents bleus et le froid s'est logé dans nos os, nous ployions nos chairs vers nos poêles ouverts, voûtés sur les flammes au point de les toucher presque, mais nos silhouettes demeuraient grises et glacées. Il nous fallait brasier plus ardent, toujours plus ardent, et nous nous en sommes pris aux quelques sections de la forêt des alentours encore debout, incapables de nous réchauffer. Tout ce qui restait d'arbres a brûlé en quelques saisons à peine, un genre d'apocalypse lente, avec des oiseaux qui tombent du ciel. Puis nous nous sommes éteints.

Val Grégoire est en apparence telle qu'elle l'a toujours été, au nord du monde, mais elle est, à notre image, fatiguée. Les rues portent les mêmes noms, mais sont trouées de nids-de-poule comme les crevasses d'acné de nos adolescences traînassantes. Les maisons sont cantées comme des tours croches et leurs planchers ont gauchi nos dos. Les panneaux ont déteint, la peinture rouge de celui de la station-service s'est affadie et a coulé comme des larmes de notre sang. Dunkin' Donuts, lessivé par sa franchise peu rentable, a déguerpi et la place à beignes s'appelle désormais Le Gobelet, c'est pareil à avant, juste que le café est froid à la fin de la nuit. L'ancien bistro de Marie-Pierre Desfossés, jadis le haut lieu culturel valgrégois, est devenu un repaire à rats qui ont grignoté tout sauf la charpente, et voilà qu'aujourd'hui nous n'osons plus nous approcher de cette ruine chambranlante qui fait couic-couic lorsque gronde le ciel. Le moulin non plus n'a pas rouvert, il gît là, aux trois quarts consumé, intouché depuis le feu qui l'a bouffé tout cru, et certains de nous, pas trop au fait de ce que peut être une emphytéose, espèrent encore une relance, les pieds ballants, assis sur le muret de béton devant le bureau de chômage, en râlant contre les écologistes.

De toute évidence, nous ne sommes pas parvenus à endiguer la catastrophe et notre descendance est pire que nous ne l'étions : les bacs à sable de l'école primaire sont hérissés de mégots, et tous les jours, dans les glissoires en plastique jaune, des élèves sont découverts dans des comas éthyliques bienfaiteurs. Les bancs publics du parc des Sages, tachetés de brûlures créées par des gouttes d'acide que nos adolescents se procurent on ne sait trop où, ne sont plus que d'inquiétantes statues informes qui font faire des cauchemars à nos bambins lorsque nous allons y récupérer nos plus vieux, pas rentrés depuis la veille.

Petits crimes sont devenus grands : à la Plaza du monde, qui vivote grâce aux loyers du Dollarama et du Super Carnaval, le nombre d'incendies dans les cabines d'essayage est passé de un à huit par semaine. Le centre de détention est probablement le bâtiment dont on prend le plus soin : les mères qui nous restent vont planter des fleurs sur la devanture et passent la tondeuse. Vieilles et pas encore séniles, elles hochent la tête en songeant avec regret à la dépravation des mœurs des enfants et petits-enfants de Val Grégoire, surtout ceux des autres. Nos familles ont continué de se disloquer même après les départs de nos pères. La détestation a fait ses petits et son nid parmi nous, nous la laissons choir sur nos épaules, nos mains noueuses sont des branches qui lèvent bien droit les majeurs. Nous sommes violents, anxieux et irritables et nous ne rions presque jamais, sauf devant nos télés qui rediffusent des galas d'humour ou des farces et attrapes faites à des vraies personnes dans de grandes capitales de la planète. On se frappe les genoux : « Ha ! ha ! Imagine si on vivait en ville ! »

Inutile de spécifier que les touristes se font rarement payer à boire à la Brasserie du Nord, surtout parce qu'ils ont goûté à des pays que nous, ouananiches, sommes condamnées à ne jamais voir autrement que sur Internet, branché d'ailleurs avec près d'une décennie de retard par rapport au reste de la province. Nous qui recevions autrefois n'importe qui à bras ouverts ne savons plus comment interagir avec la visite. Chaque ménage range une carabine de chasse au-dessus de sa porte, même si nous ne saurions qui viser, advenant qu'il faille tirer.

Les seuls inconnus que nous tolérons à peu près sont les artificiers, venus des Prairies ou des Maritimes, qui se pointent avec une régularité inexorable, propulsés ici par le calendrier grégorien et son inévitable fête du Canada. Nous ne sommes pas plus fiables avec eux qu'entre nous et, bien que nous leur promettions chaque année une clairière ombragée du sous-bois Cartier pour la prochaine édition, la municipalité s'entête encore à les parquer dans le stationnement de la polyvalente, véritable champ de bitume, donnant à leurs roulottes l'allure de roches erratiques après le passage d'un glacier dans des badlands. Le jour, au gros soleil, leurs gosiers de nomades s'assèchent et les font passer pour ivrognes, eux qui boivent du fort à même la bouteille ; la nuit, lorsqu'elle vient, les délivre du mal et on les entend crier *« fucking shit ! »* partout en ville. Le maire Nouveau a progressivement diminué le budget accordé à l'événement et ces finances atrophiées ne nous permettent plus que de la pyrotechnie de petite envergure. Force est de constater que nos traditionnels feux d'artifice annuels, mollassons, presque humides, ne suscitent plus l'engouement d'antan : nos enfants ne s'en émerveillent même pas. Ils nous accompagnent au parc des Sages le 1er juillet pour nous faire plaisir et font distraitement acte de présence, nous rappelant que même nos sources de joie sont surannées. Nous contemplons le ciel qui s'illumine, les bras croisés sous la tête, couchés sur le sable, toujours légèrement insatisfaits (qu'est-ce qui manque ?), avec l'impression familière que c'était mieux l'année dernière. Nous nous souvenons, la larme à l'œil, de notre gentillesse d'autrefois, à l'époque où nous faisions croire à Wendy Calvette que ces feux étaient organisés pour elle – une époque révolue, puisque même nos propres dates d'anniversaire, nous les avons oubliées.

Nous n'avons plus l'habitude de ne pas connaître quelqu'un et c'est toujours avec un mélange de peur et de honte que nous voyons apparaître des étrangers.

Ce fut d'ailleurs le cas, début juillet, quand a débouché cette petite voiture de ville sur la Gourmande, quelques jours après la fête du Canada, justement, et le départ des artificiers. Les yeux de tous les gens présents au Gobelet l'ont scrutée lorsqu'elle s'est garée, puis ont froncé les sourcils lorsque sa conductrice est sortie pour faire le plein, l'ont suivie lorsqu'elle a payé et l'ont reconnue pour de bon lorsqu'elle s'est avancée au milieu des tables : « J'ai un problème, elle a dit. Aidez-moi, s'il vous plaît. »

C'était Louise Fowley, notre Louise fantasmagorique, debout là comme en nos mythes. Nous avons sursauté : Wendy Calvette patientait sur le siège du passager. Louise débarquait ici en le pressentant peut-être : nous avions besoin d'elles autant qu'elles avaient besoin de nous.

À la demande de Wendy, nous avons fait venir ses anciens camarades du centre des loisirs. Ils sont arrivés avec leurs casquettes jaunes et leurs espadrilles de gymnase et lui ont tournaillé autour, pleins de bisous et de câlins. Ces retrouvailles l'ont distraite au début, mais, en plein festin que nous leur avions concocté, elle s'est crispée entre deux éclats de rire et sa bouche s'est crochie. Était-ce une blague qu'un de nous venait d'énoncer ou une saveur particulière de barbecue ou de patates pilées qui avait ranimé sa mémoire ? Nous n'en saurions rien, mais elle a cessé de mastiquer d'un coup, son regard s'est absenté avant de revenir vers nous, elle a posé doucement ses poignets sur la table, couteau et fourchette dressés bien droit, puis elle a lâché :

– Est-ce que Willy est correct ?

Louise a figé presque drôlement, en plein mouvement, son coude arrêté net dans les airs, son tronc en rotation, seule sa tête s'est tournée vers Wendy.

– Mais oui, Didi. Y a quelqu'un qui est allé l'aider…

Puis, ravalant son émoi, elle nous a tous pris à témoin sans plus d'explication.

– Pas vrai ?

Elle a esquissé une moue confiante et nous avons haussé les épaules, décidés à conserver la joie que leur visite nous avait insufflée tout autant qu'à réparer les négligences pas glorieuses qu'elle exhumait : nous savions tous que Wendy habitait seule avec son frère au mont Brun depuis la mort de leur mère, quelques années plus tôt. Nous le croisions, lui, une fois par mois, au supermarché et à la quincaillerie, plus rarement à la Brasserie du Nord, mais jamais n'avions-nous revu sa sœur, et voilà que Louise nous la ramenait enceinte. Nous avons tous convenu devant Wendy que la situation était sous contrôle, même si nous ignorions totalement de quoi il s'agissait. Elle a semblé s'en satisfaire et n'a pas posé plus de questions.

Une fois que Wendy a été au lit, pansue, gavée et calme, dans la chambre d'amis inutilisée depuis au moins deux décennies d'une de nos maisons, nous sommes sortis fumer une cigarette avec Louise. Elle parlait beaucoup et vite, entendait à rire et nous aussi, nous aurions voulu nous abandonner à sa légèreté, mais quelque chose ne tournait pas rond : nous n'osions pas l'interroger sur les motifs qui l'avaient menée à nous en catastrophe et sur ce qui s'était produit avec Willy Calvette, au mont

Brun. Sa nonchalance, d'ailleurs, et son désir de faire la fête rendaient le tout encore plus suspect. Ce soir-là, les plus curieux ont téléphoné à Willy, sans succès, mais nous savions tous son infrangible somnolence lorsqu'il buvait quelques bières (elle ressemblait à la nôtre), alors nous ne nous sommes pas inquiétés outre mesure. D'une certaine manière, nous préférions qu'elle ne nous dise rien, Louise, nous préférions qu'elle ait fait ce qu'elle avait à faire sans nous impliquer davantage. Nous avions tous en tête la rumeur qui avait circulé, jadis, à propos d'un enfant qu'elle aurait eu de lui, et nous n'aurions pas su quoi ajouter, nous n'aurions pas eu les mots justes si elle s'était épanchée. Mieux valait nous remémorer des anecdotes plus gaies, la fois où Louise avait traité notre enseignante de sixième année de vieux chameau ou celle où Marco, Laurence et elle avaient collé toutes les portes de l'école avec de la Krazy Glue, nous dispensant de classe pour une matinée complète. Louise jubilait en constatant que nous nous souvenions encore de leur trio. Il y a eu un moment de flottement et, comme si le drame devait inéluctablement venir faire son tour, l'un de nous a murmuré :

– Tu sais ce qui leur est arrivé, à Marco pis Laurence, hein ?

Louise a semblé hésitante, puis elle a simplement hoché la tête en serrant les lèvres, les yeux tristes. Au bout d'un long silence, l'une de nous lui a touché le bras. Une autre lui a offert une bière. Un dernier a dit :

– En tout cas, pauvre Wendy… Ça fera pas un enfant fort…

Il y a eu un petit malaise, puis nous avons tous éclaté de rire. Louise aussi. Nous n'avions pas ri ensemble depuis longtemps. Nous étions unis, tout à coup.

Louise est allée se coucher. Elle nous a salués et a titubé jusqu'au lit qu'elle partageait avec Wendy. Nous avons vu la lumière du sous-sol s'allumer, puis s'éteindre pendant que nous cuvions notre vin. Nous étions peut-être ivres, mais pas assez pour avoir oublié ces mots qu'elle a lâchés avant de refermer la porte :

– Demain, vous pourriez peut-être me montrer ce que Val Grégoire est devenue…

Cette phrase, nous sommes quelques-uns à nous en souvenir telle quelle, et cela nous convainc que rien de ce qui a suivi n'avait été prémédité. Car le lendemain matin, Louise avait disparu et Val Grégoire n'a plus jamais été la même.

IV

LE CHIEN DE SA CHIENNE

1

Louise est partie tôt de Québec, le jour de la Saint-Jean, a conduit longtemps vers le nord en écoutant des *medleys* de vieux succès québécois à la radio commerciale.

Elle a à peine fermé les yeux à Fermont, un sommeil sec et efficace, et a exécuté quelques mouvements de yoga sur le tapis orange de sa chambre d'hôtel. Après le déjeuner, elle a repris la route, le cœur indomptable. Des heures et des heures d'un chemin qui n'en finit plus, une station-service au milieu de nulle part, et des heures et des heures encore. Elle a pique-niqué sur une roche plate au pied d'une chute d'eau claire.

Elle a atteint Happy Valley-Goose Bay vers dix-huit heures, puis a franchi le pont surplombant la North West River vingt minutes plus tard. Elle a traversé le village en suivant la longue rue trouée qui longeait le lac Melville et a trouvé sans peine la charmante, quoique défraîchie, maison de bois blanche que Linda lui avait décrite au téléphone. À travers les pissenlits, les herbes hautes et les arbustes en friche, un sentier menait à une plage, derrière les épinettes. L'air était doux.

Deux notes lui étaient adressées. La première laissait présager le meilleur, scotchée sur la fenêtre du porche : « LOUISE ENTRE. » Louise l'a décollée : elle était la bienvenue quelque part. Elle a examiné la calligraphie de Marco pour voir si elle lui était familière, puis a délicatement replié le papier, qu'elle a glissé dans la poche de son short. Personne à l'intérieur. La deuxième, rédigée croche et sans soin, une écriture sans cohérence constituée de petites et grandes lettres entremêlées, trônait sur la table de la cuisine, entre un sac de nourriture pour chiens, une carte de la région et une clé, vraisemblablement celle des lieux. « Nous somme parti, désoler… Merci de nourir Rosie Rose notre chienne. Adresse Daniel & Hope : 14 Portage Road, NWR. » C'était signé « Marco ».

Un bruit a fait sursauter Louise. Dans l'embrasure de la porte, un gros samoyède blanc la fixait, immobile, deux billes noires rivées sur elle. Louise n'aime pas les chiens. Depuis toujours, elle les craint sans s'expliquer pourquoi. Elle a émis un son, un genre de cri aigu qui l'a surprise elle-même. L'animal obstruait la seule issue possible. En reculant, Louise a senti ses fesses toucher le comptoir et elle a posé sa main sur sa poitrine. La bête s'est penché le cou et a agité la queue doucement : inoffensive. Louise s'est étirée pour vérifier son nom sur la note, Rosie Rose, et l'a appelée. Celle-ci s'est approchée timidement, voûtée, comme si on mettait fin à une punition, puis s'est affalée sur le plancher et s'est virée sur le dos. Par politesse et pour acheter la paix, Louise lui a effleuré le ventre du bout des pieds un instant, puis l'a contournée. Elle a titubé jusqu'à la voiture, pas certaine de savoir s'il fallait repartir ou rester. Elle avait mal partout d'avoir été trop assise, mais c'est plutôt le visage de Nathaniel qui l'a convaincue de ne pas retourner tout de suite d'où elle était venue, après vingt-quatre heures de voiture, de café et d'espoir maintenant déçu.

Nathaniel a seize ans, Louise a pensé, et il n'a rien, n'a personne ; Louise le sait, puisqu'ils proviennent de la même famille. C'est à peine s'il l'a, elle. Leurs parents les ont éduqués sans chaleur, mais comme ils ont toujours été prudes dans tout, comme gênés de vivre, à implorer sans relâche la faveur de leur dieu, impossible de savoir s'il s'agissait de retenue ou de désamour. Lorsque Louise repense à eux, à son enfance, leurs voix sont des murmures à travers des murs invisibles, et Lydia, Elizabeth et Nathaniel sont des cartons unidimensionnels avec des visages à peine distincts. Louise a longtemps espéré que ses sœurs et elle finiraient par se liguer contre leurs vieux, sévères et intransigeants, mais ceux-ci se doutaient bien qu'un putsch dont elle aurait pris la tête aurait été dévastateur et ils ont trouvé beaucoup plus commode de les enfermer dans leurs chambres. Lorsqu'elle avait appris, quelques semaines plus tôt, que Nathaniel avait essayé de se pendre, Louise s'était presque sentie soulagée : cette tentative de suicide constituait la preuve la plus éclatante de son désespéré désir de vivre. Le nœud n'était pas assez solide et Nathaniel s'était cassé le coccyx en tombant. Il avait hérité de la détermination de Louise et il a entrepris de rencontrer son père. Il veut savoir, il n'abandonnera pas, c'est-à-dire que, même s'il cédait maintenant et entendait raison temporairement, cette obstination s'est immiscée en lui et il n'y renoncera plus.

Elle a exploré la maison à la recherche de ce Marco disparu. Rosie Rose la suivait partout. L'endroit était en ordre, mais sale. Les plinthes étaient tachetées de crasse et de graisse ; les dessus d'armoires, couverts d'une épaisse couche de poussière ; des caisses de bière, entassées dans un coin de la cuisine ; les tapis, parsemés de miettes. Épinglés au-dessus du sofa du salon, John Travolta et Samuel L. Jackson, laminés en noir et blanc, pointaient le plancher avec leurs fusils. À l'étage, les trois pièces étaient dégarnies. Une télévision trônait sur une commode de bois dans la chambre principale. Dans celle du milieu, une table de massage était surmontée d'un cadre de canyon du désert aux couleurs orange et bleu, flanqué de la citation : *Strength is to let go.* Dans la troisième, blanche et vide, le lit avait été gentiment fait pour Louise. Une serviette de bain roulée, un savon avec de la mousse séchée dessus et un tube de dentifrice à moitié entamé y avaient été disposés avec soin. Louise y a laissé sa valise.

Elle a exécuté quelques étirements afin d'évacuer son agitation nauséeuse. Son corps avait vécu l'interminable voyage depuis Québec comme un marathon, le cou tendu, les fessiers endoloris, les mollets engourdis. Elle était prise d'une violente envie de bouger. Elle a déplié la carte, a trouvé Portage Road et est sortie. Rosie Rose la devançait de quelques pas à peine en trottinant, elle connaissait le chemin, savait pertinemment où elles allaient. À l'adresse de Daniel et Hope, l'allée de garage était vide. Louise a cogné. Pas de réponse.

Le soleil était encore très haut à vingt heures. Rosie Rose et Louise ont longé la plage, et la chienne l'a guidée jusqu'au centre du village. Les bâtiments semblaient avoir été déposés là pêle-mêle en attendant l'arrivée d'urbanistes qui se seraient perdus en chemin. En bordure de l'eau, dans un parc plat, quelques vacanciers venus mettre leurs bateaux à l'eau sirotaient une bière. Une fête se préparait, avec des stands et de la musique à plein volume. Une mauvaise réception dont personne ne semblait se formaliser faisait grésiller une *power ballad* country rock dans un immense haut-parleur. À cinquante mètres sur l'autre rive, Sheshatshiu, la réserve innue que Louise avait croisée à son arrivée, exhibait ses baraques croches.

Un groupe de flâneurs a reconnu Rosie Rose et l'a appelée par son nom. Ils ont regardé Louise s'approcher, médusés. La nouvelle de l'arrivée d'une inconnue dans la maison de Linda et Marco s'était déjà répandue comme une traînée de poudre dans le village. Les raisons pour lesquelles Linda avait démissionné sans préavis, la veille (un des hommes a pointé l'épicerie du menton, à quelques mètres de là), et pour lesquelles le jeune couple s'était évaporé au petit matin demeuraient nébuleuses. Ensuite (« surtout », a insisté le même monsieur au milieu d'une phrase de son épouse), les festivités nocturnes entourant la fête du Canada se concentraient depuis quelques années sur la portion de plage de Marco et Linda, et leur départ impromptu bouleversait la tradition. Daniel et Hope en savaient probablement davantage, a supposé une des dames. À l'heure qu'il était, ceux-ci se trouvaient sûrement à Goose Bay, mais ils reviendraient sans aucun doute dormir à Striver, puisque Hope faisait chaque jeudi matin le ménage chez Mike O'Connor. Elle n'a pas précisé qui était Mike O'Connor, ni l'importance qu'il pouvait bien revêtir dans cette enquête – il n'en aurait aucune. Un des types, toujours le même, se sentant l'entêtante responsabilité de couper systématiquement la parole de sa conjointe, a spécifié que *Striver* était le diminutif de North West River, une contraction de la fin de *West* et de *River* si on le prononce rapidement.

Louise était incapable d'assimiler toutes les informations, dites et non dites, qu'elle recueillait, alors que dans son ventre s'éveillait un sentiment de honte. Ce n'est que plus tard qu'elle prendrait conscience que le doute des quatre indiscrets s'était immiscé dans son esprit : et si *elle-même* constituait l'explication de cette disparition subite ?

À son retour, elle a consulté encore et encore les deux notes de Marco pour voir si on pouvait y lire entre les lignes, mais elles n'en faisaient chacune qu'une seule, ligne, et il n'y avait rien de plus à déchiffrer. Marco et Linda allaient nécessairement revenir, il suffisait de s'armer de patience, mais les jours de congé de Louise commençaient déjà à s'égrener : elle devait rentrer au travail dans moins d'une semaine et il fallait prévoir le trajet de retour.

Elle a appelé à l'hôtel pour vérifier s'il était envisageable de prolonger son absence. Isa a soupiré, puis a grommelé que la grosse saison commençait. Louise s'est excusée mille fois, puis s'en est aussitôt voulu d'essayer de se justifier, elle qui remplace tout le temps ses collègues au pied levé.

Isa, qui la connaît comme si elle l'avait tricotée, a simplement répondu : « Je vais m'en remettre, la grande… »

Durant une heure ou deux, Louise est agressivement parvenue à ne pas sombrer dans le désespoir et s'est même sincèrement enthousiasmée du fait qu'elle était sur le bord d'une plage sans qu'il lui en coûte un sou. Elle s'est débouché une des nombreuses bouteilles de vin qu'elle avait apportées et est allée débusquer le paquet de cigarettes qu'elle avait glissé dans le double fond de sa valise. Le blues lui est toutefois revenu en avalant les dernières gouttes de blanc. Elle craignait de ne pas trouver le sommeil. Elle a pris une douche, s'est couchée mouillée sur le matelas, a ouvert la fenêtre à guillotine qui donnait sur le lac et a placé sa tête à quelques centimètres de la moustiquaire. Le son des vagues a envahi la pièce en même temps qu'un apaisant courant d'air. Louise a fait défiler les photos de son voyage en voiture sur son téléphone : la route, plusieurs beaux paysages, sa chambre d'hôtel à Fermont et, surtout, les quelques animaux qu'elle avait croisés, un orignal, un ours, un lynx, trois porcs-épics. La fatigue l'a gagnée rapidement. Elle a dormi comme une bûche.

Rosie Rose guettait son réveil : sa queue a tapé sur le plancher dès que Louise a ouvert les yeux. La veille, la chienne s'était couchée dans le cadre de porte ; elle était maintenant avachie au pied du lit.

Marco et Linda avaient laissé le frigo et les armoires pleins. Louise s'est empiffrée, vengeresse, de leurs céréales sucrées et de leur fromage orange, même s'ils ne lui faisaient guère envie. Elle était venue chargée comme une mule (confitures maison, fruits et légumes variés, tofu, noix, pain frais), mais elle a cuisiné toute la matinée en utilisant le plus d'ingrédients possible leur appartenant.

Après le dîner, Rosie Rose et Louise sont retournées chez Daniel et Hope, en haut de la côte. Encore personne. Elles ont erré un peu dans le village, dont elles ont rapidement fait le tour. Louise s'ennuyait férocement, un sentiment qu'elle n'avait pas éprouvé depuis des années. Aux gens qu'elle rencontre pour la première fois, elle se présente invariablement en vantant sa propension à se divertir de toute situation. « Je m'auto-suffis », qu'elle déclame toujours avec la même expression préfabriquée, avant d'imaginer tous les adjectifs qui surgissent dans l'esprit de ses interlocuteurs : *débrouillarde* et *forte* et *originale* et *indépendante.* Elle carbure aux petites exaltations qu'elle provoque avec ses sujets de conversation insolites, ses questions indiscrètes ou ses jeux en apparence spontanés. Sauf que Louise arrive toujours préparée. En prévision de ses retrouvailles avec Marco, par exemple, elle avait dépoussiéré un vieux cartable noir qu'elle comptait exhumer pour alimenter la discussion, au besoin. À l'intérieur, elle avait inséré le vieux cahier Canada dans lequel elle avait amorcé, jeune adolescente en manque d'amour, la rédaction de son autobiographie, ainsi que des photos de classes de Val Grégoire, d'anciens dessins et d'autres souvenirs de l'époque glissés dans des protège-feuilles transparents.

De retour chez Linda et Marco, elle a sorti ses crayons et son nouveau cahier à dessin vert pomme et a en vain attendu durant de longues minutes que l'impulsion créatrice jaillisse. Pour conjurer le sort, elle a disposé pêle-mêle sur la table de cuisine toutes les archives qu'elle avait en sa possession. Rien à faire : le carnet restait ouvert sur l'immaculée première page. Ses yeux se sont arrêtés sur un bout de papier froissé : la note signée par Laurence, datant du jour de leur rencontre, vingt ans plus tôt : « À Val Grégoire, à peu près tout le monde est stupide. Pas moi et pas toi. » Le cœur de Louise s'est mis à battre et une vague de chaleur l'a envahie : elle pensait à Laurence pour la première fois depuis son départ de Québec. Ses doigts sont nerveusement allés se frotter aux commissures de ses lèvres. Laurence, Laurence, Laurence, tenu à l'écart même aujourd'hui.

Tout le reste du jour, sur la plage, elle a accumulé les coups de soleil et a dévoré à la chaîne des *Calvin et Hobbes*, dont la collection complète composait les seuls livres qu'elle ait pu trouver dans la maison. Vers quinze heures trente, une femme toute petite, toute d'un bloc, cheveux bruns courts, yeux bruns, visage rond qui fait sourire, est arrivée, un *six-pack* de Molson Canadian ruisselant de froid à la main gauche.

– *You're Louise !* s'est-elle exclamée avant de se présenter, *Hope.*

Puis elle s'est excusée d'un trait à propos de leur absence depuis la veille, à Daniel et elle, quelque chose à voir avec un tuyau brisé dans la cabane de chasse d'un oncle à quelqu'un.

– Imagine…, s'est-elle esclaffée dans un anglais des Maritimes que Louise avait parfois du mal à suivre. Un tuyau qui éclate en plein été !

Daniel a suivi dix minutes plus tard, tout suant. Il a interrompu Hope d'un ton cordial :

– *Louise, it's nice to meet you !*

Puis il lui a offert à boire. Son physique de colosse l'a intimidée un instant, mais ils s'imposaient, débonnaires, et Louise s'est rapidement sentie soulagée de savoir que ce genre de personnes gravitaient autour de Marco. Ils se sont assis à la table de pique-nique, sur la plage ; pour peu, Louise était de retour au parc des Sages avec ses deux meilleurs potes.

Daniel lui a juré que Marco était triste de rater sa visite.

– Depuis le temps qu'il planifiait son coup, il ne pouvait pas annuler la surprise de Linda à la dernière minute…

Hope a renchéri : eux-mêmes ignoraient tout des manigances de Marco.

– T'aurais dû voir la face à Linda… Elle en revenait pas… Si tout va bien, ils pensent pouvoir aller en Irlande d'ici deux ans.

Puis, yeux brillants vers Daniel :

– Prends des notes, *Big Boy…*

Louise a fait comme si cette nouvelle de fiançailles la réjouissait et elle a étiré le plus possible la question qui la turlupinait, de peur que ses préoccupations ne paraissent égoïstes dans les circonstances : savaient-ils quand Linda et Marco comptaient rentrer ?

Les deux se sont regardés en haussant les épaules. Daniel a hésité : Marco et lui travaillaient dans le Nord trois semaines plus tard. En temps normal, ils seraient de retour à ce moment-là.

– *S'ils* décident de revenir…

Hope a pris un air mécontent et lui a fait signe de se taire :

– *Don't start again, eh !*

Daniel l'a ignorée : Marco lui avait confié qu'il se pouvait que Linda et lui ne repassent que pour vendre leur maison.

Hope s'est emportée :

– Tu racontes n'importe quoi !

Elle a baissé les yeux.

– Qu'est-ce qu'on ferait sans eux, nous autres ?

Se ressaisissant, elle a voulu savoir d'où Louise connaissait Marco. Ça faisait tout drôle, presque une insulte, de découvrir que des individus, quelque part, puissent ignorer le lien qui les unissait, Marco et elle. Ils ont froncé les sourcils à l'expression *amis d'enfance,* comme s'il leur paraissait complètement saugrenu que Marco ait pu en avoir une, enfance, et ils ont eu l'air étonnés en entendant *Val Grégoire,* soudainement troublés par le fait que Marco était effectivement né quelque part. Daniel a demandé où ça se situait, Val Grégoire, et Hope s'est ensuite permis de la bombarder de questions, presque compulsivement : Marco a-t-il des frères et sœurs ? Quel était le métier de ses parents ? Louise et lui étaient-ils tannants à l'école ?

– J'suis *sûre* que vous l'étiez !

Daniel a paru un brin embarrassé.

– Si ça t'est passé par la tête, *non,* on travaille pas pour la police…

Hope a éclaté d'un grand rire qui tremble et Louise est demeurée interloquée devant le peu de choses qu'ils connaissaient de Marco, incapable de concevoir de quoi ces gens-là pouvaient bien discuter entre eux…

Comme si elle avait lu dans ses pensées, Hope a cherché à se justifier :

– *He's not a talker, Marco, eh…*

Elle a hésité un instant, puis en a osé une dernière : Louise et lui avaient-ils déjà été amoureux ?

– Hope ! s'est exclamé Daniel d'une voix qui trahissait son admiration pour l'outrecuidante indiscrétion de sa copine, n'ajoutant d'ailleurs rien pour empêcher Louise de répondre.

– Marco et moi ?

Un trop long silence s'est étiré.

– Non ! Bien sûr que non ! On était des *enfants* !

Le mensonge a paru satisfaire tout le monde, même Louise qui a réussi un instant à croire que cette amitié ambiguë avec Marco n'avait été rien d'autre que ce qu'elle avait bien voulu leur révéler : une bagatelle d'enfance.

Après quelques bières, Daniel et Hope ont annoncé qu'ils allaient jouer aux quilles à Goose Bay et l'ont invitée à se joindre à eux, mais Louise ne s'en sentait pas l'énergie. Elle les a embrassés en les remerciant avec tout l'enthousiasme dont elle était capable – il suffit d'ajouter un genre de rire dans la voix – et les a suivis jusqu'à leur camion d'un pas léger. Aussitôt qu'ils ont été partis, elle s'est sentie étourdie. Sur le tapis du salon, elle s'est recroquevillée en position fœtale et a pleuré. Rosie Rose s'est blottie à quelques centimètres d'elle et n'a plus bougé.

Un peu plus tard, Louise s'est ouvert une bouteille de vin rouge et a appelé Calvin et Hobbes à la rescousse, sauf que les deux filous ne lui seraient d'aucun secours : dans une case, Calvin, les yeux hagards, statuait dans son lit : « Je pense que la nuit est noire de sorte qu'on puisse imaginer nos pires peurs avec moins de distraction. » Elle a lancé le livre par terre : elle ne s'embourberait pas. À ses pieds, la chienne a relevé la tête, les oreilles frétillantes, l'air interrogatif, puis a redéposé son museau sur ses pattes. Le lendemain, Louise la mènerait en laisse jusque chez Daniel et Hope et l'attacherait à leur poignée de porte, puis elle démarrerait son moteur en faisant crisser ses pneus dans le petit matin gris. Elle a pris une grande inspiration et a éteint la lumière. Seule subsistait la lueur de la petite lampe de salon.

Louise est demeurée dans la pénombre, sur le sofa, à écouter le son des vagues du lac Melville. N'a pas eu conscience de s'endormir.

Elle a fait un cauchemar : elle a rêvé qu'elle rêvait et qu'elle était incapable de se réveiller. Elle marchait dans les rues et abordait les passants, « Je dors, aidez-moi ! », mais les gens l'ignoraient. À la fin, l'un d'eux lui a répondu impatiemment qu'il ne pouvait rien pour elle : « T'as juste à ne pas rêver à nous ! » Il était roux et très, très grand, et Louise était convaincue qu'il s'agissait de Marco, qui n'a jamais été roux, qui n'a jamais été grand. Elle a sursauté hors de son sommeil. Des phares de voiture. Des pneus sur la gravelle. Rosie Rose qui s'agite. Une portière qui se referme. Des pas pressés dans la véranda. La porte qui s'ouvre, juste là, à trois mètres d'elle.

2

Louise a jeté son paquet de cigarettes dans une poubelle de la station-service de Goose Bay. Elle a pris l'habitude depuis des années d'arrêter de fumer lorsque l'existence lui impose des obstacles, une traque du douloureux plaisir du sevrage, une abominable euphorie du vide à remplir jusqu'à s'en étourdir. L'absence brûlante de Marco ne ferait pas exception. Il en va d'ailleurs du tabac comme du reste : elle s'entraîne deux fois par jour et poursuit cinq minutes de plus à partir du moment où elle n'en peut vraiment plus ou laisse volontairement traîner la faim, longtemps, juste pour tester combien de temps la tête froide, combien de temps le jeûne qui dévoie.

Elle avait à peine quitté Goose Bay que d'inattendues menstruations l'ont forcée à faire demi-tour, dix jours depuis ses dernières règles, elle dont le cycle est métronomique. Elle a parcouru les allées de deux dépanneurs en long et en large avant de trouver ce qu'elle cherchait dans une pharmacie. Une effroyable impression de déjà-vu s'est emparée d'elle de retour dans l'auto. De Québec à North West River, portée par un enthousiasme qui lui semblait désormais ridicule, elle avait toléré durant tout le trajet le seul disque qu'elle avait eu le malheur de ramasser dans son empressement de départ : *Próxima estación : esperanza*. Cette fois, elle n'avait pas conduit trente minutes que Manu Chao et sa prophétie bas de gamme l'irritaient déjà. Elle redoutait l'instant où, loin de toute civilisation, son récepteur radio se mettrait à ronfler d'un grésillement profond qui la contraindrait au silence. Elle regrettait de ne pas avoir reluqué les comptoirs à côté des caisses, à Goose Bay, pour dénicher des compilations faites à la va-vite des meilleurs succès de Patsy Cline ou de Johnny Cash, mais il était hors de question de virer de bord de nouveau.

Rapidement, tout est devenu nébuleux : Louise n'était sur la route que depuis une heure, mais à peine quelques secondes plus tard, cela faisait quatre heures quarante-cinq et elle se souvenait vaguement d'avoir fait le plein. Elle regarda l'horloge une fois de plus : elle roulait depuis deux heures et demie, et soudain elle était à vingt kilomètres de Goose Bay et rebroussait chemin pour s'acheter des serviettes hygiéniques. Elle était devant, elle était derrière, mais elle ne parvenait jamais à destination, le spleen au corps, incapable de déterminer de quoi la douleur qui l'accablait était constituée.

Pendant toutes ces années où ils avaient été séparés, Louise était restée convaincue que la fulgurance de ses sentiments pour Marco et, surtout, leur réciprocité avaient survécu et qu'il suffirait de se recroiser pour que tout flambe comme avant. À son grand soulagement, lorsqu'ils avaient enfin été réunis, à l'autre bout du Labrador, Marco s'était aussitôt relogé en elle, exactement là où il avait été à l'abri durant toute leur jeunesse, un endroit judicieusement nommé le plexus solaire, et ce désir s'était étiré encore deux jours, puis trois, avant de se déliter péniblement sous leurs yeux ahuris et dans leurs corps impuissants. Maintenant que ça semblait disparu pour de bon, Louise était à la recherche désespérée des secousses intérieures qui l'avaient pourtant assaillie alors. Plus particulièrement, elle se repassait en boucle le deuxième soir de leurs retrouvailles, à la table de pique-nique, sur la grève : elle était là comme une mauvaise surprise de début de vacances, elle était lourde de la requête de Nathaniel qu'elle n'avait pas encore réussi à formuler et de toutes ces questions qu'elle n'avait pas encore osé poser à Marco (ce qui l'avait fait fuir, entre autres, puis revenir en l'espace de vingt-quatre heures). Pour comble de torpeur, elle venait d'apprendre la fin tragique de Laurence, et son spectre planait autour d'eux, le deuil prenait douloureusement forme. *Malgré tout,* c'était comme s'ils ne s'étaient jamais quittés : Louise venait de réatterrir à l'époque où ils étaient sur le bord de s'aimer, juste avant que ça fasse mal. Ils se touchaient sans se toucher, Linda lavait la vaisselle à l'intérieur, et Louise entendait palpiter le cœur de Marco, à bout de souffle, c'était la même respiration que celle d'autrefois. Elle avait eu, à cet instant, l'apaisante confirmation que certaines choses sont immuables. Les prochains jours lui montreraient à quel point elle se trompait.

Deux heures dix-huit de route, puis, non, quatre heures vingt-sept, et une heure treize.

La Louise de Val Grégoire était vive et drôle, elle montrait les dents et entretenait des espoirs de faire médecin ou coiffeuse, elle caressait de brûlants rêves de voyages et colligeait des informations sur un paquet de villes à travers le monde dans un petit coffre en bois qu'elle cachait sous son lit. La Louise d'alors avait la bougeotte et la vie devant elle, mais elle s'était parquée, jeune adulte, derrière des comptoirs d'hôtels et n'avait finalement jamais même pris l'avion. Cette Louise-là ne ferait jamais la paix avec cette Louise-ci et ses joies température ambiante. Elle ne pouvait chasser l'idée que c'était justement parce qu'elle s'était révélée telle qu'en elle-même que Marco (même Marco !) l'avait repoussée. Les gens se forgent sur les autres une opinion démesurée, la sablent, la vernissent, l'entreposent dans des coffrets à la banque, puis, lorsqu'on se risque enfin à se dévoiler sous son vrai jour, ils sont assurément déçus. Louise connaît peu de gens qui valent la peine d'être mieux connus.

Elle est revenue à la réalité à la hauteur de Churchill Falls. Enfin un ancrage temporel fiable : cinq heures qu'elle roulait, la mi-chemin entre North West River et Fermont. Elle a fait le plein, puis a poursuivi sans vraiment en prendre conscience. Elle a accordé une seconde chance à Manu Chao en espérant y reprendre goût, elle a hurlé à tue-tête : « *One day my dreams will be reality, like Bobby said to me* », mais elle s'est vue, de l'extérieur, et a détesté cette manie qu'elle a de toujours faire du bruit pour éviter d'entendre ce qui doit surgir. Elle a fermé le clapet du chanteur avant de glisser le CD très loin sous son siège. Il restait dix-huit heures de route avant Québec, ou était-ce vingt-deux ? Ou était-ce trois ? Et elle laisserait la douleur l'envahir en silence. Ça lui venait des entrailles.

Elle se souvenait honteusement des rêveries auxquelles elle s'était abandonnée dans ses premiers moments à North West River : Marco et elle auraient gardé contact et se seraient parlé au téléphone quelques fois par année, avec des sous-entendus lubriques à peu près involontaires. Linda aurait pu dormir tranquille : Louise aurait été l'amoureuse ectoplasmique, celle qui surgit dans les rêves et qui enrobe les êtres de tendresse à distance. Sauf que là, seule dans sa voiture, elle fronçait les sourcils et serrait les dents tant elle se trouvait ridicule d'avoir imaginé que Marco aurait pu vouloir de la femme qu'elle était devenue. Comme tout ce qu'elle avait vécu de beau était circonscrit à cette époque au sein du trio magnifique, la jeune Louise s'était accrochée au mythe qu'elle s'était construit, ne l'avait jamais vraiment lâché en vieillissant, et elle avait stagné dans le fin fond des années 1990, suspendue à cette amitié qui (vertige !) n'existait plus depuis à peine quelques heures. Contrairement à Isa, qui se retrouve toujours à baiser des hommes en couple qui se fatiguent d'elle dès qu'ils lui découvrent un brin de complexité, Louise n'a pas le profil de la maîtresse. Elle est pourtant de feu, elle est pourtant de flammes, mais son corps, son cœur ignorent à quoi ils servent, programmés exclusivement en deux modes : léthargique ou paniqué. Ses peu nombreuses expériences en *cette matière* se sont avérées catastrophiques : un collègue d'origine haïtienne qui a appelé l'ambulance parce que Louise a fait une crise d'apoplexie lorsqu'il a glissé sa main dans sa petite culotte ; un type avec une voix d'homme des cavernes et un regard de sommet d'échelle de Darwin qui lui a foutu la trouille en la poussant brusquement sur son lit après une soirée trop arrosée dans Limoilou ; et une Britanno-Colombienne aux yeux bleus, aux lèvres gercées et à la peau qui goûtait âpre qui lui a longuement embrassé l'intérieur des cuisses avant de se fatiguer de son peu d'enthousiasme. Encore aujourd'hui ne cesse de la tourmenter la perspective qu'un homme puisse éjaculer en pensant à elle, un double d'elle dépourvu d'âme mais doté de son corps, doté de son nom, son visage – mais pas *son* visage – offert et extatique comme dans un film porno. L'idée la hante parfois qu'elle aurait pu être exactement pareille sans l'ingérence de Willy Calvette, sauf qu'un mot ou un parfum dans un lieu public, un rêve au milieu de la nuit ou le cri d'un joueur de racquetball, au gym, suffisent à faire émerger inopinément ce jour d'enfance qu'elle s'efforce d'oublier et fournissent alors une explication valable à son désarroi. Elle ne conserve pas d'images précises des événements, mais son cœur, son corps en ont archivé toutes les sensations et ces moments-là suscitent la même humiliation de même petite fille, son ventre se froisse exactement comme il s'est froissé le jour où Willy le lui a froissé. Tout s'enclenche toujours de la même façon : le même engourdissement, le même voile devant ses yeux sans larmes, le même souffle qui flanche, le même sang dans les jambes, dans les tempes, dans le sexe, la même sueur qui lui pisse des pores. Étrangement, elle n'éprouve aucune douleur et trouve son cœur, son corps bien imbéciles : sans souffrance physique, tout ce cirque lui apparaît incroyablement stérile.

Huit heures quatorze de route, puis, non, trois heures vingt-trois, et onze heures trente-quatre.

Elle a aperçu trois orignaux, deux renards et un oiseau non identifié ressemblant à un aigle dont elle a chacun longuement étudié la couleur du pelage ou des plumes, la grosseur approximative, la démarche, la forme des pattes, la tête, pour éviter de trop s'empêtrer dans la fange de ses pensées et d'écouter cette question qui aurait commandé une réponse qu'elle ne se sentait pas la force de formuler : Louise, l'âme détournée et tordue par le sort, était-elle condamnée à la solitude permanente ?

Manic, puis presque Baie-Comeau, trois heures venaient de s'écouler en l'espace de dix minutes. La nuit s'était faufilée dans cette vitesse et il faisait noir. En bordure de la ville, Louise s'est garée et s'est assoupie un peu. Elle s'est réveillée en ne sachant pas combien de temps elle avait dormi. Elle s'est frotté les yeux, a redémarré le moteur, a refait le plein et a rempli sa grande tasse à café réutilisable. De retour dans la voiture, elle a hésité un instant et est ressortie pour s'acheter un paquet de cigarettes. Elle ne s'en débarrasserait pas.

Elle a vérifié son téléphone. Un texto d'Isa : « Karim va prendre ton *shift.* On t'attend jeudi. » Louise aurait voulu lui répondre qu'elle avait été malade l'avant-veille comme preuve ultime de son appréciation, les vomissures étant aux yeux d'Isa le signe d'une fête réussie, mais elle l'a simplement remerciée. Elle travaillait le surlendemain. On était mardi au petit jour et, elle l'a réalisé, le 1er juillet. L'anniversaire de Wendy.

Soudain, elle a voulu être le cadeau de quelqu'un. De toute urgence. Une nécessité. À Forestville, elle a piqué vers le nord sans réfléchir. Le compteur de sa Neon a atteint le trois cent trente-trois mille trois cent trente-troisième kilomètre plus ou moins au même moment, et elle s'est surprise à essayer d'interpréter ce hasard.

La Gourmande était cahoteuse et belle, sablonneuse par endroits. Les montagnes qui la surplombaient, traversées d'immenses pylônes, étaient moins imposantes que dans ses souvenirs. Ici et là, des épinettes ballottées par le vent s'accrochaient à la pierraille comme des chèvres à une paroi escarpée. Plus au nord, des crêtes avaient été rasées de leur forêt, ailleurs pourtant si touffue, découvrant des roches pointues et grises. Par endroits, des chutes d'eau jaillissaient d'une cime et dévalaient dans le vide pour atterrir quelque part derrière les arbres, puis ruisselaient en des torrents déchaînés jusqu'à la rivière Hamilton, en contrebas de la route.

Louise se sentait à peu près prête à passer à autre chose. Elle raconterait tout à Mercedes et pardonnerait tout à Willy, elle arriverait là-bas comme une cousine des États, contente et indulgente, et dirait : « Il y a eu des événements malheureux, mais je suis forte et je les ai transformés en bonheur. » Elle ferait une pause et regarderait Willy en pleine face avec ses dents bien en évidence, un sourire terriblement large et carnassier, et il baisserait les yeux.

À la fourche, elle a pris à gauche sur le chemin du mont Brun. Elle est arrivée quinze minutes plus tard. Elle avait roulé de manière quasi ininterrompue durant vingt et une heures.

L'ancienne station de ski faisait dur avec ses bâtiments croches et négligés, sa petite pente carrément inoffensive. La rouille grugeait le remonte-pente comme elle le pouvait. Les fils de fer pendouillaient comme sous le poids de cent autruches et les carcasses en métal de certains bancs, dont le lourd bois pourri était tombé, étaient toujours accrochées et ressemblaient à des serres d'aigles géants. Malgré tout, l'engin tournait. Wendy s'y trouvait, Louise l'a aussitôt reconnue, là-haut.

Wendy était enceinte, ça aussi, elle l'a vu tout de suite, bombée grasse. Louise a réagi comme on le fait d'habitude en apprenant qu'une femme attend un bébé : elle s'est réjouie. Les cinq minutes les plus heureuses des jours à venir, des jours d'angoisse, de nuits transpercées de fièvre, de ventre ballonné par le stress, de colère noire noire noire et de tristesse pas plus claire. Des jours à faire semblant. Mercedes était morte, Wendy a raconté, un trémolo dans la voix, sans pouvoir préciser depuis combien de temps. Willy et elle vivaient donc seuls au mont Brun. Willy, son frère Willy, de toute évidence le père de l'enfant à venir.

Wendy lui a fait faire le tour de l'ancien hôtel. La lumière, même les rideaux ouverts, ne parvenait jamais à déloger complètement la pénombre pâteuse. Les cadres étaient croches. Les murs suaient, et les planchers suaient, et le frigo suait. Une odeur moelleuse et ronde de bœuf bourguignon et de chairs faisandées. Partout dans la cuisine, dans le séjour-salle à manger, dans les couloirs, dans les chambres, d'innombrables animaux empaillés étaient disposés n'importe comment, crocs dehors, griffes sorties, queue dressée – morts, mais pas tout à fait indifférents à la présence humaine. Depuis toutes ces années, la collection de Willy avait pris des proportions inquiétantes. Certains avaient la tête en bas, d'autres étaient juchés au-dessus des armoires ou suspendus aux lampes, de petits spécimens étaient déposés sur le dos de plus gros, leurs ombres projetées sur les murs mats ajoutaient du sinistre au lugubre. À certains endroits, seuls d'étroits passages subsistaient pour permettre de se déplacer dans ce bestiaire qui encombrait tout l'espace où il aurait été possible de respirer. L'élément de loin le plus bouleversant du lot se situait toutefois dans le fond peu éclairé de la pièce qui servait de salon. Wendy a guidé Louise vers une boîte de cèdre à l'intérieur de laquelle reposait un corps inanimé de femme. Le résultat était artisanal, les yeux amincis, la bouche pincée, mais cela ne faisait aucun doute, c'était bien elle, c'était bien Mercedes, immortalisée par Willy.

En apercevant la réaction de Louise, Wendy a semblé gênée :

– On attend que Lolo revienne pour l'enterrer.

La gorge de Louise s'est serrée.

Le plan de Louise s'est échafaudé très vite. Willy s'est réveillé tard et ne l'a pratiquement pas saluée. Il s'est assis dans son La-Z-Boy défraîchi et a fait semblant de les ignorer. Dans les heures qui ont suivi, il ne s'est pas bâdré de dissiper le malaise, claquemuré dans une méfiance absolue, et Louise a su que, si elle souhaitait que sa stratégie fonctionne, il fallait le conquérir, quitte à se dénaturer elle-même. Elle a subi sans broncher ses railleries éculées sur son alimentation (« Si je pouvais manger du bacon, pis du jambon, pis du steak, je serais végétarien, moi aussi… ») et elle est même allée jusqu'à cuisiner, un soir, un chili avec de la mauvaise viande hachée, cicatrisée par la glace et croûtée sur une barquette de styromousse ; elle a chantonné en récurant des chaudrons avec Wendy, malgré la frayeur qui lui barrait l'estomac ; elle a travesti quelques souvenirs radieux qu'elle conservait de Willy, la fois où il les avait portés, Marco, Laurence et elle, à bout de bras sur plusieurs dizaines de mètres, ou celle où ils s'étaient soûlés, Marco, Louise et lui, à la vieille Plymouth – elle a esquissé un sourire espiègle qui lui a brûlé les fossettes. Willy a ri. Doucement, les barrières tombaient.

3

Louise est parvenue au bout des cinq jours complètement vannée, mais la violence qu'elle s'était infligée avait porté ses fruits : Willy était tombé dans le panneau quasiment trop facilement en montant sans se faire prier sur le télésiège.

Pendant que Wendy déployait des efforts surhumains pour ne pas pleurer trop fort en redescendant à pied la montagne, Louise, elle, souriait à pleines dents, satisfaite de la trouille qu'elle avait foutue à Willy, et réfléchissait aux mots qu'elle emploierait sans éclater de rire lorsqu'elle téléphonerait aux pompiers de Val Grégoire afin qu'ils viennent le faire descendre. Une fois à Québec, elle entamerait les démarches pour prendre Wendy et l'enfant à naître sous son aile, elle envisageait un quotidien lumineux et douillet à deux, puis à trois, s'enthousiasmait de ce que Wendy et elle avaient le potentiel de devenir ensemble.

Dans la voiture qui s'éloignait du mont Brun, Wendy pleurait en faisant plus de bruit que nécessaire, elle balbutiait le nom de son frère en bavant comme une limace, le regard droit devant. Au début, Louise l'a tolérée en se convainquant que ça finirait par s'estomper, elle lui flattait le cou et lui racontait des histoires sur Québec, mais à un moment, cette tristesse est devenue absolument insoutenable. Il fallait que Wendy soit heureuse, et tout de suite – question de survie. Louise a garé l'automobile et a saisi le gâteau sur la banquette arrière, puis elle a entonné le sempiternel *Bonne fête*. Lentement, presque timidement, Wendy s'est jointe à elle. Louise a insufflé dans la chanson toute l'allégresse dont elle était capable. Vers la fin, elles chantaient en chœur, mal et fort : « Boooonne fêêêêêteuh, Weeeeendyyyyyyy ! » Louise n'a pas laissé le temps au silence de s'installer, elle a planté sa main dans le gâteau duquel elle a arraché un gros morceau. Wendy s'est arrêtée net, les pupilles rondes, d'abord stupéfaite, puis elle a éclaté de rire et l'a imitée.

– On s'en va à Québec, Wendy ! Te rends-tu compte ?

Il y avait des miettes partout, sur leurs cuisses, sur leurs bras, sur les sièges. Louise était libre et grisée, et son ivresse était transmissible ; Wendy était une éponge, elle absorbait toute l'électricité dans l'air, ses joues rougissaient comme en hiver. La journée s'était étirée, belle, mais le ciel s'est soudainement mis à gronder dans un grand bruit de vieille essoreuse à salade. La buée a gagné l'intérieur désormais tropical de la voiture. Elles ont baissé les vitres. La pluie s'est abattue, drue, et son tambourinement a émis un bruit de moteur. En se concentrant, elles pouvaient se convaincre que le véhicule était en marche tellement on n'y voyait rien.

Louise a redémarré. Elles entraient dans les ténèbres et ressortiraient dans une autre vie. Le pire était derrière. Elle a soupiré de soulagement : elles seraient bien, toutes les deux.

Les essuie-glaces s'éreintaient, la langue pendante comme un vieillard qui court un marathon, ils faisaient leur possible, mais ils auraient dû être une bonne douzaine pour venir à bout du gâchis liquide qui déferlait sur le pare-brise. On ne distinguait pas les gouttes lorsqu'elles s'y fracassaient, l'impression d'avoir déboulé sans s'en apercevoir dans la rivière Hamilton. La foudre s'en est mêlée. Le torrent venu du ciel s'est calmé un brin, laissant la place à de superbes zigzags qui éblouissaient tout ce qui a des yeux. Le tonnerre retentissait avec à peine quelques microsecondes de décalage, la tempête était tout près.

Tous les gestes de Louise étaient exacerbés par le plaisir, elle s'esclaffait, prise de la même décharge que l'atmosphère, une sensation presque libidinale. Elle suait de partout. Wendy s'était inclinée un peu vers elle et humait ses cheveux en se gavant de gâteau. Leurs âmes voletaient, légères, dans les vapeurs écumeuses de la Neon qui bouffait les kilomètres-heure par dizaines. Louise ne voyait toujours rien à travers la vitre, elle fermait les paupières à l'occasion pour mettre la vie au défi, les rouvrait, les refermait, les rouvrait. Et c'est là qu'est apparue, à pas même vingt mètres devant elles, une crevasse fraîchement ravinée par la rivière Hamilton, rageuse et affamée.

Louise a freiné. L'automobile a continué sa course en émettant un long crish sur le sol, les cailloux mouillés ont fait un bruit de tirelire sur la caisse, et les deux femmes se sont immobilisées à quelques centimètres du trou. Une immense section de la route, érodée par des années de camions trop lourds de bois arraché à la forêt, trop lourds de provisions en surabondance pour les grosses panses sédentaires de Val Grégoire, trop lourds de ballots de journaux transportés là-bas pour annoncer les mauvaises nouvelles du monde extérieur, venait d'être emportée par le déluge.

Wendy n'a pas émis un seul son, comme si elle attendait cet incident après qu'on le lui eut annoncé durant vingt-cinq ans. Louise est sortie sous la pluie battante, a examiné la Neon, intacte, puis s'est approchée au plus près du rebord du gouffre, un abîme béant de trois mètres de large et de quatre de profond. Des mottes de terre poussaient hors des parois, le sol glaiseux était friable et des portions entières menaçaient encore d'être balayées par la rivière en furie. Louise a frissonné et elles ont fait demi-tour jusqu'à Val Grégoire. Étrangement, il n'avait pas plu là-bas.

Ils avaient l'air d'attendre Wendy et Louise, ils avaient l'air de les attendre depuis longtemps. Ils ont été une douzaine à se joindre à elles pour souper et à les traiter aux petits oignons, ça blaguait comme dans un réveillon. Louise avait l'impression d'avoir été projetée dans le passé : elle avait été ici, enfant, quelques minutes plus tôt, des visages reconnaissables, mais déjà vieux, ceux avec qui elle avait fréquenté le primaire paraissaient avoir cinquante ans de plus qu'elle, crochus, chauves, ridés, gras. Ils ont sorti leur vaisselle des grandes occasions, ont enfilé leurs jeans propres et repassé leurs chemises, ils avaient de la viande de chasse au congélateur et du sucre à la crème.

Pendant quelques heures, elles sont parvenues à oublier Willy. Ce n'est qu'à l'apparition des premières lueurs du soir derrière les arbres, un big bang de gouache, que Wendy s'est informée du sort de son frère.

Sans avoir été consultés, les Valgrégois sont venus à la rescousse de Louise. L'une a menti délibérément : « Stéphanie pis Max sont allés l'aider » ; une autre a renchéri : « Tout est sous contrôle, Wendy, inquiète-toi pas… » ; une dernière leur a offert un lit douillet lorsque Wendy a présenté des signes de fatigue. Louise est allée la border en lui flattant les cheveux et lui a promis de revenir se coucher avec elle plus tard. Elle lui a raconté de nouveau ce qu'elles feraient à Québec et Wendy lui a embrassé les avant-bras.

Louise a rejoint les Valgrégois qui restaient. Ils lui ont offert des cigarettes et elle n'a pas osé leur avouer qu'elle en avait déjà. Ils étaient très perturbés par la grossesse de Wendy, n'entretenaient aucun doute sur l'identité du père et ont admis à Louise que tout Val Grégoire avait fini par apprendre ce que Willy lui avait fait, ce jour-là de septembre 1991. Louise a versé quelques larmes, surprise elle-même par de telles effusions. Deux femmes l'ont prise par les mains. L'une d'elles l'a regardée dans le fond des yeux.

– Tu sais que c'est normal que vous ayez pas réussi à vous sauver, Wendy pis toi, aujourd'hui… C'est une ouananiche, elle aussi.

Silence.

– Comme son frère Laurence…

L'évocation de cette légende de jeunesse a pris Louise de court. Elle a ricané, mais elle aurait pu pleurer. Ces gens-là croyaient-ils vraiment être coincés à Val Grégoire simplement par leur naissance ou justifiaient-ils plutôt le fait de s'y morfondre encore par cette malédiction inventée de toutes pièces ? Il aurait pourtant suffi de raconter avoir retrouvé Marco à mille cinq cents kilomètres de là pour ébranler quelques certitudes, mais Louise s'est tue.

Wendy ronflait chaudement et a enroulé ses bras pataudS autour de la taille de Louise lorsque celle-ci s'est glissée sous les draps. Louise s'est assoupie durant quelques heures. Des songes agités l'ont fait se tortiller et lui ont serré la poitrine. Elle a sursauté hors d'un rêve à deux heures quarante-quatre. Une voix lui avait chuchoté : « Réveille-toi ! » C'était la sienne. Tout à coup, elle s'en voulait d'avoir fait bombance avec ses hôtes et, surtout, d'avoir ri de bon cœur avec eux, de s'être dévoilée si facilement à ces inconnus qui, au final, savaient déjà tout de son sort, et depuis longtemps. Elle avait l'impression d'avoir été dépossédée d'une chose intime et déterminante. Son viol, soudain, lui apparaissait absolument trivial, et sa vengeance envers Willy, juché là-bas, complètement démesurée. Incapable de se rendormir, elle a décidé d'aller le libérer : appuyer sur le bouton du remonte-pente, puis revenir se blottir contre Wendy, protégée d'une éventuelle riposte de Willy par la ville au grand complet. Elles déjeuneraient avec des œufs et elles repartiraient lorsque la route serait réparée. Cette fois, rien ne les retiendrait.

Elle s'est assise sur le bord du lit, déjà exténuée. Elle a essayé de se relever et ses os ont craqué comme quand on a cent ans, de vieux roseaux pas si loin de fendre. Wendy a gigoté ; Louise avait la ferme intention d'être à ses côtés à son réveil.

Elle est arrivée au mont Brun un peu avant quatre heures.

Les phares de sa Neon pointaient vers la montagne, mais le rai ne lui permettait pas d'apercevoir Willy. Elle a retiré la clé du contact et la nuit lui a arraché la vue. Le ciel a lentement allumé sa lune-lampadaire et ses étoiles-stroboscopes, et des ombres se sont animées au pourtour de la forêt. L'habitacle avait absorbé la fraîcheur presque moite de la nuit et Louise respirait mal. Elle a baissé les vitres. Du noir habité ont retenti des bruissements inquiétants et des spectres fantomatiques lui ont donné l'impression d'être épiée. Elle a fébrilement saisi sa lampe de téléphone et a éclairé la lisière du bois, craignant plus que tout de trouver Willy debout, à l'observer. La force de son regard sur elle ou même juste l'idée d'un signe amical de la main la terrifiaient. Willy était partout, il se glissait sous le véhicule et, tout à coup, il était assis sur la banquette arrière. Elle a tendu l'oreille à la recherche d'indices de sa présence. Rien.

Elle a réalisé l'état dans lequel il la plongeait de nouveau, s'en est voulu de le laisser encore l'emporter de la sorte. Impulsivement, elle est descendue en faisant claquer sa portière le plus fort possible et Willy a crié, au loin. Il était toujours perché dans les airs.

La cabine de contrôle était délabrée : porte défoncée ; ampoule nue et crasseuse ; sol boueux là où il y avait autrefois eu un plancher de bois ; brunette en bikini froissée par le soleil, accoudée sur une Porsche ; vieille chaise de plastique fendue qui devait pincer la fesse droite lorsqu'on s'y assoyait ; grande fenêtre très sale ; humidité persistante qui n'avait pas dû être délogée de là depuis les grandes sécheresses de l'Ancien Testament ; bouton rouge bien en vue sur le panneau de contrôle. Louise y a posé son doigt, puis a hésité : sans doute Willy éprouvait-il de la satisfaction ou du soulagement, à cet instant précis, en s'imaginant ce qu'elle s'apprêtait à faire. Soudain, la perspective qu'elle puisse, Louise, éveiller en lui un sentiment de ce genre l'a fait frémir. Elle ne souhaitait être la source d'aucun de ses contentements. Quelque chose de terré au fin fond d'elle grondait : le sang lui est monté à la tête, elle a vacillé et s'est retenue en s'appuyant sur le comptoir craquelé. Sa bouche goûtait le vieux café laissé au soleil. Tout ça pour ça ? Louise avait conduit jusqu'aux confins du Labrador pour se mettre à genoux devant Marco, elle s'était endormie au volant pour venir offrir la rédemption à Willy qui n'en avait de toute évidence rien à foutre, elle s'était efforcée de rire pour procurer un peu de lumière à Wendy, elle avait fait semblant de savoir exactement ce qu'elle voulait, où elle allait, mais elle était seule et elle savait que, seule, on ne va nulle part. Enfin, voilà qu'elle était sur le point d'accorder à Willy *(à Willy !)* la chance de lui pardonner de l'avoir laissé pourrir là, même si cela pouvait lui faire croire qu'ils étaient quittes. Car c'était bien ce dont il s'agissait : remettre le moteur en marche constituerait le dénouement ultime de cette histoire. Même un geste de vengeance, rien que ce petit geste de vengeance au goût un peu sucré, elle était incapable de le mener à terme.

Pour se requinquer, elle a essayé de se représenter le visage de Marco, mais ses traits sont restés flous. Cela n'a duré qu'un instant, mais il y a eu une ou deux secondes où Louise s'est surprise à lui en vouloir : encore une fois, au moment où elle avait le plus besoin de lui, Marco lui faisait faux bond.

Elle est sortie du cagibi. Sur le seuil où tanguait une ampoule nue, une chatte grise et orange, sans doute celle enfuie de Wendy, la fixait. Elle a miaulé une fois, puis deux et trois, et s'est élancée vers la forêt. « Sauve-toi », elle disait. Louise a refusé d'obéir à ce présage : son être tout entier lui commandait d'aller affronter Willy. Ses pieds ont presque malgré elle entamé l'ascension de la montagne ; tout au fond des ténèbres, elle allait quérir des excuses. Elle lui dirait : « Tu te rappelles ce jour-là ? » et Willy répondrait, honteux :

– Oui, et j'ai pas été correct…

– Val Grégoire est avec moi, elle lui lancerait, et tout le monde là-bas m'a donné raison de m'être vengée.

Elle trouverait même le courage de le narguer, comme dans une fin de film : « C'est toi qui fais pitié, au fond. » Elle puiserait alors la force en elle de redémarrer le télésiège et de décamper avec une envie de sourire qui la suivrait durant ses premiers mois de cohabitation avec Wendy. Puis, par un petit matin d'automne, elle sortirait de la douche, légère, et se regarderait dans le miroir.

Du soleil entrerait par les fenêtres et elle apercevrait son visage radieux, illuminé. Louise serait enfin aussi sereine qu'elle aurait toujours dû l'être et elle penserait : « J'ai réussi ! »

Elle n'était plus certaine de l'emplacement exact du siège qui maintenait Willy captif. Elle a longé la ligne du remonte-pente et a deviné sa masse sombre, suspendue dans le vide. Les protestations de Willy se sont intensifiées à mesure qu'elle s'approchait, enterrant les rumeurs de la forêt, oiseaux, branches, brise, animaux. Le jour avait teint le ciel en quelques instants et la nature s'était transformée : d'abord marron très sombre, puis brun pâle et kaki, ensuite vert foncé, vert-de-gris, vert pâle.

– Wendy est-tu avec toi ? il a demandé, la voix éraillée.

– Non. Wendy est en sécurité.

Elle a attendu qu'il la supplie.

– Laisse-moi descendre, Louise. C'est tata…

Il était doux, vulnérable.

– J'ai faim que le câlisse, j'ai mal partout. J'ai soif en tabarnac.

Il a marqué une pause, puis :

– Je vais rien te faire…

Jusque-là, Louise ne ressentait rien, ni empathie ni colère, sauf que cette phrase, « Je vais rien te faire », c'est-à-dire ce sous-entendu que Willy pourrait *encore* avoir le dessus sur elle, mais que, pour cette fois, il consentait à se retenir, lui a comprimé la gorge. Louise est restée immobile, à la recherche désespérée de mots qui forceraient Willy à lui fournir une forme de réparation.

– C’est de l’histoire ancienne, Louise…

Elle l’a laissé poursuivre, avide de l’ombre du repentir qui semblait poindre, avide d’un soulagement tant attendu, mais Willy ne s’est pas avancé davantage. Il venait de se raviser et il n’irait pas plus loin. À bien y penser, cette expression avait sonné faux, toute neuve, elle était encore emballée dans une pellicule de plastique, son histoire ancienne, elle était verte comme une banane pas mûre. Willy a fixé Louise une seconde. Impossible de savoir à quoi il pensait.

– *Anyway*… Qu’est-ce tu vas faire ?

Ça a fait un drôle de bruit dans la gorge de Louise : elle n’en savait rien. Elle détenait un otage sans rançon ; qu’attendait-elle en retour ? Elle a dirigé son attention vers l’horizon un instant en espérant y puiser la force d’agir. Willy s’est mis à répéter à quel point il avait soif et faim et froid, des gémissements fiévreux qui lui partaient des tripes, aussi pénibles à supporter que les pleurs d’un bébé sevré pendant une sécheresse. Il s’est relevé en s’appuyant sur le repose-pied et il a baissé son pantalon pour déféquer. Louise a détourné les yeux. Les déjections mollasses se sont égouttées à quelques mètres d’elle. Son urine puait le renfermé et sa merde piquait le nez, une odeur presque effervescente. Les effluves se sont mélangés pour pénétrer Louise dans un grand frisson douloureux. Après un long moment à attendre une réaction qui ne venait pas, il s’est impatienté :

– Quessé que tu veux, tabarnac ? Combien de temps tu vas me laisser de même ?

L'écho de sa voix est allé résonner dans la vallée en faisant trembler l'air, et c'est là, usée par cette guerre d'usure, lasse de cette guerre lasse, que Louise a réalisé que, même à près de vingt ans de distance, même protégée par plusieurs dizaines de mètres de vide, Willy s'apprêtait encore à gagner et la dominerait à jamais si elle ne se ressaisissait pas immédiatement.

– Pourquoi tu… ?

Sa phrase incomplète, répercutée dans la vallée, est revenue se heurter à ses tympans et a fait fuir les moineaux. Louise s'est tue, incapable de formuler sa pensée. Elle en avait des dizaines de milliers, des questions pour Willy, elles débutaient toutes de la même façon : « Pourquoi tu ? » Sauf que Louise, elle le savait, n'aurait jamais de réponse, et Willy ne serait jamais pardonné.

Elle a levé la tête doucement et a pris une profonde inspiration. L'air passait bien. C'était bon de ne pas s'en remettre.

– Je m'en vais, Willy.

Elle a zippé sa veste.

– Je vais tout aller dire à Wendy. Je vais lui expliquer ce que tu m'as fait, ce qui est arrivé à Laurence. Je vais lui dire que tu lui as menti. Je vais m'arranger pour qu'elle sache que tu l'aimes pas, pis je vais m'assurer qu'elle t'haïsse autant que moi je t'haïs…

– Tu vas pas me faire descendre ? s'est-il enquis, la voix rompue.

Louise a ravalé sa salive tellement bruyamment qu'il l'a sûrement entendue, tout là-haut.

– Non. C'est pas à moi de faire ça.

Il est demeuré calme. Elle a craint qu'il essaie de négocier, de justifier son geste ou d'implorer sa pitié, mais il n'a rien ajouté. Elle l'a fixé un instant, puis a tourné les talons et a entamé sa descente.

Elle avait marché sur une dizaine de mètres quand un son sourd a retenti derrière elle. Willy avait sauté. Louise s'est retournée, et un couinement aigu et ridicule s'est échappé de son sternum avant même qu'elle aperçoive le corps inerte au sol ; Willy, lui, n'avait émis aucun bruit. Sans savoir pourquoi, quel élan la poussait, elle a couru jusqu'à lui. Il vivait. Le souffle court, le corps pêle-mêle. Un os, Louise n'aurait pu préciser lequel ni par où exactement, sortait de sa jambe. Les yeux de Willy ont surpris les siens. Elle a conservé son calme, s'est penchée sur lui. Il était quelqu'un d'autre. Louise n'était pas chaleureuse, mais efficace, utile. C'était ténu, mais c'était là, de la compassion peut-être, et elle ignorait quoi en faire.

Elle avait eu le courage de lui tenir tête tant qu'il avait été suspendu, hors d'atteinte, mais maintenant qu'il était démantibulé par terre, Louise fléchissait, dégoûtée par sa mort bâclée, sa peau fendue, ses os craqués, son sang rouge mort. Elle avait envie de hurler, mais pas envie de l'écho au fond de la vallée, pas envie d'être abandonnée de nouveau par les moineaux affolés.

Willy chignait, charriant une souffrance insupportable. Louise est allée chercher une roche à la lisière du bois, grosse et lourde, puis est revenue vers lui, le dos courbé. Elle a brusquement déposé son fardeau par terre et a pressé le bras de Willy du revers de la main pour s'assurer qu'il était touché une dernière fois. Elle a trouvé son regard. Il savait, il voulait.

Le premier choc a dû être terriblement souffrant parce que Louise a laissé tomber l'enclume sans assez d'élan. Willy a éructé. En la ramassant, elle a aperçu sans faire exprès la crevasse qu'elle avait forée dans son visage. Elle a asséné plusieurs coups, a frappé beaucoup plus que nécessaire pour l'achever. Elle voulait être certaine qu'il ne se réveillerait pas plus tard, le cerveau coulant, et qu'il ne partirait pas hanter Val Grégoire, la tête ouverte et le corps meurtri. À la fin, le crâne était enfoncé jusqu'à la colonne et une gelée liquide formait un étang rouge et noir dans l'herbe.

Louise s'est assise par terre et a examiné le gâchis. Ce n'est qu'alors qu'elle a remarqué à quel point la journée était belle. Marco n'était nulle part, ni autour, ni en elle. Wendy non plus. Elle était seule avec Willy et elle n'avait plus peur. Le sang croûtait sur ses mains.

Au bout de longues minutes, elle s'est relevée et a descendu le mont Brun. Elle s'est changée, a mis ses vêtements sales dans un sac à ordures. De retour dans sa voiture, elle a agrippé son téléphone. Une dizaine de textos inquiets de ses collègues, dont six d'Isa. On était lundi matin ; elle était attendue au travail depuis jeudi. Ça aurait pourtant dû lui faire plaisir qu'on pense à elle quelque part, mais elle n'éprouvait absolument rien. Elle a fermé son cellulaire et l'a lancé férocement au fond de son sac à main.

Au moment de démarrer le moteur, elle s'est ravisée. Elle est entrée dans l'ancien hôtel, a traversé la forêt d'animaux morts et s'est dirigée vers le fond de la grande pièce pour ouvrir le cercueil de Mercedes. Laisser sortir son âme pour qu'elle puisse veiller son fils.

Au stop à la jonction de la Gourmande et du chemin du mont Brun, Louise a hésité : à gauche, Val Grégoire ; à droite, Forestville. Ses yeux se sont attardés un instant à la forêt devant elle, puis ont suivi les troncs gris et tordus des épinettes décharnées jusqu'à leurs cimes. Dans une sorte d'effet stroboscopique halluciné, l'image des cuisses de Wendy recouvertes de miettes de gâteau, la veille, et celle du trou béant dans la tête de Willy, moins d'une heure plus tôt, se succédaient à une vitesse ahurissante. Il lui semblait qu'une éternité séparait ces deux moments.

Sans trop réfléchir, elle a tourné à droite. Retourner à Val Grégoire aurait signifié ramener Wendy pour toujours dans son salon et traîner à jamais cette histoire qui venait de se clore pour de bon.

Pauvre Wendy.

Elle a conduit de plus en plus vite à mesure qu'elle s'éloignait de Val Grégoire, appuyant à fond sur l'accélérateur pour que ça vibre un peu dans son ventre. Tout pouvait désormais survenir, même un accident grave, même des tonneaux jusque dans la rivière Hamilton : plutôt mourir que virer de bord.

Elle est parvenue à la station-service de Forestville où elle s'est lavé les mains, qui ont rougi momentanément l'évier sale, puis s'est rincé le visage à l'eau froide. Elle s'est sentie mieux quelques instants. Elle a fait le plein et s'est commandé un café qu'elle a saturé de sucre. Quand elle est sortie, son regard a buté sur la une du journal local : la sécheresse, étendue de Québec au Labrador, menaçait de tout faire brûler. Louise a frémi en repensant à l'orage qui les avait pourtant forcées à faire demi-tour, Wendy et elle, la veille… C'est à ce moment qu'elle a réalisé qu'elle n'avait pas croisé de traces du passage des ouvriers, là où la crevasse avait pourtant gobé la Gourmande. Louise a sourcillé : la rapidité des travaux, un dimanche de surcroît, avait de quoi étonner.

Elle s'est informée auprès d'un employé si d'autres voyageurs avaient aussi été incommodés par l'affaissement de la 385. Son interlocuteur l'a regardée de haut en bas et a répondu avec le plus grand sérieux qu'il n'avait pas plu dans la région depuis trois semaines et que les pompiers publiaient des rapports toutes les demi-heures pour rappeler à la population l'interdiction de faire des feux. Louise a ricané, mais il n'y avait rien de drôle : Wendy la ouananiche.

Elle a franchi la porte du dépanneur en replaçant son chandail et a titubé jusqu'à sa voiture en faisant claqueter ses sandales sur l'asphalte. Isa lui avait laissé un autre message alarmé, mais Louise ne se sentait pas la force d'affronter ni sa colère ni son soulagement. Elle a rangé son téléphone dans la boîte à gants avec l'espoir de l'oublier là, puis elle a démarré le moteur en tremblant.

Elle est arrivée à Montréal à la nuit tombée, s'est loué une chambre dans un hôtel miteux du boulevard Henri-Bourassa. N'a presque pas dormi, le cœur battant la chamade, les mains moites. Tôt ou tard, on la débusquerait…

Au matin, elle est survenue à l'improviste chez ses parents. Ils ont été surpris de la voir là, mais ne l'ont pas questionnée. Nathaniel a compris en l'apercevant qu'elle avait contacté Marco comme il le lui avait demandé, et la simple confirmation qu'il pouvait lui faire confiance a semblé le soulager.

Ils sont allés marcher juste tous les deux. Les vieux les ont regardés d'un air qui ne les quitterait plus, désormais, lorsqu'ils les verraient ensemble, un mélange d'inquiétude et de contrition qui a fait très plaisir à Louise. Dans le parc Sauvé, ils se sont assis sur un banc. Elle lui a tendu le cartable noir qu'elle avait trimballé durant tout son voyage. La veille, elle y avait ajouté les deux notes que Marco avait laissées à son intention, dans la maison vide de Striver, ainsi que les trois lettres signées par Nathaniel que Marco avait rendues à Louise, le matin de leur séparation.

Le document qui trônait sur le dessus de la collection d'archives était le cahier Canada jaune qui avait servi, jadis, à rédiger l'ébauche de son autobiographie. Nathaniel a voulu le rabattre pour examiner le reste du contenu, mais Louise y a posé brusquement sa main.

– Pas devant moi.

D'un seul trait, elle a déballé :

– Il y a mieux dans la vie que ce que les parents ont à t'offrir… Tu pourrais venir vivre avec moi, si tu voulais, je pourrais leur en parler, on serait nous deux et on se ferait du bien.

Elle a mis un timide point à sa phrase, puis a poursuivi :

– C'est sûr que, pour le moment, j'ai juste mon sofa-lit à t'offrir, mais on s'organiserait.

Elle a fait une longue pause, puis a murmuré :

– Écoute-moi, Nathane…

Il a trouvé son regard et elle a sursauté, bouleversée.

– C'est bizarre… J'avais jamais remarqué à quel point tu as les yeux de Marco…

Nathaniel a froncé les sourcils. Louise a figé un instant, à la fois consciente de sa maladresse, qui pouvait faire persister le mythe des origines de l'adolescent, et décontenancée par cette ressemblance.

– Je voudrais pas que tu interprètes mal ce que je vais te dire, mais si tu décidais de te tuer pour vrai, je serais sûrement *la* personne sur terre qui comprendrait le mieux pourquoi. Ça me ferait de la peine, mais je comprendrais.

Il s'est raidi. Elle lui a donné trois petits coups secs sur la cuisse.

– J'ai revu Marco, je suis allée lui rendre visite. Et disons que nos retrouvailles se sont pas passées comme prévu.

Elle a pointé le cartable du menton.

– Ce que je raconte là-dedans, à peu près personne le sait. C'est mon histoire, mais c'est aussi forcément la tienne.

Ses iris sont allés se perdre quelque part, puis elle s'est ressaisie.

– Écoute-moi, maintenant, elle a dit d'un ton décidé. Je vais te raconter ce qui nous est arrivé, à Laurence, Marco et moi…

Ouananiches V

Les éléments déchaînés de Val Grégoire nous malmèneront jusqu'à ce qu'on y passe. Les hivers sont rudes, ici, la neige tombe sale sur les toits-éponges, et la municipalité ne compte qu'une seule charrue rouillée qui ne roule jamais plus que quarante-cinq minutes d'affilée sans surchauffer. Les printemps produisent des crues écumeuses et épaisses de lixiviat de bois, les odeurs narseuses de tourbe et de bouette nous sont enfoncées dans le fond du nez comme des bouchons d'oreilles. Les étés ont la chaleur sèche des combustions spontanées, les herbes asséchées poussent en petites îles de touffes devant nos bicoques tristes. Et les automnes, eh bien, c'est la même chose qu'ailleurs : les automnes sont empreints de mort, enfin un truc qui nous rapproche du reste du monde. À l'usage, nos vies ont allongé nos mines et refermé nos esprits.

Depuis l'enfance, nous avions tous appris à nous priver de nos milliards d'envies et à rabrouer nos potentiels, bons ou mauvais, de peur de sortir du lot. Si on s'enquérait poliment les uns des autres lorsqu'on se croisait dans la file du Super Carnaval ou dans les cérémonies de mariage sans amour, c'était surtout pour faire valoir sa propre infortune, chacun étant intimement convaincu de souffrir plus que ses semblables. L'amertume avait fini par nous donner des brûlements d'estomac et nous faire roter la bière. L'alcool, d'ailleurs, même l'alcool et la fête ne nous faisaient jusqu'à tout récemment plus l'effet d'autrefois, à l'époque où nous hurlions en nous irritant le gorgoton au moindre prétexte de soûlerie, et nous avions désormais l'éthylisme accoutumé et morose des marins centenaires.

Puis Louise Fowley est venue.

Au lendemain de notre mémorable nuit de ripaille en sa compagnie, les hôtes de Wendy et de Louise leur ont préparé à déjeuner en attendant qu'elles s'éveillent et plusieurs d'entre nous sont allés traînailler autour de la maison où elles logeaient. L'air était allègre et sentait le bacon.

Wendy s'est levée la première, le regard un peu confus de celle qui ne comprend pas trop ce qu'elle fabrique là.

– Louise est où ? a-t-elle lâché au bout d'un moment.

Nous avons ravalé notre salive.

– Elle dormait pas avec toi ?

– Non. Elle est pas dans le lit.

Nous l'avons en vain cherchée au parc des Sages, dans la cour de l'école primaire et sur le bord de la rivière Hamilton, en quête qu'elle était peut-être de reliquats de son passage parmi nous, près de deux décennies plus tôt. Saisis soudain d'un sentiment d'urgence que nous n'avions pas éprouvé depuis belle lurette (comme c'était bon !), nous avons foutu Wendy devant un vieux dessin animé et nos mères ont tiré nos enfants par les oreilles jusque chez elles, comme s'ils avaient encore commis un mauvais coup. Nous avons contacté nos frères et nos sœurs avec lesquels nous étions pour la plupart en froid et avons tous sauté sur nos VTT et dans nos camions. Vus des airs, nos convois ont pris d'assaut les sentiers et la route vers le mont Brun, comme les ombres rampantes de lourds et menaçants nuages.

Ceux qui avaient opté pour les quads ont retrouvé la carcasse charcutée de Willy au milieu de la montagne en même temps que ceux venus par la Gourmande sont tombés sur la dépouille empaillée de Mercedes, au fond de l'hôtel. Louise n'était nulle part.

Nous ne nous sommes jamais consultés pour la suite, nous n'avons pas établi de plan ou prémédité quoi que ce soit. Les uns ont sorti les pelles qu'ils trimballaient dans leurs *pickups* et ont creusé un grand trou à l'ombre de l'érable qui trônait, souverain, au milieu du stationnement, pendant que les autres ramenaient les corps de Mercedes et de Willy. Nous les avons enterrés le jour même, côte à côte, puis avons improvisé une cérémonie un peu bancale pour Willy. Mercedes avait l'âge de nos mères et nous la connaissions moins. De toute manière, de son vivant, elle avait déjà reçu tous les honneurs en plus d'avoir eu droit à sa notice nécrologique dans le *Courrier Hamilton* et *L'Écho de Val Grégoire*.

Les fois où Willy venait en ville, ont témoigné certains, nous buvions un coup avec lui à la Brasserie du Nord et répétions des blagues que nous nous racontions déjà à l'adolescence. Il s'était joint au fil des ans à quelques-uns de nos voyages de pêche et il rêvassait comme nous à ce qu'aurait été sa vie ailleurs qu'à Val Grégoire. Certains ont évoqué cette petite lueur d'orgueil qui illuminait son œil dans ces moments-là et qui trahissait sa fierté pour le geste fatal de son frère cadet : contrairement à la plupart d'entre nous, qui n'avions rien essayé depuis longtemps, Laurence, lui, avait tenté sa chance. Puis il y a eu un malaise : nous avions beau torturer nos méninges pour étoffer cet éloge funèbre, nous étions à court de mots et il ne se trouvait personne pour éclater en sanglots. Au contraire.

Les premières à sourire ont été quelques femmes parmi nous. D'abord chacune pour soi, un rictus oblique, nous nous sommes reconnues à mesure que le jour se glissait derrière la montagne, nos dents rendues blanches et irradiantes par le soleil couchant. Partout au pays, les écolières de Val Grégoire traînaient la réputation d'être d'indécrottables asthmatiques, et nous envisagions pour la première fois que notre problème ne s'était peut-être jamais situé dans nos bronches atrophiées, mais dans l'air ambiant : devenir une femme, par ici, c'était apprendre très tôt à s'agripper aux comptoirs chaque fois qu'un gars passait derrière. Les hommes de Val Grégoire n'étaient évidemment pas tous des violeurs comme Willy Calvette, mais ils appartenaient tous, souvent contre leur gré d'ailleurs, à la même bande : les mêmes exaltations, les mêmes ferments. Nos pères et nos grands-pères leur avaient enseigné sans vergogne à colporter sur les filles des grossièretés pâteuses et à se nettoyer l'écume rageuse que ces racontars faisaient suinter aux commissures des lèvres. Toute largesse inopportune à l'une d'entre nous était à la fois vastement admise et violemment réprouvée : nos frères se cassaient la gueule entre eux, et nos honneurs familiaux à tous étaient saufs, c'était à qui la commotion cérébrale la plus sévère, on s'agglutinait autour des lits d'hôpital avec des ballons de baudruche multicolores gonflés à l'hélium et des revues de fesses. Chaque fois, il va sans dire, nous étions mises à l'écart de ces conciliabules et engueulades, comme si ces croisades ne nous avaient jamais concernées. Et puis voilà que Louise Fowley venait officiellement de mettre un terme à ces temps tout juste révolus, et nous étions toutes là, pétrifiées, les yeux rivés au ciel comme une image de scapulaire, à la recherche coupable de sanglots pour pleurer le mort. L'image était risible et nous étions de plus en plus nombreuses à nous mordre l'intérieur des joues pour ne pas libérer ce fou rire refoulé qui nous brûlait le fond de la gorge, nous gloussions comme des gélinottes qui se répondent aux premiers bourgeons du printemps.

Les premières pelletées de terre ont été le déclencheur, et nous nous sommes toutes esclaffées en même temps, jointes aussitôt par plusieurs de nos maris et de nos frères qui, depuis la fin de l'enfance, supportaient douloureusement l'angoisse de la meute. Ça nous est tous monté dans le gosier, puis dans les yeux, des larmes qui jaillissaient de joie, un énorme soulagement qui s'est élevé en un grand tourbillon au-dessus de nos têtes, ça exultait de nos ventres, qui se relâchaient enfin après des années de contraction.

Le silence retombé, nous avons su qu'il scellait un pacte qui nous unirait éternellement à Louise : nous ne la dénoncerions pas. Willy Calvette serait notre agneau sacrificiel *parce qu*'il était l'un des nôtres. À cet égard, nous avons depuis érigé des autels où nous déposons tous les jours des coquillages de la rivière Hamilton et des pelures de clémentine en faisant brûler de la myrrhe afin de commémorer le geste de Louise. Nous ne voulons rien oublier, ni nos détresses anciennes, ni notre espoir recouvré.

Cinq mois plus tard, nous ignorons toujours ce qu'il est advenu de Louise Fowley. Sa disparition a forcé Wendy dans nos vies pour de bon. Celle-ci a accouché en silence par la douzième nuit d'averse de suite, quelque part en octobre, pas une plainte ; au matin, il faisait beau soleil. Quand nous avons voulu savoir comment elle comptait appeler l'enfant, Wendy a répondu « Laurence » comme si elle répétait pour la troisième fois une information pourtant si simple. Encore aujourd'hui, ce n'est clair pour personne, ce qu'elle a compris de toute cette histoire. Elle nous demande parfois, par mégarde, à quand son voyage à Québec, mais elle a bien assimilé la leçon et se reprend aussitôt en déposant sa main sur sa bouche : « Ah oui, c'est vrai, Louise a besoin de se reposer… » Il lui arrive aussi de mentionner le nom de Willy, mais son Ti-Loup la tient si occupée que l'absence de son frère aîné est incapable de l'accaparer complètement.

De son vivant, Mercedes avait bien tenté de vendre la vieille maison de dentiste pour renflouer les coffres du Centre, mais il ne s'était trouvé personne d'assez illuminé pour acheter la propriété, d'autant que la négligence d'entretien la dévaluait grandement dans un marché où une bâtisse sur deux était désormais à vendre.

Quand Wendy est sortie de l'hôpital, c'est là que nous les avons déposés, Laurence et elle. Nous y étions au préalable entrés en défonçant la porte, puis avions arraché les toiles d'araignées dans les coins de murs, les plastiques sur les sofas, les tapisseries qui décollaient. Nous y avions placé pêle-mêle tous les meubles que nous entreposions depuis plusieurs décennies sous des bâches dans nos sous-sols poussiéreux. Nous avions réparé ce qui menaçait de s'effondrer : les gouttières, les plafonds, les armoires de cuisine, la tuyauterie, le filage. Un peu nos âmes aussi.

Nous ne les lâchons plus depuis. Nous vérifions auprès de Wendy comment s'est déroulée sa nuit, nous lui cuisinons des plats maison qu'elle déguste avec appétit, et certains d'entre nous planifient déjà comment nous organiserons le déneigement de leur terrain cet hiver. Le soir très tard et le matin très tôt, nous la croisons, sur le bas-côté de la rue Principale, poussant le landau de Laurence, les deux emmitouflés dans de grosses parkas molletonnées ayant appartenu à nos familles. Le mot d'ordre est respecté et nous ralentissons désormais ; nous ne savions même plus que nos voitures pouvaient rouler à moins de quatre-vingts kilomètres-heure. Nous lui offrons chaque fois de les faire monter, mais Wendy refuse gentiment. « J'aime ça me promener en ville. »

Il y avait si longtemps que nous n'avions pas pris soin les uns des autres que nous ne nous souvenions plus trop comment. Nous avons forcément commis quelques gaffes (bain un peu trop chaud, porte qui claque quand bébé dort, promesse de visite oubliée), mais Wendy se révèle probablement le meilleur cobaye pour expérimenter notre nouvelle humanité. La façon dont elle a été éduquée par Mercedes fait d'elle une meilleure mère que bien des parents parmi nous. En échange de notre dévouement, même si ce n'est pas ainsi qu'elle le conçoit, elle nous refile Laurence dans les bras et nous comprenons qu'ils sont un peu devenus notre projet commun, ces deux-là, et que nos cœurs sont capables de pomper autre chose que du sang. C'est peut-être la bienveillance de Wendy qui nous sauvera, en fin de compte, car nous voilà sur le chemin du retour à la maison après leur avoir livré l'épicerie, sifflotant, guillerets, dans nos rues encore épouvantablement silencieuses il y a quelques mois à peine. Rien de magique, rien de trop beau, juste un peu de baume sur nos bontés gercées.

Du même auteur

Les Pavés dans la mare, Pleine lune, 2013.

Les Avrils, une collection imaginée par
Sandrine Thévenet et Lola Nicolle.

Enthousiasmes littéraires

Conception graphique : Atelier 25.
Composition : Nord Compo.
Correction : Sophie Loubier.

Déjà parus aux Avrils

Raphaël Alix, *Le Premier Homme du monde*
Isabelle Boissard, *La fille que ma mère imaginait*
Lucile Bordes, *Que faire de la beauté ?*
Jeanne Broucq, *Zéro virgule neuf pour cent*
Didier Castino, *Quand la ville tombe*
Guillaume Collet, *Les Yeux de travers*
Martine Delvaux, *Le monde est à toi*
Martine Delvaux, *Pompières et Pyromanes*
Arnaud Dudek, *Le Cœur arrière*
Martin Dumont, *Tant qu'il reste des îles*
Bertrand Guillot, *L'Abolition des privilèges*
Amandine Hamet, *Les Couleurs*
Driss C. Jaydane, *Moïse de Casa*
Dimitri Kantcheloff, *Supernova*
Bill Kouélany, *Kipiala ou la rage d'être soi*
Alexandra Matine, *Les Grandes Occasions*
Dan Nisand, *Les Garçons de la cité-jardin*
Lili Nyssen, *L'Effet Titanic*
Suzanne Privat, *La Famille, itinéraires d'un secret*
Isabelle Rodriguez, *Les Orphelines du mont Luciole*

Achevé d'imprimer par l'imprimerie Corlet,
à Condé-en-Normandie
ISBN : 978-2-38311-012-5
N° d'impression : 22080293
Dépôt légal : janvier 2023